絕對合格！新制日檢

情境分類 必勝單字

見て！聞いて！すぐ分かる！
分野別で覚えやすい！N2単語辞典

N2

吉松由美、田中陽子
西村惠子、千田晴夫
山田社日檢題庫小組

山田社

前言

以 **情境分類**，單字速記 **NO.1**！

新制日檢考試重視「活用在交流上」
在什麼場合，如何用詞造句？
本書配合 N2 要求，場景包羅廣泛，
這個場合，都是這麼說，
從「單字→單字成句→情境串連」式學習，
打好「聽說讀寫」總和能力基礎，
結果令人驚嘆，
史上最聰明的學習法！讓您快速取證、提升國際競爭力、搶百萬年薪！

日語學習者除了文法，最重要的就是增加自己的單字量。如果文法是骨架，單字就是肌肉，本書精心將 N2 考試會用到的單字，分類到您一看就懂的日常生活中常見的場景，幫助您快速提升單字肌肉量，提升您的日語力！

　　史上最強的新日檢 N2 單字集《絕對合格！新制日檢 必勝 N2 情境分類單字》，首先以情境分類，串連相關單字。而單字是根據日本國際交流基金（JAPAN FOUNDATION）舊制考試基準及新發表的「新日本語能力試驗相關概要」，加以編寫彙整而成的。除此之外，本書精心分析從 2010 年開始的新日檢考試內容，增加了過去未收錄的 N2 程度常用單字，加以調整了單字的程度，可說是內容最紮實的 N2 單字書。

　　無論是累積應考實力，或是考前迅速總複習，都能讓您考場上如虎添翼，金腦發威。精心編制過的內容，讓單字不再會是您的死穴，而是您得高分的最佳利器！

　　「背單字總是背了後面忘了前面！」「背得好好的單字，一上考場大腦就當機！」「背了單字，但一碰到日本人腦筋只剩一片空白鬧詞窮。」「單字只能硬背好無聊，每次一開始衝勁十足，後面卻完全無力。」「我很貪心，我想要有主題分類、方便又好查的單字書。」這些都是讀者的真實心聲！

　　您的心聲我們聽到了。本書的單字採用情境式主題分類，還有搭配金牌教師編著的實用例句，相信能讓您甩開對單字的陰霾，輕鬆啟動記憶單字的按鈕，提升學習興趣及成效！

▼ 內容包括：

1. **分類王**—本書採用**情境式學習法**，由淺入深將單字分類成：時間、住房、衣服…動植物、氣象、機關單位…通訊、體育運動、藝術…經濟、政治、法律…心理、感情、思考等，不僅能一次把相關單字整串背起來，還方便運用在日常生活中，再搭配金牌教師編寫的實用短例句，讓您在腦內產生對單字的印象，應考時就能在瞬間理解單字，包您一目十行，絕對合格！

2. **單字王**—高出題率單字全面強化記憶：根據新制規格，由日籍金牌教師群所精選高出題率單字。**每個單字所包含的詞性、意義、用法等等**，讓您精確瞭解單字各層面的字義，活用的領域更加廣泛，幫您全面強化學習記憶，分數更上一層樓。

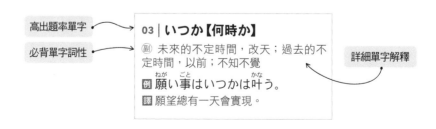

3. 速攻王—掌握單字最準確：依照情境主題將單字分類串連，從「單字→單字成句→情境串連」式學習，幫助您快速將單字一串記下來，頭腦清晰再也不混淆。每一類別並以五十音順排列，方便您輕鬆找到您要的單字！中譯解釋的部份，去除冷門字義，並依照常用的解釋依序編寫而成。讓您在最短時間內，迅速掌握日語單字。

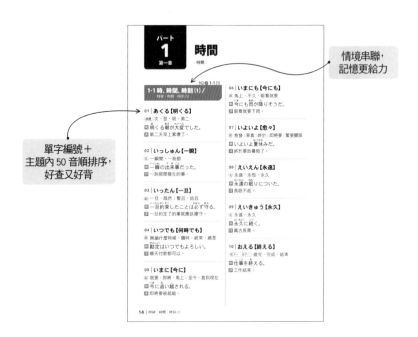

情境串聯，
記憶更給力

單字編號＋
主題內 50 音順排序，
好查又好背

4. 例句王—活用單字的勝者學習法：要活用就需要「聽說讀寫」四種總和能力，怎麼活用呢？書中每個單字下面帶出一個例句，例句不僅配合情境，更精選該單字常接續的詞彙、常使用的場合、常見的表現，配合 N2 所需時事、職場、生活、旅遊等內容，貼近 N2 程度。從例句來記單字，加深了對單字的理解，對根據上下文選擇適切語彙的題型，更是大有幫助，同時也紮實了聽說讀寫的超強實力。

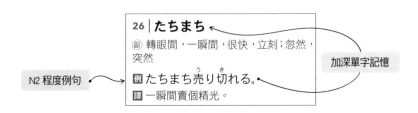

N2 程度例句

加深單字記憶

5. 聽力王──合格最短距離：新制日檢考試，把聽力的分數提高了，合格最短距離就是加強聽力學習。為此，書中還附贈光碟，幫助您熟悉日籍教師的標準發音及語調，**讓您累積聽力實力**。為打下堅實的基礎，建議您搭配《精修版 新制對應 絕對合格！日檢必背聽力 N2》來進一步加強練習。

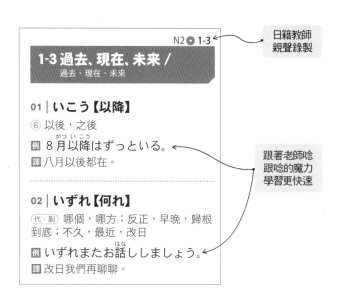

《絕對合格！新制日檢 必勝 N2 情境分類單字》本著利用「喝咖啡時間」，也能「倍增單字量」「提升日語實力」的意旨，附贈日語朗讀光碟，讓您不論是站在公車站牌前發呆，一個人喝咖啡，或等親朋好友，都能隨時隨地聽 MP3，無時無刻增進日語單字能力，讓您無論走到哪，都能學到哪！怎麼考，怎麼過！

目錄

第 **1** 章

時間

1-1 時候、時間、時刻 ·········· 14
1-2 季節、年、月、週、日 ·········· 18
1-3 過去、現在、未來 ·········· 21
1-4 期間、期限 ·········· 23

第 **2** 章

住房

2-1 住家 ·········· 24
2-2 住家的外側 ·········· 25
2-3 房間、設備 ·········· 26
2-4 居住 ·········· 28

第 **3** 章

用餐

3-1 用餐、吃、味道 ·········· 30
3-2 食物 ·········· 32
3-3 調理、菜餚、烹調 ·········· 34
3-4 餐廚用具 ·········· 35

第 **4** 章

衣服

4-1 衣服、西服、和服 ·········· 37
4-2 穿戴、服飾用品 ·········· 38
4-3 衣料纖維 ·········· 40

第 **5** 章

人體

5-1 胴體、身體 ·········· 41
5-2 臉 ·········· 43
5-3 手腳 ·········· 46

第 **6** 章

生理（現象）

6-1 誕生、生命 ·········· 49
6-2 老年、死亡 ·········· 49
6-3 發育、健康 ·········· 50
6-4 身體狀況、體質 ·········· 52
6-5 痛疼 ·········· 53
6-6 疾病、治療 ·········· 54
6-7 身體器官功能 ·········· 56

第 **7** 章

人物

7-1 人物 ·········· 58
7-2 男女老少 ·········· 60
7-3 各種人物的稱呼 ·········· 61
7-4 各種人物相關團體的稱呼 ·········· 65
7-5 姿容 ·········· 66
7-6 態度、性格 ·········· 67
7-7 人際關係 ·········· 73
7-8 神佛、怪物 ·········· 76

第 **8** 章

親屬

8-1 家族 ·········· 78
8-2 夫婦 ·········· 79
8-3 祖先、父母 ·········· 80
8-4 孩子、子孫 ·········· 81

第 **9** 章

動物

9-1 動物類 ·········· 82
9-2 動物的動作、部位 ·········· 83

第 **10** 章

植物

10-1 蔬菜、水果 ·········· 85
10-2 草木、樹木 ·········· 86

10-3 植物相關用語 ····· 87

第 **11** 章
物質
11-1 物、物質 ····· 89
11-2 能源、燃料 ····· 92
11-3 原料、材料 ····· 93

第 **12** 章
天體、氣象
12-1 天體 ····· 95
12-2 氣象、天氣、氣候 ····· 96
12-3 各種自然現象 ····· 99

第 **13** 章
地理、地方
13-1 地理 ····· 103
13-2 地方、空間 ····· 107
13-3 地域、範圍 ····· 109
13-4 方向、位置 ····· 113

第 **14** 章
設施、機關單位
14-1 設施、機關單位 ····· 118
14-2 各種設施 ····· 119
14-3 醫院 ····· 121
14-4 商店 ····· 122

第 **15** 章
交通
15-1 交通、運輸 ····· 126
15-2 鐵路、船隻、飛機 ····· 128
15-3 汽車、道路 ····· 130

第 **16** 章
通訊、報導
16-1 通訊、電話、郵件 ····· 134

16-2 傳達、告知、信息 ····· 135
16-3 報導、廣播 ····· 136

第 **17** 章
體育運動
17-1 體育運動 ····· 138
17-2 比賽 ····· 139
17-3 球類、田徑賽 ····· 141

第 **18** 章
愛好、嗜好、娛樂
18-1 娛樂 ····· 143
18-2 嗜好 ····· 144

第 **19** 章
藝術
19-1 藝術、繪畫、雕刻 ····· 145
19-2 音樂 ····· 146
19-3 戲劇、舞蹈、電影 ····· 148

第 **20** 章
數量、圖形、色彩
20-1 數目 ····· 151
20-2 計算 ····· 154
20-3 量、容量 ····· 155
20-4 長度、面積、重量等 ····· 157
20-5 次數、順序 ····· 159
20-6 圖形、花紋、色彩 ····· 161

第 **21** 章
教育
21-1 教育、學習 ····· 165
21-2 學校 ····· 167
21-3 學生生活 ····· 169

第 **22** 章
儀式活動、一輩子會遇到的事情 ····· 174

第 **23** 章
工具

23-1 工具 ……………………… 176
23-2 傢俱、工作器具、文具 …… 181
23-3 測量儀器、容器、器皿、
　　　衛生用具 ………………… 182
23-4 燈光照明、光學儀器、音響、
　　　信息器具 ………………… 183

第 **24** 章
職業、工作

24-1 工作、職場 ……………… 185
24-2 職業、事業 ……………… 190
24-3 地位職稱 ………………… 191
24-4 家務 ……………………… 192

第 **25** 章
生產、產業

25-1 生產、產業 ……………… 193
25-2 農業、漁業、林業 ……… 194
25-3 工業、礦業、商業 ……… 195

第 **26** 章
經濟

26-1 經濟 ……………………… 198
26-2 交易 ……………………… 199
26-3 買賣 ……………………… 199
26-4 價格 ……………………… 201
26-5 損益、借貸 ……………… 202
26-6 收支、工資報酬 ………… 203
26-7 消費、費用 ……………… 204
26-8 財產、金錢 ……………… 205
26-9 貧富 ……………………… 206

第 **27** 章
政治

27-1 政治 ……………………… 208
27-2 行政、公務員 …………… 209
27-3 議會、選舉 ……………… 211
27-4 國際、外交 ……………… 213
27-5 軍事 ……………………… 215

第 **28** 章
法律

28-1 規則 ……………………… 218
28-2 法律 ……………………… 219
28-3 犯罪 ……………………… 220
28-4 判決、審判、刑罰 ……… 222

第 **29** 章
心理、感情

29-1 心、內心 ………………… 225
29-2 意志 ……………………… 229
29-3 喜歡、討厭 ……………… 232
29-4 悲傷、痛苦 ……………… 233
29-5 驚懼、害怕、憤怒 ……… 235
29-6 感謝、悔恨 ……………… 237

第 **30** 章
思考、語言

30-1 思考 ……………………… 239
30-2 判斷 ……………………… 240
30-3 理解 ……………………… 243
30-4 知識 ……………………… 246
30-5 語言 ……………………… 250
30-6 表達 ……………………… 254
30-7 文章文書、出版物 ……… 260

詞性說明

詞性	定義	例（日文／中譯）
名詞	表示人事物、地點等名稱的詞。有活用。	門_{もん}／大門
形容詞	詞尾是い。説明客觀事物的性質、狀態或主觀感情、感覺的詞。有活用。	細_{ほそ}い／細小的
形容動詞	詞尾是だ。具有形容詞和動詞的雙重性質。有活用。	静_{しず}かだ／安静的
動詞	表示人或事物的存在、動作、行為和作用的詞。	言_いう／說
自動詞	表示的動作不直接涉及其他事物。只説明主語本身的動作、作用或狀態。	花_{はな}が咲_さく／花開。
他動詞	表示的動作直接涉及其他事物。從動作的主體出發。	母_{はは}が窓_{まど}を開_あける／母親打開窗戶。
五段活用	詞尾在ウ段或詞尾由「ア段＋る」組成的動詞。活用詞尾在「ア、イ、ウ、エ、オ」這五段上變化。	持_もつ／拿
上一段活用	「イ段＋る」或詞尾由「イ段＋る」組成的動詞。活用詞尾在イ段上變化。	見_みる／看 起_おきる／起床
下一段活用	「エ段＋る」或詞尾由「エ段＋る」組成的動詞。活用詞尾在エ段上變化。	寝_ねる／睡覺 見_みせる／讓…看
下二段活用	詞尾在ウ段・エ段或詞尾由「ウ段・エ段＋る」組成的動詞。活用詞尾在ウ段到エ段這二段上變化。	得（う）る／得到 寝（ね）る／睡覺
變格活用	動詞的不規則變化。一般指カ行「来る」、サ行「する」兩種。	来_くる／到來 する／做
カ行變格活用	只有「来る」。活用時只在カ行上變化。	来_くる／到來
サ行變格活用	只有「する」。活用時只在サ行上變化。	する／做
連體詞	限定或修飾體言的詞。沒活用，無法當主詞。	どの／哪個
副詞	修飾用言的狀態和程度的詞。沒活用，無法當主詞。	余_{あま}り／不太…

副助詞	接在體言或部分副詞、用言等之後，增添各種意義的助詞。	〜も ／也…
終助詞	接在句尾，表示說話者的感嘆、疑問、希望、主張等語氣。	か ／嗎
接續助詞	連接兩項陳述內容，表示前後兩項存在某種句法關係的詞。	ながら ／邊…邊…
接續詞	在段落、句子或詞彙之間，起承先啟後的作用。沒活用，無法當主詞。	しかし ／然而
接頭詞	詞的構成要素，不能單獨使用，只能接在其他詞的前面。	御^お〜 ／貴（表尊敬及美化）
接尾詞	詞的構成要素，不能單獨使用，只能接在其他詞的後面。	〜枚^{まい} ／…張（平面物品數量）
造語成份 （新創詞語）	構成復合詞的詞彙。	一昨年^{いっさくねん} ／前年
漢語造語成份 （和製漢語）	日本自創的詞彙，或跟中文意義有別的漢語詞彙。	風呂^{ふ ろ} ／澡盆
連語	由兩個以上的詞彙連在一起所構成，意思可以直接從字面上看出來。	赤^{あか}い傘^{かさ} ／紅色雨傘 足^{あし}を洗^{あら}う ／洗腳
慣用語	由兩個以上的詞彙因習慣用法而構成，意思無法直接從字面上看出來。常用來比喻。	足^{あし}を洗^{あら}う ／脫離黑社會
感嘆詞	用於表達各種感情的詞。沒活用，無法當主詞。	ああ ／啊（表驚訝等）
寒暄語	一般生活上常用的應對短句、問候語。	お願^{ねが}いします ／麻煩…

其他略語

呈現	詞性	呈現	詞性
對	對義詞	近	文法部分的相近文法補充
類	類義詞	補	補充說明

新日本語能力試驗的考試內容

N2 題型分析

測驗科目 （測驗時間）			試題內容		
			題型	小題 題數 *	分析
語言知識、讀解 （105分）	文字、語彙	1	漢字讀音	◇ 5	測驗漢字語彙的讀音。
		2	假名漢字寫法	◇ 5	測驗平假名語彙的漢字寫法。
		3	複合語彙	◇ 5	測驗關於衍生語彙及複合語彙的知識。
		4	選擇文脈語彙	○ 7	測驗根據文脈選擇適切語彙。
		5	替換類義詞	○ 5	測驗根據試題的語彙或說法，選擇類義詞或類義說法。
		6	語彙用法	○ 5	測驗試題的語彙在文句裡的用法。
	文法	7	文句的文法1 （文法形式判斷）	○ 12	測驗辨別哪種文法形式符合文句內容。
		8	文句的文法2 （文句組構）	◆ 5	測驗是否能夠組織文法正確且文義通順的句子。
		9	文章段落的文法	◆ 5	測驗辨別該文句有無符合文脈。
	讀解 *	10	理解內容 （短文）	○ 5	於讀完包含生活與工作之各種題材的說明文或指示文等，約200字左右的文章段落之後，測驗是否能夠理解其內容。
		11	理解內容 （中文）	○ 9	於讀完包含內容較為平易的評論、解說、散文等，約500字左右的文章段落之後，測驗是否能夠理解其因果關係或理由、概要或作者的想法等等。

					小題題數	
語言知識、讀解 （105分）	讀解*	12	綜合理解	◆	2	於讀完幾段文章（合計600字左右）之後，測驗是否能夠將之綜合比較並且理解其內容。
		13	理解想法（長文）	◇	3	於讀完論理展開較為明快的評論等，約900字左右的文章段落之後，測驗是否能夠掌握全文欲表達的想法或意見。
		14	釐整資訊	◆	2	測驗是否能夠從廣告、傳單、提供訊息的各類雜誌、商業文書等資訊題材（700字左右）中，找出所需的訊息。
聽解 （50分）		1	課題理解	◇	5	於聽取完整的會話段落之後，測驗是否能夠理解其內容（於聽完解決問題所需的具體訊息之後，測驗是否能夠理解應當採取的下一個適切步驟）。
		2	要點理解	◇	6	於聽取完整的會話段落之後，測驗是否能夠理解其內容（依據剛才已聽過的提示，測驗是否能夠抓住應當聽取的重點）。
		3	概要理解	◇	5	於聽取完整的會話段落之後，測驗是否能夠理解其內容（測驗是否能夠從整段會話中理解說話者的用意與想法）。
		4	即時應答	◆	12	於聽完簡短的詢問之後，測驗是否能夠選擇適切的應答。
		5	綜合理解	◇	4	於聽完較長的會話段落之後，測驗是否能夠將之綜合比較並且理解其內容。

＊「小題題數」為每次測驗的約略題數，與實際測驗時的題數可能未盡相同。此外，亦有可能會變更小題題數。

＊有時在「讀解」科目中，同一段文章可能會有數道小題。

資料來源：《日本語能力試驗JLPT官方網站：分項成績‧合格判定‧合否結果通知》。
2016年1月11日，取自：http://www.jlpt.jp/tw/guideline/results.html

必　　勝

N2

情境分類單字

1-1 時、時間、時刻 (1) ／
時候、時間、時刻 (1)

01 ｜ あくる【明くる】
（連體）次，翌，明，第二
例 明くる朝が大変でした。
譯 第二天早上累壞了。

02 ｜ いっしゅん【一瞬】
（名）一瞬間，一剎那
例 一瞬の出来事だった。
譯 一剎那間發生的事。

03 ｜ いったん【一旦】
（副）一旦，既然；暫且，姑且
例 一旦約束したことは必ず守る。
譯 一旦約定了的事就應該遵守。

04 ｜ いつでも【何時でも】
（副）無論什麼時候，隨時，經常，總是
例 勘定はいつでもよろしい。
譯 哪天付款都可以。

05 ｜ いまに【今に】
（副）就要，即將，馬上；至今，直到現在
例 今に追い越される。
譯 即將要被超越。

06 ｜ いまにも【今にも】
（副）馬上，不久，眼看就要
例 今にも雨が降りそうだ。
譯 眼看就要下雨。

07 ｜ いよいよ【愈々】
（副）愈發；果真；終於；即將要；緊要關頭
例 いよいよ夏休みだ。
譯 終於要放暑假了。

08 ｜ えいえん【永遠】
（名）永遠，永恆，永久
例 永遠の眠りについた。
譯 長眠不起。

09 ｜ えいきゅう【永久】
（名）永遠，永久
例 永久に続く。
譯 萬古長青。

10 ｜ おえる【終える】
（他下一・自下一）做完，完成，結束
例 仕事を終える。
譯 工作結束。

11 | おわる【終わる】

(自五・他五) 完畢,結束,告終;做完,完結;
(接於其他動詞連用形下)…完

例 夢で終わる。

譯 以夢告終。

12 | き【機】

(名・接尾・漢造) 時機;飛機;(助數詞用法)
架;機器

例 時機を待つ。

譯 等待時機。

13 | きしょう【起床】

(名・自サ) 起床

例 起床時間を設定する。

譯 設定起床時間。

14 | きゅう【旧】

(名・漢造) 陳舊;往昔,舊日;舊曆,農曆;
前任者

例 旧正月に餃子を食べる。

譯 舊曆年吃水餃。

15 | じき【時期】

(名) 時期,時候;期間;季節

例 時期が重なる。

譯 時期重疊。

16 | じこく【時刻】

(名) 時刻,時候,時間

例 時刻どおりに来る。

譯 遵守時間來。

17 | してい【指定】

(名・他サ) 指定

例 時間を指定する。

譯 指定時間。

18 | しばる【縛る】

(他五) 綁,捆,縛;拘束,限制;逮捕

例 時間に縛られる。

譯 受時間限制。

19 | しゅんかん【瞬間】

(名) 瞬間,剎那間,剎那;當時,…的
同時

例 決定的瞬間を捉えた。

譯 捕捉關鍵時刻。

20 | しょうしょう【少々】

(名・副) 少許,一點,稍稍,片刻

例 少々お待ちください。

譯 請稍等一下。

N2 ● 1-1 (2)

1-1 時、時間、時刻 (2) /
時候、時間、時刻 (2)

21 | しょうみ【正味】

(名) 實質,內容,淨剩部分;淨重;實數;
實價,不折不扣的價格,批發價

例 正味１時間かかった。

譯 實際花了整整一小時。

22 | ずらす

(他五) 挪開,錯開,差開

例 時期をずらす。

譯 錯開時期。

23 | ずれる

(自下一）（從原來或正確的位置）錯位，移動；離題，背離（主題、正路等）

例 タイミングがずれる。

譯 錯失時機。

24 | そのころ

(接）當時，那時

例 そのころはちょうど移動中でした。

譯 那時正好在移動中。

25 | ただちに【直ちに】

(副）立即，立刻；直接，親自

例 直ちに出動する。

譯 立刻出動。

26 | たちまち

(副）轉眼間，一瞬間，很快，立刻；忽然，突然

例 たちまち売り切れる。

譯 一瞬間賣個精光。

27 | たったいま【たった今】

(副）剛才；馬上

例 たった今まいります。

譯 馬上前往。

28 | たま【偶】

(名）偶爾，偶然；難得，少有

例 たまの休日が嬉しい。

譯 難得少有的休息日真叫人高興。

29 | たらず【足らず】

(接尾）不足…

例 10分足らずで着く。

譯 不到十分鐘就抵達了。

30 | ちかごろ【近頃】

(名・副）最近，近來，這些日子來；萬分，非常

例 近頃の若者が出世したがらない。

譯 最近的年輕人成功慾很低。

31 | ちかぢか【近々】

(副）不久，近日，過幾天；靠的很近

例 近々訪れる。

譯 近日將去拜訪您。

32 | つぶす【潰す】

(他五）毀壞，弄碎；熔毀，熔化；消磨，消耗；宰殺；堵死，填滿

例 時間を潰す。

譯 消磨時間。

33 | どうじ【同時】

(名・副・接）同時，時間相同；同時代；同時，立刻；也，又，並且

例 同時に出発する。

譯 同時出發。

34 | とき【時】

(名）時間；(某個)時候；時期，時節，季節；情況，時候；時機，機會

例 その時がやって来る。

譯 時候已到。

35 | とたん【途端】

(名・他サ・自サ) 正當…的時候；剛…的時候，一…就…

例 買った途端に後悔した。

譯 才剛買下就後悔了。

36 | とっくに

(他サ・自サ) 早就，好久以前

例 とっくに帰った。

譯 早就回去了。

37 | ながい【永い】

(形) (時間)長，長久

例 永い眠りにつく。

譯 長眠。

38 | ながびく【長引く】

(自五) 拖長，延長

例 病気が長引く。

譯 疾病久久不癒。

39 | のびのび【延び延び】

(名) 拖延，延緩

例 運動会が雨で延び延びになる。

譯 運動會因雨勢而拖延。

40 | はつ【発】

(名・接尾) (交通工具等)開出，出發；(信、電報等)發出；(助數詞用法)(計算子彈數量)發，顆

例 6時発の列車が遅れる。

譯 六點發車的列車延誤了。

41 | ふきそく【不規則】

(名・形動) 不規則，無規律；不整齊，凌亂

例 不規則な生活をする。

譯 生活不規律。

42 | ぶさた【無沙汰】

(名・自サ) 久未通信，久違，久疏問候

例 大変ご無沙汰致しました。

譯 久違了。

43 | ふだん【普段】

(名・副) 平常，平日

例 普段の状態に戻る。

譯 回到平常的狀態。

44 | ま【間】

(名・接尾) 間隔，空隙；間歇，機會，時機；(音樂)節拍間歇；房間；(數量)間

例 間に合う。

譯 趕得上。

45 | まっさき【真っ先】

(名) 最前面，首先，最先

例 真っ先に駆けつける。

譯 最先趕到。

46 | まもなく【間も無く】

(副) 馬上，一會兒，不久

例 間もなく試験が始まる。

譯 快考試了。

47 | やがて

㊟ 不久，馬上；幾乎，大約；歸根究柢，亦即，就是

㋑ やがて夜になった。

㋫ 不久天就黑了。

1-2 季節、年、月、週、日(1)／
季節、年、月、週、日(1)

01 | おひる【お昼】

㊔ 白天；中飯，午餐

㋑ お昼の献立を用意した。

㋫ 準備了午餐的菜單。

02 | か【日】

㊐ 表示日期或天數

㋑ 二日かかる。

㋫ 需要兩天。

03 | がんじつ【元日】

㊔ 元旦

㋑ 元日から営業する。

㋫ 從元旦開始營業。

04 | がんたん【元旦】

㊔ 元旦

㋑ 元旦に初詣に行く。

㋫ 元旦去新年參拜。

05 | さきおととい【一昨昨日】

㊔ 大前天，前三天

㋑ 一昨昨日の出来事だ。

㋫ 大前天的事情。

06 | しあさって

㊔ 大後天

㋑ しあさっての試合が中止になった。

㋫ 大後天的比賽中止了。

07 | しき【四季】

㊔ 四季

㋑ 四季を味わう。

㋫ 欣賞四季。

08 | しゅう【週】

㊔・漢造 星期；一圈

㋑ 先週から腰痛が酷い。

㋫ 上禮拜開始腰疼痛不已。

09 | じゅう【中】

㊔・接尾 (舊)期間；表示整個期間或區域

㋑ 熱帯地方は一年中暑い。

㋫ 熱帶地區整年都熱。

10 | しょじゅん【初旬】

㊔ 初旬，上旬

㋑ 10月の初旬は紅葉がきれいだ。

㋫ 十月上旬紅葉美極了。

11 | しんねん【新年】

㊔ 新年

㋑ 新年を迎える。

㋫ 迎接新年。

12 | せいれき【西暦】

(名) 西暦，西元

例 東京オリンピックが西暦 2020 年
です。

譯 東京奧林匹克是在西元2020年。

13 | せんせんげつ【先々月】

(接頭) 上上個月，前兩個月

例 先々月の下旬に伊豆に行った。

譯 上上個月的下旬去了伊豆。

14 | せんせんしゅう【先々週】

(接頭) 上上週

例 先々週から痛みが強くなった。

譯 上上週開始疼痛加劇。

15 | つきひ【月日】

(名) 日與月；歲月，時光；日月，日期

例 月日が経つ。

譯 時光流逝。

16 | とうじつ【当日】

(名・副) 當天，當日，那一天

例 大会の当日に配布される。

譯 在大會當天發送。

17 | としつき【年月】

(名) 年和月，歲月，光陰；長期，長年
累月；多年來

例 年月が流れる。

譯 歲月流逝。

18 | にちじ【日時】

(名) (集會和出發的)日期時間

例 出発の日時が決まった。

譯 出發的時日決定了。

19 | にちじょう【日常】

(名) 日常，平常

例 日常会話ができる。

譯 日常會話沒問題。

20 | にちや【日夜】

(名・副) 日夜；總是，經常不斷地

例 日夜研究に励む。

譯 不分晝夜努力研究。

1-2 季節、年、月、週、日 (2) /
季節、年、月、週、日(2)

21 | にっちゅう【日中】

(名) 白天，晝間(指上午十點到下午三、
四點間)；日本與中國

例 日中の一番暑い時に出かけた。

譯 在白天最熱之時出門了。

22 | にってい【日程】

(名) (旅行、會議的)日程；每天的計畫(安排)

例 日程を変える。

譯 改變日程。

23 | ねんかん【年間】

(名・漢造) 一年間；(年號使用)期間，年間

例 年間所得が少ない。

譯 年收入低。

24 | ねんげつ【年月】

(名) 年月，光陰，時間

例 長い年月がたつ。

譯 經年累月。

25 | ねんじゅう【年中】

(名・副) 全年，整年；一年到頭，總是，始終

例 年中無休にて営業しております。

譯 營業全年無休。

26 | ねんだい【年代】

(名) 年代；年齡層；時代

例 1990 年代に登場した。

譯 在1990年代(90年代)登場。

27 | ねんど【年度】

(名) (工作或學業)年度

例 年度が変わる。

譯 換年度。

28 | はやおき【早起き】

(名) 早起

例 早起きは苦手だ。

譯 不擅長早起。

29 | はんつき【半月】

(名) 半個月；半月形；上(下)弦月

例 半月かかる。

譯 花上半個月。

30 | はんにち【半日】

(名) 半天

例 半日で終わる。

譯 半天就結束。

31 | ひがえり【日帰り】

(名・自サ) 當天回來

例 日帰りの旅行がおすすめです。

譯 推薦一日遊。

32 | ひづけ【日付】

(名) (報紙、新聞上的)日期

例 日付を入れる。

譯 填上日期。

33 | ひにち【日にち】

(名) 日子，時日；日期

例 同窓会の日にちを決める。

譯 決定同學會的日期。

34 | ひるすぎ【昼過ぎ】

(名) 過午

例 もう昼過ぎなの。

譯 已經過中午了。

35 | ひるまえ【昼前】

(名) 上午；接近中午時分

例 昼前なのにもうお腹がすいた。

譯 還不到中午肚子已經餓了。

36 | へいせい【平成】

(名) 平成(日本年號)

例 平成の次は令和に決定致しました。

譯 平成之後決定為令和。

37 | まふゆ【真冬】

名 隆冬，正冬天

例 真冬に冷水浴をして鍛える。

譯 在嚴冬裡沖冷水澡鍛練體魄。

38 | よ【夜】

名 夜，晚上，夜間

例 夜が明ける。

譯 天亮。

39 | よあけ【夜明け】

名 拂曉，黎明

例 夜明けになる。

譯 天亮。

40 | よなか【夜中】

名 半夜，深夜，午夜

例 夜中まで起きている。

譯 直到半夜都還醒著。

1-3 過去、現在、未來 /
過去、現在、未来

01 | いこう【以降】

名 以後，之後

例 8月以降はずっといる。

譯 八月以後都在。

02 | いずれ【何れ】

代・副 哪個，哪方，反正，早晚，歸根到底；不久，最近，改日

例 いずれまたお話ししましょう。

譯 改日我們再聊聊。

03 | いつか【何時か】

副 未來的不定時間，改天；過去的不定時間，以前；不知不覺

例 願い事はいつかは叶う。

譯 願望總有一天會實現。

04 | いつまでも【何時までも】

副 到什麼時候也…，始終，永遠

例 いつまでも忘れない。

譯 永遠不會忘記。

05 | いらい【以来】

名 以來，以後；今後，將來

例 生まれて以来ずっと愛され続けている。

譯 出生以來一直都被深愛著。

06 | かこ【過去】

名 過去，往昔；(佛)前生，前世

例 過去を顧みる。

譯 回顧往事。

07 | きんだい【近代】

名 近代，現代(日本則意指明治維新之後)

例 近代化を進める。

譯 推行近代化。

08 | げん【現】

名・漢造 現，現在的

例 現社長が会長に就任する。

譯 現在的社長就任為會長。

09 | げんざい【現在】

（名）現在，目前，此時

例 現在に至る。

譯 到現在。

10 | げんし【原始】

（名）原始；自然

例 原始林が広がる。

譯 原始森林展現開來。

11 | げんじつ【現実】

（名）現實，實際

例 現実に起こる。

譯 發生在現實中。

12 | こん【今】

（漢造）現在；今天；今年

例 今日の日本が必要としている。

譯 如今的日本是很需要的。

13 | こんにち【今日】

（名）今天，今日；現在，當今

例 今日に至る。

譯 直到今日。

14 | さからう【逆らう】

（自五）逆，反方向；違背，違抗，抗拒，違拗

例 歴史の流れに逆らう。

譯 違抗歷史的潮流。

15 | さきほど【先程】

（副）剛才，方才

例 先程お見えになりました。

譯 剛才蒞臨的。

16 | しょうらい【将来】

（名・副・他サ）將來，未來，前途；（從外國）傳入；帶來，拿來；招致，引起

例 将来を考える。

譯 思考將來要做什麼。

17 | すえ【末】

（名）結尾，末了；末端，盡頭；將來，未來，前途；不重要的，瑣事；（排行）最小

例 末が案じられる。

譯 前途堪憂。

18 | せんご【戦後】

（名）戰後

例 戦後の発展がめざましい。

譯 戰後的發展極為出色。

19 | ちゅうせい【中世】

（名）（歷史）中世紀，古代與近代之間（在日本指鐮倉、室町時代）

例 中世のヨーロッパを舞台にした。

譯 以中世紀歐洲為舞台。

20 | とうじ【当時】

（名・副）現在，目前；當時，那時

例 当時を思い出す。

譯 憶起當時。

21 ｜のちほど【後程】

（副）過一會兒

例 後程またご相談しましょう。

譯 回頭再來和你談談。

22 ｜み【未】

（漢造）未，沒；（地支的第八位）末

例 未知の世界が広がっている。

譯 未知的世界展現在眼前。

23 ｜らい【来】

（連體）（時間）下個，下一個

例 来年 3 月に卒業する。

譯 明年三月畢業。

1-4 期間、期限 ／
期間、期限

01 ｜いちじ【一時】

（造語・副）某時期，一段時間；那時；暫時；一點鐘；同時，一下子

例 一時のブームが去った。

譯 風靡一時的熱潮已過。

02 ｜えんちょう【延長】

（名・自他サ）延長，延伸，擴展；全長

例 期間を延長する。

譯 延長期限。

03 ｜かぎり【限り】

（名）限度，極限；（接在表示時間、範圍等名詞下）只限於…，以…為限，在…範圍內

例 限りある命を楽しむ。

譯 享受有限的生命。

04 ｜かぎる【限る】

（自他五）限定，限制；限於；以…為限；不限，不一定，未必

例 今日に限る。

譯 限於今日。

05 ｜き【期】

（名）時期；時機；季節；（預定的）時日

例 入学の時期が訪れる。

譯 又到開學期了。

06 ｜きげん【期限】

（名）期限

例 期限が切れる。

譯 期滿，過期。

07 ｜たんき【短期】

（名）短期

例 短期の留学生が急増した。

譯 短期留學生急速增加。

08 ｜ちょうき【長期】

（名）長期，長時間

例 長期にわたる。

譯 經過很長一段時間。

09 ｜ていきてき【定期的】

（形動）定期，一定的期間

例 定期的に送る。

譯 定期運送。

パート 2 第二章 住居
- 住房 -

2-1 家 /
住家

01 | いしょくじゅう【衣食住】
㊅ 衣食住
例 衣食住に困らない。
譯 不愁吃穿住。

02 | いど【井戸】
㊅ 井
例 井戸を掘る。
譯 挖井。

03 | がいしゅつ【外出】
㊅・自サ 出門，外出
例 外出を控える。
譯 減少外出。

04 | かえす【帰す】
他五 讓…回去，打發回家
例 家に帰す。
譯 讓…回家。

05 | かおく【家屋】
㊅ 房屋，住房
例 家屋が立ち並ぶ。
譯 房屋羅列。

06 | くらし【暮らし】
㊅ 度日，生活；生計，家境
例 暮らしを立てる。
譯 謀生。

07 | じたく【自宅】
㊅ 自己家，自己的住宅
例 自宅で事務仕事をやっている。
譯 在家中做事務性工作。

08 | じゅうきょ【住居】
㊅ 住所，住宅
例 住居を移転する。
譯 移居。

09 | しゅうぜん【修繕】
㊅・他サ 修繕，修理
例 古い家屋を修繕した。
譯 整修舊房屋。

10 | じゅうたく【住宅】
㊅ 住宅
例 住宅が密集する。
譯 住宅密集。

11 | じゅうたくち【住宅地】
名 住宅區
例 閑静な住宅地にある。
譯 在安靜的住宅區。

12 | スタート【start】
名・自サ 起動，出發，開端；開始（新事業等）
例 新生活がスタートする。
譯 開始新生活。

13 | たく【宅】
名・漢造 住所，自己家，宅邸；（加接頭詞「お」成為敬稱）尊處
例 先生のお宅を訪問した。
譯 拜訪了老師的尊府。

14 | ついで
名 順便，就便；順序，次序
例 ついでの折に立ち寄る。
譯 順便過來拜訪。

15 | でかける【出かける】
自下一 出門，出去，到…去；剛要走，要出去；剛要…
例 家を出かけた時に電話が鳴った。
譯 正要出門時，電話響起。

16 | とりこわす【取り壊す】
他五 拆除
例 古い家を取り壊す。
譯 拆除舊屋。

17 | のき【軒】
名 屋簷
例 軒を並べる。
譯 房屋鱗次櫛比。

18 | べっそう【別荘】
名 別墅
例 別荘を建てる。
譯 蓋別墅。

19 | ほうもん【訪問】
名・他サ 訪問，拜訪
例 お宅を訪問する。
譯 到貴宅拜訪。

2-2 家の外側 /
住家的外側

01 | あまど【雨戸】
名 （為防風防雨而罩在窗外的）木板套窗，滑窗
例 雨戸を開ける。
譯 拉開木板套窗。

02 | いしがき【石垣】
名 石牆
例 石垣のある家に住みたい。
譯 想住有石牆的房子。

03 | かきね【垣根】
名 籬笆，柵欄，圍牆
例 垣根を取り払う。
譯 拆除籬笆。

04 | かわら【瓦】

㊐ 瓦
<ruby>瓦<rt>かわら</rt></ruby>で<ruby>屋根<rt>や ね</rt></ruby>を<ruby>葺<rt>ふ</rt></ruby>く。
㊌ 用瓦鋪屋頂。

05 | すきま【隙間】

㊐ 空隙，隙縫；空閒，閒暇
㊊ <ruby>隙間<rt>すき ま</rt></ruby>ができる。
㊌ 產生縫隙。

06 | すずむ【涼む】

㊐ 乘涼，納涼
㊊ <ruby>縁側<rt>えんがわ</rt></ruby>で<ruby>涼<rt>すず</rt></ruby>む。
㊌ 在走廊乘涼。

07 | へい【塀】

㊐ 圍牆，牆院，柵欄
㊊ <ruby>塀<rt>へい</rt></ruby>が<ruby>傾<rt>かたむ</rt></ruby>く。
㊌ 圍牆傾斜。

08 | ものおき【物置】

㊐ 庫房，倉房
㊊ <ruby>物置<rt>ものおき</rt></ruby>に<ruby>入<rt>い</rt></ruby>れる。
㊌ 放入倉庫。

09 | れんが【煉瓦】

㊐ 磚，紅磚
㊊ <ruby>煉瓦<rt>れん が</rt></ruby>を<ruby>積<rt>つ</rt></ruby>む。
㊌ 砌磚。

2-3 部屋、設備 /
房間、設備

01 | あわ【泡】

㊐ 泡，沫，水花
㊊ <ruby>泡<rt>あわ</rt></ruby>が<ruby>立<rt>た</rt></ruby>つ。
㊌ 起泡泡。

02 | いた【板】

㊐ 木板；薄板；舞台
㊊ <ruby>床<rt>ゆか</rt></ruby>に<ruby>板<rt>いた</rt></ruby>を<ruby>張<rt>は</rt></ruby>る。
㊌ 地板鋪上板子。

03 | かいてき【快適】

㊐ 舒適，暢快，愉快
㊊ <ruby>快適<rt>かいてき</rt></ruby>な<ruby>空間<rt>くうかん</rt></ruby>になる。
㊌ 成為舒適的空間。

04 | かんき【換気】

㊐ 換氣，通風，使空氣流通
㊊ <ruby>窓<rt>まど</rt></ruby>を<ruby>開<rt>あ</rt></ruby>けて<ruby>換気<rt>かん き</rt></ruby>する。
㊌ 打開窗戶使空氣流通。

05 | きゃくま【客間】

㊐ 客廳
㊊ <ruby>客間<rt>きゃく ま</rt></ruby>に<ruby>通<rt>とお</rt></ruby>す。
㊌ 請到客廳。

06 | きれい【綺麗・奇麗】

㊐ 好看，美麗；乾淨；完全徹底；清白，純潔；正派，公正
㊊ <ruby>部屋<rt>へ や</rt></ruby>をきれいにする。
㊌ 把房間打掃乾淨。

07 | ざしき【座敷】

(名) 日本式客廳；酒席，宴會，應酬；宴客的時間；接待客人

例 座敷に通す。

譯 到客廳。

08 | しく【敷く】

(自五・他五) 鋪上一層，(作接尾詞用)鋪滿，遍佈，落滿鋪墊，鋪設；布置，發佈

例 座布団を敷く。

譯 鋪坐墊。

09 | しょうじ【障子】

(名) 日本式紙拉門，隔扇

例 壁に耳あり、障子に目あり。

譯 隔牆有耳，隔籬有眼。

10 | しょくたく【食卓】

(名) 餐桌

例 食卓を囲む。

譯 圍著餐桌。

11 | しょさい【書斎】

(名) (個人家中的)書房，書齋

例 書斎に閉じこもる。

譯 關在書房裡。

12 | せんめん【洗面】

(名・他サ) 洗臉

例 洗面台が詰まった。

譯 洗臉台塞住了。

13 | ちらかす【散らかす】

(他五) 弄得亂七八糟；到處亂放，亂扔

例 部屋を散らかす。

譯 把房間弄得亂七八糟。

14 | ちらかる【散らかる】

(自五) 凌亂，亂七八糟，到處都是

例 部屋が散らかる。

譯 房間凌亂。

15 | てあらい【手洗い】

(名) 洗手；洗手盆，洗手用的水；洗手間

例 手洗いに行く。

譯 去洗手間。

16 | とこのま【床の間】

(名) 壁龕(牆身所留空間，傳統和室常有擺設插花或是貴重的藝術品之特別空間)

例 床の間に飾る。

譯 裝飾壁龕。

17 | ひっこむ【引っ込む】

(自五・他五) 引退，隱居；縮進，縮入；拉入，拉進；拉攏

例 部屋の隅に引っ込む。

譯 退往房間角落。

18 | ふう【風】

(名・漢造) 樣子，態度；風度；習慣；情況；傾向；打扮；風；風教；風景；因風得病；諷刺

例 和風に染まる。

譯 沾染上日本風味。

19 | ふすま【襖】

(名) 隔扇，拉門
(例) 襖を開ける。
(譯) 拉開隔扇。

20 | ふわふわ

(副・自サ) 輕飄飄地；浮躁，不沈著；軟綿綿的
(例) ふわふわの掛け布団が好きだ。
(譯) 喜歡軟綿綿的棉被。

21 | べんじょ【便所】

(名) 廁所，便所
(例) 便所へ行く。
(譯) 上廁所。

22 | またぐ【跨ぐ】

(他五) 跨立，叉開腿站立；跨過，跨越
(例) 敷居をまたぐ。
(譯) 跨過門檻。

23 | めいめい【銘々】

(名・副) 各自，每個人
(例) 銘々に部屋がある。
(譯) 每人都有各自的房間。

24 | ものおと【物音】

(名) 響聲，響動，聲音
(例) 物音がする。
(譯) 發出聲響。

25 | やぶく【破く】

(他五) 撕破，弄破
(例) 障子を破く。
(譯) 把紙拉門弄破。

2-4 住む / 居住

01 | うすぐらい【薄暗い】

(形) 微暗的，陰暗的
(例) 薄暗い部屋に閉じ込められた。
(譯) 被關進微暗的房間。

02 | かしま【貸間】

(名) 出租的房間
(例) 貸間を探す。
(譯) 找出租房子。

03 | かしや【貸家】

(名) 出租的房子
(例) 貸家の広告をアップする。
(譯) 上傳出租房屋的廣告。

04 | かす【貸す】

(他五) 借出，出借；出租；提出策劃
(例) 部屋を貸す。
(譯) 房屋租出。

05 | げしゅく【下宿】

(名・自サ) 租屋；住宿
(例) おじの家に下宿している。
(譯) 在叔叔家裡租房間住。

06 | すまい【住まい】

名 居住；住處，寓所；地址

例 <ruby>一人<rt>ひとり</rt></ruby>住まいが<ruby>不安<rt>ふあん</rt></ruby>になってきた。

譯 對獨居開始感到不安。

07 | だんち【団地】

名（為發展產業而成片劃出的）工業區；（有計畫的集中建立住房的）住宅區

例 <ruby>団地<rt>だんち</rt></ruby>に<ruby>住<rt>す</rt></ruby>む。

譯 住在住宅區。

Memo

食事

- 用餐 -

3-1 食事、食べる、味 /
用餐、吃、味道

01 | あじわう【味わう】

(他五) 品嚐；體驗，玩味，鑑賞

例 味わって食べる。

譯 邊品嚐邊吃。

02 | おうせい【旺盛】

(形動) 旺盛

例 食欲が旺盛だ。

譯 食慾很旺盛。

03 | おかわり【お代わり】

(名・自サ)(酒、飯等)再來一杯、一碗

例 ご飯をお代わりする。

譯 再來一碗飯。

04 | かじる【齧る】

(他五) 咬，啃；一知半解

例 木の実をかじる。

譯 啃樹木的果實。

05 | カロリー【calorie】

(名)(熱量單位)卡，卡路里；(食品營養價值單位)卡，大卡

例 カロリーが高い。

譯 熱量高。

06 | くう【食う】

(他五)(俗)吃，(蟲)咬

例 飯を食う。

譯 吃飯。

07 | こうきゅう【高級】

(名・形動)(級別)高，高級；(等級程度)高

例 高級な料理を楽しめる。

譯 可以享受高級料理。

08 | こえる【肥える】

(自下一) 肥，胖；土地肥沃；豐富；(識別力)提高，(鑑賞力)強

例 口が肥える。

譯 講究吃。

09 | こんだて【献立】

(名) 菜單

例 献立を作る。

譯 安排菜單。

10 | さしみ【刺身】

(名) 生魚片

例 刺身は苦手だ。

譯 不敢吃生魚片。

11 | さっぱり

(名・他サ) 整潔，俐落，瀟灑；(個性)直爽，坦率；(感覺)爽快，病癒；(味道)清淡

例 さっぱりしたものが食べたい。

譯 想吃些清淡的菜。

12 | しおからい【塩辛い】

(形) 鹹的

例 味は塩辛い。

譯 味道很鹹。

13 | しつこい

(形) (色香味等)過於濃的，油膩；執拗，糾纏不休

例 しつこい味がする。

譯 味道濃厚

14 | しゃぶる

(他五) (放入口中)含，吸吮

例 飴をしゃぶる。

譯 吃糖果。

15 | じょう【上】

(名・漢造) 上等；(書籍的)上卷；上部，上面；上好的，上等的

例 うな丼の上を頼んだ。

譯 點了上等鰻魚丼。

16 | じょうひん【上品】

(名・形動) 高級品，上等貨；莊重，高雅，優雅

例 上品な味をお楽しみください。

譯 享用口感高雅的料理。

17 | しょくせいかつ【食生活】

(名) 飲食生活

例 食生活が豊かになった。

譯 飲食生活變得豐富。

18 | しょくよく【食欲】

(名) 食慾

例 食欲がない。

譯 沒有食慾。

19 | そのまま

(副) 照樣的，按照原樣；(不經過一般順序、步驟)就那樣，馬上，立刻；非常相像

例 そのまま食べる。

譯 就那樣直接吃。

20 | そまつ【粗末】

(名・形動) 粗糙，不精緻；疏忽，簡慢；糟蹋

例 粗末な食事をとる。

譯 粗茶淡飯。

21 | ちゅうしょく【昼食】

(名) 午飯，午餐，中飯，中餐

例 昼食をとる。

譯 吃中餐。

22 | ちょうしょく【朝食】

(名) 早餐

例 朝食はパンとコーヒーで済ませる。

譯 早餐吃麵包和咖啡解決。

23 | ついか【追加】

(名・他サ) 追加，添付，補上

例 料理を追加する。

譯 追加料理。

24 | つぐ【注ぐ】

(他五) 注入，斟，倒入（茶、酒等）

例 お茶を注ぐ。

譯 倒茶。

25 | のこらず【残らず】

(副) 全部，通通，一個不剩

例 残らず食べる。

譯 一個不剩全部吃完。

26 | のみかい【飲み会】

(名) 喝酒的聚會

例 飲み会に誘われる。

譯 被邀去參加聚會。

27 | バイキング【Viking】

(名) 自助式吃到飽

例 朝食のバイキング。

譯 自助式吃到飽的早餐

28 | まかなう【賄う】

(他五) 供給飯食；供給，供應；維持

例 食事を賄う。

譯 供餐。

29 | ゆうしょく【夕食】

(名) 晩餐

例 夕食はハンバーグだ。

譯 晚餐吃漢堡排。

30 | よう【酔う】

(自五) 醉，酒醉；暈（車、船）；（吃魚等）中毒；陶醉

例 酒に酔う。

譯 喝醉酒。

31 | よくばる【欲張る】

(自五) 貪婪，貪心，貪得無厭

例 欲張って食べ過ぎる。

譯 貪心結果吃太多了。

3-2 食べ物 /
食物

01 | あめ【飴】

(名) 糖，麥芽糖

例 飴をしゃぶらせる。

譯 （為了討好，欺騙等而）給（對方）些甜頭。

02 | ウィスキー【whisky】

(名) 威士忌（酒）

例 スコッチウィスキーを飲む。

譯 喝蘇格蘭威士忌。

03 | おかず【お数・お菜】

(名) 菜飯，菜餚

例 ご飯のおかずになる。

譯 成為配菜。

04 | おやつ

名 (特指下午二到四點給兒童吃的)點心，零食

例 おやつを食べる。

譯 吃零食。

05 | か【可】

名 可，可以；及格

例 お弁当持ち込み可。

譯 可攜帶便當進入。

06 | かし【菓子】

名 點心，糕點，糖果

例 和菓子を家庭で作る。

譯 在家裡製作日本點心。

07 | かたよる【偏る・片寄る】

自五 偏於，不公正，偏袒；失去平衡

例 栄養が偏る。

譯 營養不均。

08 | クリーム【cream】

名 鮮奶油，奶酪；膏狀化妝品；皮鞋油；冰淇淋

例 生クリームを使う。

譯 使用鮮奶油。

09 | じさん【持参】

名・他サ 帶來(去)，自備

例 弁当を持参する。

譯 自備便當。

10 | しょくえん【食塩】

名 食鹽

例 食塩と砂糖で味付けする。

譯 以鹽巴和砂糖調味。

11 | しょくひん【食品】

名 食品

例 食品売り場を拡大する。

譯 擴大食品販賣部。

12 | しょくもつ【食物】

名 食物

例 食物アレルギーをおこす。

譯 食物過敏。

13 | しる【汁】

名 汁液，漿；湯；味噌湯

例 みそ汁を作る。

譯 做味噌湯。

14 | ちゃ【茶】

名・漢造 茶；茶樹；茶葉；茶水

例 茶を入れる。

譯 泡茶。

15 | チップ【chip】

名 (削木所留下的)片削；洋芋片

例 ポテト・チップスを作る。

譯 做洋芋片。

16 | とうふ【豆腐】

(名) 豆腐

例 豆腐は安い。

譯 豆腐很便宜。

17 | ハム【ham】

(名) 火腿

例 ハムサンドをください。

譯 請給我火腿三明治。

18 | めし【飯】

(名) 米飯；吃飯，用餐；生活，生計

例 飯を炊く。

譯 煮飯。

19 | もち【餅】

(名) 年糕

例 餅をつく。

譯 搗年糕。

20 | もる【盛る】

(他五) 盛滿，裝滿；堆滿，堆高；配藥，下毒；刻劃，標刻度

例 ご飯を盛る。

譯 盛飯。

21 | れいとうしょくひん【冷凍食品】

(名) 冷凍食品

例 冷凍食品は便利だ。

譯 冷凍食品很方便。

3-3 調理、料理、クッキング /
調理、菜餚、烹調

01 | あぶる【炙る・焙る】

(他五) 烤；烘乾；取暖

例 海苔をあぶる。

譯 烤海苔。

02 | いる【煎る・炒る】

(他五) 炒，煎

例 豆を煎る。

譯 炒豆子。

03 | うすめる【薄める】

(他下一) 稀釋，弄淡

例 水で薄める。

譯 摻水稀釋。

04 | かねつ【加熱】

(名・他サ) 加熱，高溫處理

例 牛乳を加熱する。

譯 把牛乳加熱。

05 | こがす【焦がす】

(他五) 弄糊，烤焦，燒焦；(心情)焦急，焦慮；用香薰

例 ご飯を焦がす。

譯 把飯煮糊。

06 | こげる【焦げる】

(自下一) 烤焦，燒焦，焦，糊；曬褪色

例 茶色に焦げる。

譯 燒焦成茶色。

07 | すいじ【炊事】

(名・自サ) 烹調，煮飯

例 彼は炊事当番になった。

譯 輪到他做飯。

08 | そそぐ【注ぐ】

(自五・他五) （水不斷地）注入，流入；（雨、雪等）落下；（把液體等）注入，倒入；澆、灑

例 水を注ぐ。

譯 灌入水。

09 | ちょうみりょう【調味料】

(名) 調味料，佐料

例 調味料を加える。

譯 加入調味料。

10 | できあがり【出来上がり】

(名) 做好，做完；完成的結果（手藝，質量）

例 出来上がりを待つ。

譯 等待成果。

11 | できあがる【出来上がる】

(自五) 完成，做好；天性，生來就…

例 ようやく出来上がった。

譯 好不容易才完成。

12 | ねっする【熱する】

(自サ・他サ) 加熱，變熱，發熱；熱中於，興奮，激動

例 火で熱する。

譯 用火加熱。

13 | ひをとおす【火を通す】

(慣) 加熱；烹煮

例 さっと火を通す。

譯 很快地加熱一下。

14 | ゆげ【湯気】

(名) 蒸氣，熱氣；（蒸汽凝結的）水珠，水滴

例 湯気が立つ。

譯 冒熱氣。

15 | れいとう【冷凍】

(名・他サ) 冷凍

例 肉を冷凍する。

譯 將肉冷凍。

3-4 食器 /
餐廚用具

01 | かま【窯】

(名) 窯，爐；鍋爐

例 窯で焼く。

譯 在窯裡燒。

02 | かんづめ【缶詰】

(名) 罐頭；不與外界接觸的狀態；擁擠的狀態

例 缶詰にする。

譯 關起來。

03 | さじ【匙】

(名) 匙子，小杓子

例 匙ですくう。

譯 用匙舀。

04 | さら【皿】

(名) 盤子；盤形物；（助數詞）一碟等

例 目を皿のようにする。

譯 睜大雙眼。

05 | しょっき【食器】

(名) 餐具

例 食器を洗う。

譯 洗餐具。

06 | ずみ【済み】

(名) 完了，完結；付清，付訖

例 使用済みの紙コップを活用できる。

譯 使用過的紙杯可以加以活用。

07 | せともの【瀬戸物】

(名) 陶瓷品

例 瀬戸物を紹介する。

譯 介紹瓷器。

08 | ひび【罅・皹】

(名) （陶器、玻璃等）裂紋，裂痕；（人和人之間）發生裂痕；（身體、精神）發生毛病

例 罅が入る。

譯 出現裂痕。

09 | びんづめ【瓶詰】

(名) 瓶裝；瓶裝罐頭

例 瓶詰で売る。

譯 用瓶裝銷售。

10 | ふさぐ【塞ぐ】

(他五・自五) 塞閉；阻塞，堵；佔用；不舒服，鬱悶

例 瓶の口を塞ぐ。

譯 塞住瓶口。

11 | やかん【薬缶】

(名) （銅、鋁製的）壺，水壺

例 やかんで湯を沸かす。

譯 用壺燒水。

4-1 衣服、洋服、和服 /
衣服、西服、和服

01 | いふく【衣服】
(名) 衣服
例 衣服を整える。
譯 整裝。

02 | いりょうひん【衣料品】
(名) 衣料；衣服
例 衣料品店を営む。
譯 經營服飾店。

03 | うつす【映す】
(他五) 映，照；放映
例 姿を映す。
譯 映照出姿態。

04 | おでかけ【お出掛け】
(名) 出門，正要出門
例 お出かけ用の靴がない。
譯 沒有出門用的鞋子。

05 | かおり【香り】
(名) 芳香，香氣
例 香りを付ける。
譯 讓…有香氣。

06 | きじ【生地】
(名) 本色，素質，本來面目；布料；(陶器等)毛坯
例 ドレスの生地が粗い。
譯 洋裝布料質地粗糙。

07 | きれ【切れ】
(名) 衣料，布頭，碎布
例 余ったきれでハンカチを作る。
譯 用剩布做手帕。

08 | けがわ【毛皮】
(名) 毛皮
例 毛皮のコートが特売中だ。
譯 毛皮大衣特賣中。

09 | しみ【染み】
(名) 汙垢；玷汙
例 服に醤油の染みが付く。
譯 衣服沾上醬油。

10 | つるす【吊るす】
(他五) 懸起，吊起，掛著
例 洋服を吊るす。
譯 吊起西裝。

11 | ドレス【dress】

名 女西服，洋裝，女禮服

例 ドレスを脱ぐ。

譯 脫下洋裝。

12 | ねまき【寝間着】

名 睡衣

例 寝間着に着替える。

譯 換穿睡衣。

13 | はだぎ【肌着】

名 (貼身)襯衣，汗衫

例 婦人の肌着の品は豊富です。

譯 女性的汗衫類產品很豐富。

14 | はなやか【華やか】

形動 華麗；輝煌；活躍；引人注目

例 華やかな服装で出席する。

譯 穿著華麗的服裝出席。

15 | ふくそう【服装】

名 服裝，服飾

例 服装に凝る。

譯 講究服裝。

16 | ふくらむ【膨らむ】

自五 鼓起，膨脹；(因為不開心而)噘嘴

例 ポケットが膨んだ。

譯 口袋鼓起來。

17 | みずぎ【水着】

名 泳裝

例 水着に着替える。

譯 換上泳裝。

18 | モダン【modern】

名・形動 現代的，流行的，時髦的

例 モダンな服装で現れる。

譯 穿著時髦的服裝出現。

19 | ゆかた【浴衣】

名 夏季穿的單衣，浴衣

例 浴衣を着る。

譯 穿浴衣。

20 | ゆったり

副・自サ 寛敞舒適

例 ゆったりした服が着たくなる。

譯 想穿寬鬆的服裝。

21 | わふく【和服】

名 日本和服，和服

例 和服姿で現れる。

譯 以和服打扮出場。

22 | ワンピース【one-piece】

名 連身裙，洋裝

例 ワンピースを着る。

譯 穿洋裝。

4-2 着る、装身具 /
穿戴、服飾用品

01 | うらがえす【裏返す】

他五 翻過來；通敵，叛變

例 靴下を裏返して履く。
譯 襪子反過來穿。

02 | うわ【上】

漢造 (位置的)上邊，上面，表面；(價值、程度)高；輕率，隨便
例 上着を脱ぐ。
譯 脱上衣。

03 | エプロン【apron】

名 圍裙
例 エプロンを付ける。
譯 圍圍裙。

04 | おび【帯】

名 (和服裝飾用的)衣帶，腰帶；「帶紙」的簡稱
例 帯を巻く。
譯 穿衣帶。

05 | かぶせる【被せる】

他下一 蓋上;(用水)澆沖;戴上(帽子等);推卸
例 帽子を被せる。
譯 戴上帽子。

06 | きがえ【着替え】

名 換衣服；換的衣服
例 着替えを持つ。
譯 攜帶換洗衣物。

07 | げた【下駄】

名 木屐

例 下駄を履く。
譯 穿木屐。

08 | じかに【直に】

副 直接地，親自地；貼身
例 肌に直に着る。
譯 貼身穿上。

09 | たび【足袋】

名 日式白布襪
例 足袋を履く。
譯 穿日式白布襪。

10 | たれさがる【垂れ下がる】

自五 下垂
例 ひもが垂れ下がる。
譯 帶子垂下。

11 | つける【着ける】

他下一 佩帶，穿上
例 服を身に付ける。
譯 穿上衣服。

12 | ながそで【長袖】

名 長袖
例 長袖の服を着る。
譯 穿長袖衣物。

13 | バンド【band】

名 樂團帶；狀物；皮帶，腰帶
例 バンドを締める。
譯 繫皮帶。

14 | ブローチ【brooch】

名 胸針

例 ブローチを付ける。

譯 別上胸針。

15 | ほころびる【綻びる】

自下一 脱線；使微微地張開，綻放

例 袖口が綻びる。

譯 袖口綻開。

16 | ほどく【解く】

他五 解開(繩結等)；拆解(縫的東西)

例 結び目を解く。

譯 把結扣解開。

4-3 繊維 /
衣料繊維

01 | けいと【毛糸】

名 毛線

例 毛糸で編む。

譯 以毛線編織。

02 | てぬぐい【手ぬぐい】

名 布手巾

例 手ぬぐいを絞る。

譯 扭(乾)毛巾。

03 | ぬの【布】

名 布匹；棉布；麻布

例 布を織る。

譯 織布。

04 | ひも【紐】

名 (布、皮革等的)細繩，帶

例 紐がつく。

譯 帶附加條件。

05 | ようもう【羊毛】

名 羊毛

例 羊毛を刈る。

譯 剪羊毛。

06 | わた【綿】

名 (植)棉；棉花；柳絮；絲棉

例 綿を入れる。

譯 (往衣被裡)塞棉花。

5-1 身体、体 /
胴體、身體

01 | あびる【浴びる】
(他上一) 洗，浴；曬，照；遭受，蒙受
例 シャワーを浴びる。
譯 淋浴。

02 | い【胃】
(名) 胃
例 胃が痛い。
譯 胃痛。

03 | かつぐ【担ぐ】
(他五) 扛，挑；推舉，擁戴；受騙
例 荷物を担ぐ。
譯 搬行李。

04 | きんにく【筋肉】
(名) 肌肉
例 筋肉を鍛える。
譯 鍛鍊肌肉。

05 | こし【腰】
(名・接尾) 腰；(衣服、裙子等的)腰身
例 腰が抜ける。
譯 站不起來；嚇得腿軟。

06 | こしかける【腰掛ける】
(自下一) 坐下
例 ベンチに腰掛ける。
譯 坐長板凳。

07 | ころぶ【転ぶ】
(自五) 跌倒，倒下；滾轉；趨勢發展，事態變化
例 滑って転ぶ。
譯 滑倒。

08 | しせい【姿勢】
(名) (身體)姿勢；態度
例 姿勢をとる。
譯 採取…姿態。

09 | しゃがむ
(自五) 蹲下
例 しゃがんで小石を拾う。
譯 蹲下撿小石頭。

10 | しんしん【心身】
(名) 身和心；精神和肉體
例 心身を鍛える。
譯 鍛鍊身心。

11 | しんぞう【心臓】

(名) 心臓；厚臉皮，勇氣

例 心臓が強い。

譯 心臟很強。

12 | ぜんしん【全身】

(名) 全身

例 症状が全身に広がる。

譯 症狀擴散到全身。

13 | だらり（と）

(副) 無力地（下垂著）

例 だらりとぶら下がる。

譯 無力地垂吊。

14 | ていれ【手入れ】

(名・他サ) 收拾，修整；檢舉，搜捕

例 肌の手入れをする。

譯 保養肌膚。

15 | どうさ【動作】

(名・自サ) 動作

例 動作が速い。

譯 動作迅速。

16 | とびはねる【飛び跳ねる】

(自下一) 跳躍

例 飛び跳ねて喜ぶ。

譯 欣喜而跳躍。

17 | にぶい【鈍い】

(形) （刀劍等）鈍，不鋒利；（理解、反應）慢，遲鈍，動作緩慢；（光）朦朧，（聲音）渾濁

例 動作が鈍い。

譯 動作遲鈍。

18 | はだ【肌】

(名) 肌膚，皮膚；物體表面；氣質，風度；木紋

例 肌が白い。

譯 皮膚很白。

19 | はだか【裸】

(名) 裸體；沒有外皮的東西；精光，身無分文；不存先入之見，不裝飾門面

例 裸になる。

譯 裸體。

20 | みあげる【見上げる】

(他下一) 仰視，仰望；欽佩，尊敬，景仰

例 空を見上げる。

譯 仰望天空。

21 | もたれる【凭れる・靠れる】

(自下一) 依靠，憑靠；消化不良

例 ドアに凭れる。

譯 靠在門上。

22 | もむ【揉む】

(他五) 搓，揉；捏，按摩；（很多人）互相推擠；爭辯；（被動式型態）錘鍊，受磨練

例 肩を揉む。

譯 按摩肩膀。

23 | わき【脇】

(名) 腋下，夾肢窩；(衣服的)旁側；旁邊，附近，身旁；旁處，別的地方；(演員)配角

例 脇に抱える。

譯 夾在腋下。

5-2 顔 (1) /
臉(1)

01 | あむ【編む】

(他五) 編，織；編輯，編纂

例 お下げを編む。

譯 編髮辮。

02 | いき【息】

(名) 呼吸，氣息；步調

例 息をつく。

譯 喘口氣。

03 | うがい【嗽】

(名・自サ) 漱口

例 うがい薬が苦手だ。

譯 漱口水我最怕了。

04 | うなずく【頷く】

(自五) 點頭同意，首肯

例 軽くうなずく。

譯 輕輕地點頭。

05 | えがお【笑顔】

(名) 笑臉，笑容

例 笑顔を作る。

譯 強顏歡笑。

06 | おおう【覆う】

(他五) 覆蓋，籠罩；掩飾；籠罩，充滿；包含，蓋擴

例 顔を覆う。

譯 蒙面。

07 | おもなが【面長】

(名・形動) 長臉，橢圓臉

例 面長の人に合う。

譯 適合臉長的人。

08 | くち【口】

(名・接尾) 口，嘴；用嘴說話；口味；人口，人數；出入或存取物品的地方；口，放進口中或動口的次數；股，份

例 口がうまい。

譯 花言巧語，善於言詞。

09 | くぼむ【窪む・凹む】

(自五) 凹下，塌陷

例 目がくぼむ。

譯 眼窩深陷。

10 | くわえる【銜える】

(他一) 叼，銜

例 楊枝をくわえる。

譯 叼著牙籤。

11 | けむい【煙い】

(形) 煙撲到臉上使人無法呼吸，嗆人

例 煙草が煙い。

譯 菸薰嗆人。

12｜こきゅう【呼吸】

(名・自他サ) 呼吸，吐納；(合作時)步調，拍子，節奏；竅門，訣竅

例 呼吸がとまる。

譯 停止呼吸。

13｜さぐる【探る】

(他五) (用手腳等)探，摸；探聽，試探，偵查；探索，探求，探訪

例 手で探る。

譯 用手摸索。

14｜ささやく【囁く】

(自五) 低聲自語，小聲説話，耳語

例 耳元でささやく。

譯 附耳私語。

15｜しょうてん【焦点】

(名) 焦點；(問題的)中心，目標

例 焦点が合う。

譯 對準目標。

16｜しらが【白髪】

(名) 白頭髮

例 白髪が増える。

譯 白髮增多。

17｜すきとおる【透き通る】

(自五) 通明，透亮，透過去；清澈；清脆(的聲音)

例 透き通った声で話す。

譯 以清脆的聲音説話。

18｜するどい【鋭い】

(形) 尖的；(刀子)鋒利的；(視線)尖鋭的；激烈，強烈；(頭腦)敏鋭，聰明

例 鋭い目つきで見つめる。

譯 以鋭利的目光注視著。

19｜そる【剃る】

(他五) 剃(頭)，刮(臉)

例 ひげを剃る。

譯 刮鬍子。

20｜ためいき【ため息】

(名) 嘆氣，長吁短嘆

例 ため息をつく。

譯 嘆氣。

5-2 顔 (2) /
臉 (2)

21｜たらす【垂らす】

(名) 滴；垂

例 よだれを垂らす。

譯 流口水。

22｜ちぢれる【縮れる】

(自下一) 捲曲；起皺，出摺

例 毛が縮れる。

譯 毛卷曲。

23｜つき【付き】

(接尾) (前接某些名詞)樣子；附屬

例 顔つきが変わる。

譯 神情變了。

24 | つっこむ【突っ込む】

(他五・自五) 衝入，闖入；深入；塞進，插入；沒入；深入追究

例 首を突っ込む。

譯 一頭栽入。

25 | つや【艶】

(名) 光澤，潤澤；興趣，精彩；豔事，風流事

例 艶が出る。

譯 顯出光澤。

26 | のぞく【覗く】

(自五・他五) 露出(物體的一部份)；窺視，探視；往下看；晃一眼；窺探他人秘密

例 隙間から覗く。

譯 從縫隙窺看。

27 | はさまる【挟まる】

(自五) 夾，(物體)夾在中間；夾在(對立雙方中間)

例 歯に挟まる。

譯 卡牙縫，塞牙縫。

28 | ぱっちり

(副・自サ) 眼大而水汪汪；睜大眼睛

例 目がぱっちりとしている。

譯 眼兒水汪汪。

29 | ひとみ【瞳】

(名) 瞳孔，眼睛

例 瞳を輝かせる。

譯 目光炯炯。

30 | ふと

(副) 忽然，偶然，突然；立即，馬上

例 ふと見ると何かが落ちている。

譯 猛然一看好像有東西掉落。

31 | ほほえむ【微笑む】

(自五) 微笑，含笑；(花)微開，乍開

例 にっこりと微笑む。

譯 嫣然一笑。

32 | ぼんやり

(名・副・自サ) 模糊，不清楚；迷糊，傻楞楞；心不在焉；笨蛋，呆子

例 ぼんやりと見える。

譯 模糊的看見。

33 | まえがみ【前髪】

(名) 瀏海

例 前髪を切る。

譯 剪瀏海。

34 | みおろす【見下ろす】

(他五) 俯視，往下看；輕視，藐視，看不起；視線從上往下移動

例 下を見下ろす。

譯 往下看。

35 | みつめる【見詰める】

(他下一) 凝視，注視，盯著

例 顔を見つめる。

譯 凝視對方的臉孔。

36 | めだつ【目立つ】

(自五) 顯眼，引人注目，明顯

例 ニキビが目立ってきた。

譯 痘痘越來越多了。

5-3 手足 /
手腳

01 | あおぐ【扇ぐ】

(自・他五) （用扇子）搧（風）

例 うちわで扇ぐ。

譯 用團扇搧。

02 | あしあと【足跡】

(名) 腳印；（逃走的）蹤跡；事蹟，業績

例 足跡を残す。

譯 留下足跡。

03 | あしもと【足元】

(名) 腳下；腳步；身旁，附近

例 足下にも及ばない。

譯 望塵莫及。

04 | あしをはこぶ【足を運ぶ】

(慣) 去，前往拜訪

例 何度も足を運ぶ。

譯 多次前往拜訪。

05 | きよう【器用】

(名・形動) 靈巧，精巧；手藝巧妙；精明

例 彼は手先が器用だ。

譯 他手很巧。

06 | くむ【汲む】

(他五) 打水，取水

例 バケツに水を汲む。

譯 用水桶打水。

07 | くむ【組む】

(自五) 聯合，組織起來

例 足を組む。

譯 蹺腳。

08 | こぐ【漕ぐ】

(他五) 划船，搖櫓，蕩槳；蹬（自行車），打（鞦韆）

例 自転車をこぐ。

譯 踩自行車。

09 | こする【擦る】

(他五) 擦，揉，搓；摩擦

例 目を擦る。

譯 揉眼睛。

10 | しびれる【痺れる】

(自下一) 麻木；（俗）因強烈刺激而興奮

例 足がしびれる。

譯 腳麻。

11 | しぼる【絞る】

(他五) 扭，擰；引人（流淚）；拼命發出（高聲），絞盡（腦汁）；剝削，勒索；拉開（幕）

例 タオルを絞る。

譯 擰毛巾。

12 | しまう【仕舞う】

(自五・他五・補動) 結束，完了，收拾；收拾起來；關閉；表不能恢復原狀

例 ナイフをしまう。

譯 把刀子收拾起來。

13 | すっと

(副・自サ) 動作迅速地，飛快，輕快；（心中）輕鬆，痛快，輕鬆

例 すっと手を出す。

譯 敏捷地伸出手。

14 | たちどまる【立ち止まる】

(自五) 站住，停步，停下

例 呼ばれて立ち止まる。

譯 被叫住而停下腳步。

15 | ちぎる

(他五・接尾) 撕碎（成小段）；摘取，揪下；（接動詞連用形後加強語氣）非常，極力

例 花びらをちぎる。

譯 摘下花瓣。

16 | のろい【鈍い】

(形) （行動）緩慢的，慢吞吞的；（頭腦）遲鈍的，笨的；對女人軟弱，唯命是從的人

例 足が鈍い。

譯 走路慢。

17 | のろのろ

(副・自サ) 遲緩，慢吞吞地

例 のろのろ（と）歩く。

譯 慢吞吞地走。

18 | はがす【剥がす】

(他五) 剝下

例 ポスターをはがす。

譯 拿下海報。

19 | ひっぱる【引っ張る】

(他五) （用力）拉；拉上，拉緊；強拉走；引誘；拖長；拖延；拉（電線等）；（棒球向左面或右面）打球

例 綱を引っ張る。

譯 拉緊繩索。

20 | ふさがる【塞がる】

(自五) 阻塞；關閉；佔用，佔滿

例 手が塞がっている。

譯 騰不出手來。

21 | ふし【節】

(名) （竹、葦的）節；關節，骨節；（線、繩的）繩結；曲調

例 指の節を鳴らす。

譯 折手指關節。

22 | ぶつ【打つ】

(他五) （「うつ」的強調說法）打，敲

例 平手で打つ。

譯 打一巴掌。

23 | ぶらさげる【ぶら下げる】

(他下一) 佩帶，懸掛；手提，拎

例 バケツをぶら下げる。

譯 提水桶。

24｜ふるえる【震える】

(自下一) 顫抖，發抖，震動

例 手が震える。

譯 手顫抖。

25｜ふれる【触れる】

(他下一・自下一) 接觸，觸摸(身體)；涉及，提到；感觸到；抵觸，觸犯，通知

例 電気に触れる。

譯 觸電。

26｜ほ【歩】

(名・漢造) 步，步行；(距離單位)步

例 歩を進める。

譯 邁步向前。

27｜もちあげる【持ち上げる】

(他下一) (用手)舉起，抬起；阿諛奉承，吹捧；抬頭

例 荷物を持ち上げる。

譯 舉起行李。

28｜ゆっくり

(副・自サ) 慢慢地，不著急的，從容地；安適的，舒適的；充分的，充裕的

例 ゆっくり歩く。

譯 慢慢地走。

Memo

6-1 誕生、生命 /
誕生、生命

01 | いでん【遺伝】

(名・自サ) 遺傳

例 ハゲは遺伝するの。

譯 禿頭會遺傳嗎？

02 | いでんし【遺伝子】

(名) 基因

例 遺伝子が存在する。

譯 存有遺傳基因。

03 | うまれ【生まれ】

(名) 出生；出生地；門第，出生

例 生まれ変わる。

譯 脫胎換骨。

04 | さん【産】

(名) 生產，分娩；（某地方）出生；財產

例 お産をする。

譯 生產。

05 | じんめい【人命】

(名) 人命

例 人命にかかわる。

譯 攸關人命。

06 | せい【生】

(名・漢造) 生命，生活；生業，營生；出生，生長；活著，生存

例 生は死の始めだ。

譯 生為死的開始。

07 | せいめい【生命】

(名) 生命，壽命；重要的東西，關鍵，命根子

例 生命を維持する。

譯 維持生命。

6-2 老い、死 /
老年、死亡

01 | いたい【遺体】

(名) 遺體

例 遺体を埋葬する。

譯 埋葬遺體。

02 | かかわる【係わる】

(自五) 關係到，涉及到；有牽連，有瓜葛；拘泥

例 命に係わる。

譯 攸關性命。

03 | さる【去る】

（自五・他五・連體）離開；經過，結束；（空間、時間）距離；消除，去掉

例 世を去る。

譯 逝世。

04 | じさつ【自殺】

（名・自サ）自殺，尋死

例 自殺を図る。

譯 企圖自殺。

05 | ししゃ【死者】

（名）死者，死人

例 災害で死者が出る。

譯 災害導致有人死亡。

06 | したい【死体】

（名）屍體

例 白骨死体が発見された。

譯 骨骸被發現了。

07 | じゅみょう【寿命】

（名）壽命；（物）耐用期限

例 寿命が尽きる。

譯 壽命已盡。

08 | しわ

（名）（皮膚的）皺紋；（紙或布的）縐折，摺子

例 しわが増える。

譯 皺紋增加。

09 | せいぞん【生存】

（名・自サ）生存

例 事故の生存者を収容した。

譯 收容事故的倖存者。

10 | たつ【絶つ】

（他五）切，斷；絕，斷絕；斷絕，消滅；斷，切斷

例 命を絶つ。

譯 自殺。

11 | ちぢめる【縮める】

（他下一）縮小，縮短，縮減；縮回，捲縮，起皺紋

例 命を縮める。

譯 縮短壽命。

12 | つる【吊る】

（他五）吊，懸掛，佩帶

例 首を吊る。

譯 上吊。

13 | ふける【老ける】

（自下一）上年紀，老

例 年の割には老けてみえる。

譯 顯得比實際年齡還老。

6-3 発育、健康 /
發育、健康

01 | いくじ【育児】

（名）養育兒女

例 育児に追われる。

譯 忙於撫育兒女。

02 | いけない

(形・連語) 不好，糟糕；沒希望，不行；不能喝酒，不能喝酒的人；不許，不可以

例 いけない子に育ってほしくない。

譯 不想培育出壞孩子。

03 | いじ【維持】

(名・他サ) 維持，維護

例 健康を維持する。

譯 維持健康。

04 | こんなに

(副) 這樣，如此

例 こんなに大きくなったよ。

譯 長這麼大了喔！

05 | さほう【作法】

(名) 禮法，禮節，禮貌，規矩；(詩、小説等文藝作品的)作法

例 作法をしつける。

譯 進行禮節教育。

06 | しょうがい【障害】

(名) 障礙，妨礙；(醫)損害，毛病；(障礙賽中的)欄，障礙物

例 障害を乗り越える。

譯 跨過障礙。

07 | せいちょう【生長】

(名・自サ) (植物、草木等)生長，發育

例 生長が早い。

譯 長得快，發育得快。

08 | そくてい【測定】

(名・他サ) 測定，測量

例 体力を測定する。

譯 測量體力。

09 | ちぢむ【縮む】

(自五) 縮，縮小，抽縮；起皺紋，出摺；畏縮，退縮，惶恐；縮回去，縮進去

例 背が縮む。

譯 縮著身體。

10 | のびのび(と)【伸び伸び(と)】

(副・自サ) 生長茂盛；輕鬆愉快

例 子供が伸び伸びと育つ。

譯 讓小孩在自由開放的環境下成長。

11 | はついく【発育】

(名・自サ) 發育，成長

例 発育を妨げる。

譯 阻擾發育。

12 | ひるね【昼寝】

(名・自サ) 午睡

例 昼寝 (を)する。

譯 睡午覺。

13 | わかわかしい【若々しい】

(形) 年輕有朝氣的，年輕輕的，富有朝氣的

例 色つやが若々しい。

譯 色澤鮮艷。

6-4 体調、体質 /
身體狀況、體質

01 | あくび【欠伸】
(名・自サ) 哈欠
例 あくびが出る。
譯 打哈欠。

02 | あらい【荒い】
(形) 凶猛的；粗野的，粗暴的；濫用
例 呼吸が荒い。
譯 呼吸急促。

03 | あれる【荒れる】
(自下一) 天氣變壞；(皮膚)變粗糙；荒廢，荒蕪；暴戾，胡鬧；秩序混亂
例 肌が荒れる。
譯 皮膚變粗糙。

04 | いしき【意識】
(名・他サ) (哲學的)意識；知覺，神智；自覺，意識到
例 意識を失う。
譯 失去意識。

05 | いじょう【異常】
(名・形動) 異常，反常，不尋常
例 異常が見られる。
譯 發現有異常。

06 | いねむり【居眠り】
(名・自サ) 打瞌睡，打盹兒
例 居眠り運転をする。
譯 開車打瞌睡。

07 | うしなう【失う】
(他五) 失去，喪失；改變常態；喪，亡；迷失；錯過
例 気を失う。
譯 意識不清。

08 | きる【切る】
(接尾) (接助詞運用形)表示達到極限；表示完結
例 疲れきる。
譯 疲乏至極。

09 | くずす【崩す】
(他五) 拆毀，粉碎
例 体調を崩す。
譯 把身體搞壞。

10 | しょうもう【消耗】
(名・自他サ) 消費，消耗；(體力)耗盡，疲勞；磨損
例 体力を消耗する。
譯 消耗體力。

11 | しんたい【身体】
(名) 身體，人體
例 身体検査を受ける。
譯 接受身體檢查。

12 | すっきり
(副・自サ) 舒暢，暢快，輕鬆；流暢，通暢；乾淨整潔，俐落
例 頭がすっきりする。
譯 神清氣爽。

13 | たいおん【体温】

(名) 體溫

例 体温を測る。

譯 測量體溫。

14 | とれる【取れる】

(自下一) (附著物)脱落，掉下；需要，花費(時間等)；去掉，刪除；協調，均衡

例 疲れが取れる。

譯 去除疲勞。

15 | はかる【計る】

(他五) 測量；計量；推測，揣測；徵詢，諮詢

例 心拍数をはかる。

譯 計算心跳次數。

16 | はきけ【吐き気】

(名) 噁心，作嘔

例 吐き気がする。

譯 令人作嘔，想要嘔吐。

17 | まわす【回す】

(他五・接尾) 轉，轉動；(依次)傳遞；傳送；調職；各處活動奔走；想辦法；運用；投資；(前接某些動詞連用形)表示遍布四周

例 目を回す。

譯 吃驚。

18 | めまい【目眩・眩暈】

(名) 頭暈眼花

例 めまいを感じる。

譯 感到頭暈。

19 | よみがえる【蘇る】

(自五) 甦醒，復活；復興，復甦，回復；重新想起

例 記憶が蘇る。

譯 重新憶起。

6-5 痛み /
痛疼

01 | いたみ【痛み】

(名) 痛，疼；悲傷，難過；損壞；(水果因碰撞而)腐爛

例 痛みを訴える。

譯 訴說痛苦。

02 | いたむ【痛む】

(自五) 疼痛；苦惱；損壞

例 心が痛む。

譯 傷心。

03 | うなる【唸る】

(自五) 呻吟；(野獸)吼叫；發出鳴聲；吟，哼；贊同，喝彩

例 うなり声を上げる。

譯 發出呻吟聲。

04 | きず【傷】

(名) 傷口，創傷；缺陷，瑕疵

例 傷を負う。

譯 受傷。

05 | こる【凝る】

(自五) 凝固，凝集；（因血行不周、肌肉僵硬等）痠痛；狂熱，入迷；講究，精緻

例 肩が凝る。

譯 肩膀痠痛。

---

06 | ずつう【頭痛】

(名) 頭痛

例 頭痛が治まる。

譯 頭痛止住。

---

07 | ていど【程度】

(名・接尾)（高低大小）程度，水平；（適當的）程度，適度，限度

例 軽い程度でした。

譯 程度輕。

---

08 | むしば【虫歯】

(名) 齲齒，蛀牙

例 虫歯が痛む。

譯 蛀牙疼。

---

09 | やけど【火傷】

(名・自サ) 燙傷，燒傷；（轉）遭殃，吃虧

例 手に火傷をする。

譯 手燙傷。

---

10 | よる【因る】

(自五) 由於，因為；任憑，取決於；依靠，依賴；按照，根據

例 不注意によって怪我する。

譯 由於疏忽受傷。

6-6 病気、治療 /
疾病、治療

01 | あそこ

(代) 那裡；那種程度；那種地步

例 彼の病気があそこまで悪いとは思わなかった。

譯 沒想到他的病會那麼嚴重。

---

02 | がい【害】

(名・漢造) 為害，損害；災害；妨礙

例 健康に害がある。

譯 對健康有害。

---

03 | かぜぐすり【風邪薬】

(名) 感冒藥

例 風邪薬を飲む。

譯 吃感冒藥。

---

04 | がち【勝ち】

(接尾) 往往，容易，動輒；大部分是

例 病気がちな人が多い。

譯 很多人常常感冒。

---

05 | かんびょう【看病】

(名・他サ) 看護，護理病人

例 病人を看病する。

譯 護理病人。

---

06 | きみ・ぎみ【気味】

(名・接尾) 感觸，感受，心情；有一點兒，稍稍

例 風邪気味に効く。

譯 對感冒初期有效。

07 | くるしめる【苦しめる】

(他下一) 使痛苦，欺負

例 持病に苦しめられる。

譯 受宿疾折磨。

08 | こうかてき【効果的】

(形動) 有効的

例 効果的な治療を求める。

譯 尋求有效的醫治方法。

09 | こうりょく【効力】

(名) 効力，効果，效應

例 効力を生じる。

譯 生效。

10 | こくふく【克服】

(名・他サ) 克服

例 病を克服する。

譯 戰勝病魔。

11 | こっせつ【骨折】

(名・自サ) 骨折

例 足を骨折する。

譯 腳骨折。

12 | さしつかえ【差し支え】

(名) 不方便，障礙，妨礙

例 日常生活に差し支えありません。

譯 生活上沒有妨礙。

13 | じゅうしょう【重傷】

(名) 重傷

例 重傷を負う。

譯 受重傷。

14 | じゅうたい【重体】

(名) 病危，病篤

例 重体に陥る。

譯 病危。

15 | じゅんちょう【順調】

(名・形動) 順利，順暢；(天氣、病情等)良好

例 順調に回復する。

譯 (病情)恢復良好。

16 | しょうどく【消毒】

(名・他サ) 消毒，殺菌

例 傷口を消毒する。

譯 消毒傷口。

17 | せいかつしゅうかんびょう【生活習慣病】

(名) 文明病

例 糖尿病は生活習慣病の一つだ。

譯 糖尿病是文明病之一。

18 | たたかう【戦う・闘う】

(自五) (進行)作戰，戰爭；鬥爭；競賽

例 病気と闘う。

譯 和病魔抗戰。

19 | ていか【低下】

(名・自サ) 降低，低落；（力量、技術等）下降

例 機能が急に低下する。

譯 機能急遽下降。

20 | てきせつ【適切】

(名・形動) 適當，恰當，妥切

例 適切な処置をする。

譯 適當的處理。

21 | でんせん【伝染】

(名・自サ) （病菌的）傳染；（惡習的）傳染，感染

例 麻疹が伝染する。

譯 傳染麻疹。

22 | びょう【病】

(漢造) 病，患病；毛病，缺點

例 仮病をつかう。

譯 裝病。

23 | やむ【病む】

(自他五) 得病，患病；煩惱，憂慮

例 肺を病む。

譯 得了肺病。

24 | ゆけつ【輸血】

(名・自サ) （醫）輸血

例 輸血を受ける。

譯 接受輸血。

6-7 体の器官の働き / 身體器官功能

01 | あせ【汗】

(名) 汗

例 汗をかく。

譯 流汗。

02 | あふれる【溢れる】

(自下一) 溢出，漾出，充滿

例 涙があふれる。

譯 淚眼盈眶。

03 | きゅうそく【休息】

(名・自サ) 休息

例 休息を取る。

譯 休息。

04 | きゅうよう【休養】

(名・自サ) 休養

例 休養を取る。

譯 休養。

05 | くしゃみ【嚔】

(名) 噴嚏

例 くしゃみが出る。

譯 打噴嚏。

06 | けつあつ【血圧】

(名) 血壓

例 血圧が上がる。

譯 血壓上升。

07 | じゅんかん【循環】

(名・自サ) 循環

例 血液が循環する。
けつえき　じゅんかん

譯 血液循環。

08 | しょうか【消化】

(名・他サ) 消化（食物）；掌握，理解，記牢（知識等）；容納，吸收，處理

例 消化に良い。
しょう か　よ

譯 有益消化。

09 | しょうべん【小便】

(名・自サ) 小便，尿；(俗)終止合同，食言，毀約

例 立ち小便をする。
た　しょうべん

譯 站著小便。

10 | しんけい【神経】

(名) 神經；察覺力，感覺，神經作用

例 神経が太い。
しんけい　ふと

譯 神經大條，感覺遲鈍。

11 | すいみん【睡眠】

(名・自サ) 睡眠，休眠，停止活動

例 睡眠を取る。
すいみん　と

譯 睡覺。

12 | はく【吐く】

(他五) 吐，吐出；説出，吐露出；冒出，噴出

例 息を吐く。
いき　は

譯 呼氣，吐氣。

Memo

_____

_____

_____

_____

_____

_____

_____

_____

_____

_____

_____

_____

_____

_____

7-1 人物 /
人物

01 | いだい【偉大】

形動 偉大的，魁梧的

例 偉大な人物が登場する。

譯 偉人上台。

02 | えんじ【園児】

名 幼園童

例 園児が多い。

譯 有很多幼園童。

03 | おんなのひと【女の人】

名 女人

例 女の人に嫌われる。

譯 被女人討厭。

04 | かくう【架空】

名 空中架設；虛構的，空想的

例 架空の人物がいる。

譯 有虛擬人物。

05 | かくじ【各自】

名 每個人，各自

例 各自で用意する。

譯 每人各自準備。

06 | かげ【影】

名 影子；倒影；蹤影，形跡

例 影が薄い。

譯 不受重視。

07 | かねそなえる【兼ね備える】

他下一 兩者兼備

例 知性と美貌を兼ね備える。

譯 兼具智慧與美貌。

08 | けはい【気配】

名 跡象，苗頭，氣息

例 気配がない。

譯 沒有跡象。

09 | さいのう【才能】

名 才能，才幹

例 才能に恵まれる。

譯 很有才幹。

10 | じしん【自身】

名・接尾 自己，本人；本身

例 扉は自分自身で開ける。

譯 門要自己開。

11 | じつに【実に】

㊌ 確實，實在，的確；（驚訝或感慨時）實在是，非常，很

例 実に頼もしい。

譯 實在很可靠。

12 | じつぶつ【実物】

㊂ 實物，實在的東西，原物；（經）現貨

例 実物そっくりに描く。

譯 照原物一樣地畫。

13 | じんぶつ【人物】

㊂ 人物；人品，為人；人材；人物（繪畫的），人物（畫）

例 危険人物を追放する。

譯 逐出危險人物。

14 | たま【玉】

㊂ 玉，寶石，珍珠；球，珠；眼鏡鏡片；燈泡；子彈

例 玉にきず。

譯 美中不足

15 | たん【短】

㊂・漢造 短；不足，缺點

例 長をのばし、短を補う。

譯 取長補短。

16 | な【名】

㊂ 名字，姓名；名稱；名分；名譽，名聲；名義，藉口

例 名を売る。

譯 提高聲望。

17 | にんげん【人間】

㊂ 人，人類；人品，為人；（文）人間，社會，世上

例 人間味に欠ける。

譯 缺乏人情味。

18 | ねんれい【年齢】

㊂ 年齡，歲數

例 年齢が高い。

譯 年紀大。

19 | ひとめ【人目】

㊂ 世人的眼光；旁人看見；一眼望盡，一眼看穿

例 人目に立つ。

譯 顯眼。

20 | ひとりひとり【一人一人】

㊂ 逐個地，依次的；人人，每個人，各自

例 一人一人診察する。

譯 一一診察。

21 | みぶん【身分】

㊂ 身份，社會地位；（諷刺）生活狀況，境遇

例 身分が高い。

譯 地位高。

22 | よっぱらい【酔っ払い】

㊂ 醉鬼，喝醉酒的人

例 酔っぱらい運転をするな。

譯 請勿酒醉駕駛。

23 | よびかける【呼び掛ける】

(他下一) 招呼，呼喚；號召，呼籲

例 人に呼びかける。

譯 呼喚他人。

7-2 老若男女 /
男女老少

01 | ウーマン【woman】

(名) 婦女，女人

例 キャリアウーマンになる。

譯 成為職業婦女。

02 | おとこのひと【男の人】

(名) 男人，男性

例 男の人に会う。

譯 跟男性會面。

03 | じどう【児童】

(名) 兒童

例 児童虐待があとを絶たない。

譯 虐待兒童問題不斷的發生。

04 | じょし【女子】

(名) 女孩子，女子，女人

例 女子学生が行方不明になった。

譯 女學生行蹤不明。

05 | せいしょうねん【青少年】

(名) 青少年

例 青少年の犯罪をなくす。

譯 消滅青少年的犯罪。

06 | せいべつ【性別】

(名) 性別

例 性別を記入する。

譯 填寫性別。

07 | たいしょう【対象】

(名) 對象

例 子供を対象とした。

譯 以小孩為對象。

08 | だんし【男子】

(名) 男子，男孩，男人，男子漢

例 男子だけのクラスが設けられる。

譯 設立只有男生的班級。

09 | としした【年下】

(名) 年幼，年紀小

例 年下なのに生意気だ。

譯 明明年紀小還那麼囂張。

10 | びょうどう【平等】

(名・形動) 平等，同等

例 男女平等が進んでいる。

譯 男女平等很先進。

11 | ぼうや【坊や】

(名) 對男孩的親切稱呼；未見過世面的男青年；對別人男孩的敬稱

例 坊やは今年いくつ。

譯 小弟弟，你今年幾歲？

12 | ぼっちゃん【坊ちゃん】

名（對別人男孩的稱呼）公子，令郎；少爺，不通事故的人，少爺作風的人

例 坊ちゃん育ち。

譯 嬌生慣養。

13 | めした【目下】

名 部下，下屬，晚輩

例 目下の者を可愛がる。

譯 愛護晚輩。

N2 ● 7-3 (1)

7-3 いろいろな人を表すことば(1)／
各種人物的稱呼(1)

01 | おう【王】

名 帝王，君王，國王；首領，大王；（象棋）王將

例 ライオンは百獣の王だ。

譯 獅子是百獸之王。

02 | おうさま【王様】

名 國王，大王

例 裸の王様。

譯 國王的新衣。

03 | おうじ【王子】

名 王子；王族的男子

例 第二王子が成人を迎える。

譯 二王子迎接成年。

04 | おうじょ【王女】

名 公主；王族的女子

例 王女に仕える。

譯 侍奉公主。

05 | おおや【大家】

名 房東；正房，上房，主房

例 大家さんと相談する。

譯 與房東商量。

06 | おてつだいさん【お手伝いさん】

名 佣人

例 お手伝いさんを雇う。

譯 雇傭人。

07 | おまえ【お前】

代・名 你（用在交情好的對象或同輩以下。較為高姿態説話）；神前，佛前

例 お前の彼女が見てるぞ。

譯 你的女友睜著眼睛在看喔！

08 | か【家】

漢造 專家

例 専門家もびっくりする。

譯 專家都嚇一跳。

09 | ガールフレンド【girl friend】

名 女友

例 ガールフレンドとデートに行く。

譯 和女友去約會。

10 | がくしゃ【学者】

名 學者；科學家

例 著名な学者を育成した。

譯 培育了著名的學者。

7

人物

11 | かたがた【方々】

(名・代・副) (敬)大家；您們；這個那個，種種；各處；總之

例 父兄の方々が応援に来られる。

譯 各位父兄長輩前來支援。

12 | かんじゃ【患者】

(名) 病人，患者

例 患者を診る。

譯 診察患者。

13 | ぎいん【議員】

(名) (國會，地方議會的)議員

例 議員を辞する。

譯 辭去議員職位。

14 | ぎし【技師】

(名) 技師，工程師，專業技術人員

例 レントゲン技師が行う。

譯 Ｘ光技師著手進行。

15 | ぎちょう【議長】

(名) 會議主席，主持人；(聯合國等)主席

例 議長を務める。

譯 擔任會議主席。

16 | キャプテン【captain】

(名) 團體的首領；船長；隊長；主任

例 キャプテンに従う。

譯 服從隊長。

17 | ギャング【gang】

(名) 持槍強盜團體，盜伙

例 ギャングに襲われる。

譯 被盜匪搶劫。

18 | きょうじゅ【教授】

(名・他サ) 教授；講授，教

例 書道を教授する。

譯 教書法。

19 | コーチ【coach】

(名・他サ) 教練，技術指導；教練員

例 ピッチングをコーチする。

譯 指導投球的技巧。

20 | こうし【講師】

(名) (高等院校的)講師；演講者

例 講師を務める。

譯 擔任講師。

21 | こくおう【国王】

(名) 國王，國君

例 国王に会う。

譯 謁見國王。

22 | コック【cook】

(名) 廚師

例 コックになる。

譯 成為廚師。

23 | さくしゃ【作者】

(名) 作者

例 本の作者が登場する。

譯 書的作者上場。

24 | し【氏】

代・接尾・漢造 (做代詞用)這位，他；(接人姓名表示敬稱)先生；氏，姓氏；家族

例 トランプ氏が大統領になる。

譯 川普成為總統。

25 | しかい【司会】

名・自他サ 司儀，主持會議(的人)

例 司会を務める。

譯 擔任司儀。

26 | ジャーナリスト【journalist】

名 記者

例 ジャーナリストを目指す。

譯 想當記者。

27 | しゅしょう【首相】

名 首相，內閣總理大臣

例 首相に指名される。

譯 被指名為首相。

28 | しゅふ【主婦】

名 主婦，女主人

例 専業主婦がブログで稼ぐ。

譯 專業的家庭主婦在部落格上賺錢。

29 | じゅんきょうじゅ【准教授】

名 (大學的)副教授

例 准教授に就任しました。

譯 擔任副教授。

30 | じょうきゃく【乗客】

名 乗客，旅客

例 乗客を降ろす。

譯 讓乘客下車。

7-3 いろいろな人を表すことば (2) /
各種人物的稱呼 (2)

31 | しょうにん【商人】

名 商人

例 大阪商人は商売が上手い。

譯 大阪商人很會做生意。

32 | じょおう【女王】

名 女王，王后；皇女，王女

例 新しい女王が誕生した。

譯 新的女王誕生了。

33 | じょきょう【助教】

名 助理教員；代理教員

例 助教に内定した。

譯 已內定採用為助教。

34 | じょしゅ【助手】

名 助手，幫手；(大學)助教

例 助手を雇う。

譯 雇用助手。

35 | しろうと【素人】

名 外行，門外漢；業餘愛好者，非專業人員；良家婦女

例 素人向きの本を読んだ。

譯 閱讀給非專業人士看的書。

36 ｜ しんゆう【親友】

（名）知心朋友

例 親友を守る。

譯 守護知心好友。

37 ｜ たいし【大使】

（名）大使

例 大使に任命する。

譯 任命為大使。

38 ｜ ちしきじん【知識人】

（名）知識份子

例 知識人の意見が一致した。

譯 知識分子的意見一致。

39 ｜ ちじん【知人】

（名）熟人，認識的人

例 知人を訪れる。

譯 拜訪熟人。

40 ｜ ちょしゃ【著者】

（名）作者

例 著者の素顔が知りたい。

譯 想知道作者的真面目。

41 ｜ でし【弟子】

（名）弟子，徒弟，門生，學徒

例 弟子を取る。

譯 收徒弟。

42 ｜ てんのう【天皇】

（名）日本天皇

例 天皇陛下が 30 日に退位する。

譯 天皇陛下在30日退位。

43 ｜ はかせ【博士】

（名）博士；博學之人

例 物知り博士が説明してくれる。

譯 知識淵博的人為我們進行説明。

44 ｜ はんじ【判事】

（名）審判員，法官

例 裁判所の判事が参加する。

譯 加入法院的審判員。

45 ｜ ひっしゃ【筆者】

（名）作者，筆者

例 本文の筆者をお呼びしました。

譯 邀請本文的作者。

46 ｜ ぶし【武士】

（名）武士

例 武士に二言なし。

譯 武士言必有信。

47 ｜ ふじん【婦人】

（名）婦女，女子

例 婦人警官が現れた。

譯 女警出現了。

48 ｜ ふりょう【不良】

（名・形動）不舒服，不適；壞，不良；（道德、品質）敗壞；流氓，小混混

例 不良少年がパクリをする。

譯 不良少年偷東西。

49 | ボーイフレンド【boy friend】

名 男朋友

例 ボーイフレンドと映画を見る。

譯 和男朋友看電影。

50 | ぼうさん【坊さん】

名 和尚

例 坊さんがお経を上げる。

譯 和尚念經。

51 | まいご【迷子】

名 迷路的孩子，走失的孩子

例 迷子になる。

譯 迷路。

52 | ママ【mama】

名 （兒童對母親的愛稱）媽媽；（酒店的）老闆娘

例 スナックのママがきれいだ。

譯 小酒館的老闆娘很漂亮。

53 | めいじん【名人】

名 名人，名家，大師，專家

例 料理の名人が手がける。

譯 料理專家親自烹煮。

54 | もの【者】

名 （特定情況之下的）人，者

例 家の者が車で迎えに来る。

譯 家裡人會開車來接我。

55 | やくしゃ【役者】

名 演員；善於做戲的人，手段高明的人

例 役者が揃う。

譯 人才聚集。

7-4 人の集まりを表すことば／
各種人物相關團體的稱呼

01 | こくみん【国民】

名 國民

例 国民の義務を果たす。

譯 竭盡國民的義務。

02 | じゅうみん【住民】

名 居民

例 都市の住民を襲う。

譯 襲擊城市的居民。

03 | じんるい【人類】

名 人類

例 人類の進化を導く。

譯 導向人類的進化。

04 | のうみん【農民】

名 農民

例 農民人口が増える。

譯 農民人口增多。

05 | われわれ【我々】

代 （人稱代名詞）我們；（謙卑說法的）我；每個人

例 我々の仲間を紹介致します。

譯 我來介紹我們的夥伴。

7-5 容姿 /
姿容

---

01 | げひん【下品】

(形動) 卑鄙，下流，低俗，低級

例 笑い方が下品だ。

譯 笑得很粗俗。

---

02 | さま【様】

(名・代・接尾) 樣子，狀態；姿態；表示尊敬

例 様になる。

譯 像樣。

---

03 | スタイル【style】

(名) 文體；（服裝、美術、工藝、建築等）樣式；風格，姿態，體態

例 映画から流行のスタイルが生まれる。

譯 從電影產生流行的款式。

---

04 | すてき【素敵】

(形動) 絕妙的，極好的，極漂亮；很多

例 素敵な服装をする。

譯 穿著美麗的服裝。

---

05 | スマート【smart】

(形動) 瀟灑，時髦，漂亮；苗條；智能型，智慧型

例 スマートな体型がいい。

譯 我喜歡苗條的身材。

---

06 | せんれん【洗練】

(名・他サ) 精錬，講究

例 あの人の服装は洗練されている。

譯 那個人的衣著很講究。

---

07 | ちゅうにくちゅうぜい【中肉中背】

(名) 中等身材

例 中肉中背の男が歩いていた。

譯 體型中等的男人在路上走著。

---

08 | ハンサム【handsome】

(名・形動) 帥，英俊，美男子

例 ハンサムな少年が踊っている。

譯 英俊的少年跳著舞。

---

09 | びよう【美容】

(名) 美容

例 美容整形した。

譯 做了整形美容。

---

10 | ひん【品】

(名・漢造) (東西的)品味，風度；辨別好壞；品質；種類

例 品がない。

譯 沒有風度。

---

11 | へいぼん【平凡】

(名・形動) 平凡的

例 平凡な顔こそが美しい。

譯 平凡的臉才美。

---

12 | ほっそり

(副・自サ) 纖細，苗條

例 体つきがほっそりしている。

譯 身材苗條。

---

13 | ぽっちゃり

副・自サ 豐滿，胖

例 ぽっちゃりして可愛い。

譯 胖嘟嘟的很可愛。

14 | みかけ【見掛け】

名 外貌，外觀，外表

例 人は見掛けによらない。

譯 人不可貌相。

15 | みっともない【見っとも無い】

形 難看的，不像樣的，不體面的，不成體統；醜

例 みっともない服装をしている。

譯 穿著難看的服装。

16 | みにくい【醜い】

形 難看的，醜的；醜陋，醜惡

例 醜いアヒルの子が生まれた。

譯 生出醜小鴨。

17 | みりょく【魅力】

名 魅力，吸引力

例 魅力がある。

譯 有魅力。

N2 ● 7-6 (1)

7-6 態度、性格 (1) /
態度、性格 (1)

01 | あいまい【曖昧】

形動 含糊，不明確，曖昧，模稜兩可；可疑，不正經

例 曖昧な態度をとる。

譯 採取模稜兩可的態度。

02 | あつかましい【厚かましい】

形 厚臉皮的，無恥

例 厚かましいお願いですが。

譯 真是不情之請，不過……。

03 | あやしい【怪しい】

形 奇怪的，可疑的；靠不住的，難以置信；奇異，特別；笨拙；關係曖昧的

例 動きが怪しい。

譯 行徑可疑的。

04 | あわただしい【慌ただしい】

形 匆匆忙忙的，慌慌張張的

例 あわただしい毎日がやってくる。

譯 匆匆忙忙的每一天即將到來。

05 | いきいき【生き生き】

副・自サ 活潑，生氣勃勃，栩栩如生

例 生き生きとした表情をしている。

譯 一副生動的表情。

06 | いさましい【勇ましい】

形 勇敢的，振奮人心的；活潑的；(俗)有勇無謀

例 勇ましく立ち向かう。

譯 勇往直前。

07 | いちだんと【一段と】

副 更加，越發

例 一段と美しくなった。

譯 變得更加美麗。

08 | いばる【威張る】

(自五) 誇耀，逞威風

例 部下に威張る。

譯 對部下擺架子。

09 | うろうろ

(副・自サ) 徘徊；不知所措，張慌失措

例 慌ててうろうろする。

譯 慌張得不知所措。

10 | おおざっぱ【大雑把】

(形動) 草率，粗枝大葉；粗略，大致

例 大雑把な見積もりを出す。

譯 拿出大致的估計。

11 | おちつく【落ち着く】

(自五) (心神，情緒等)穩靜；鎮靜，安祥；穩坐，穩當；(長時間)定居；有頭緒；淡雅，協調

例 落ち着いた人になりたい。

譯 想成為穩重沈著的人。

12 | かしこい【賢い】

(形) 聰明的，周到，賢明的

例 賢いやり方があった。

譯 有聰明的作法。

13 | かっき【活気】

(名) 活力，生氣；興旺

例 活気にあふれる。

譯 充滿活力。

14 | かって【勝手】

(形動) 任意，任性，隨便

例 勝手な行動を取る。

譯 採取專斷的行動。

15 | からかう

(他五) 逗弄，調戲

例 子供をからかう。

譯 逗小孩。

16 | かわいがる【可愛がる】

(他五) 喜愛，疼愛；嚴加管教，教訓

例 子供を可愛がる。

譯 疼愛小孩。

17 | かわいらしい【可愛らしい】

(形) 可愛的，討人喜歡；小巧玲瓏

例 可愛らしい猫が出迎えてくれる。

譯 可愛的貓出來迎接我。

18 | かんげい【歓迎】

(名・他サ) 歡迎

例 歓迎を受ける。

譯 受歡迎。

19 | きげん【機嫌】

(名) 心情，情緒

例 機嫌を取る。

譯 討好，取悦。

20 | ぎょうぎ【行儀】

(名) 禮儀，禮節，舉止

例 行儀が悪い。
譯 沒有禮貌。

21 | くどい

形 冗長乏味的，（味道）過於膩的
例 表現がくどい。
譯 表現過於繁複。

22 | けってん【欠点】

名 缺點，欠缺，毛病
例 欠点を改める。
譯 改正缺點。

23 | けんきょ【謙虚】

形動 謙虛
例 謙虚に反省する。
譯 虛心地反省。

24 | けんそん【謙遜】

名・形動・自サ 謙遜，謙虛
例 謙遜の文化を持つ。
譯 擁有謙虛文化。

25 | けんめい【懸命】

形動 拼命，奮不顧身，竭盡全力
例 懸命にこらえる。
譯 拼命忍耐。

26 | ごういん【強引】

形動 強行，強制，強勢
例 強引なやり方が批判される。
譯 強勢的做法深受批評。

27 | じぶんかって【自分勝手】

形動 任性，恣意妄為
例 あの人は自分勝手だ。
譯 那個人很任性。

28 | じゅんじょう【純情】

名・形動 純真，天真
例 純情な青年を騙す。
譯 欺騙純真的少年。

29 | じゅんすい【純粋】

名・形動 純粹的，道地；純真，純潔，無雜念的
例 純粋な動機を持つ。
譯 擁有純正的動機。

30 | じょうしき【常識】

名 常識
例 常識がない。
譯 沒有常識。

N2 ● 7-6 (2)

7-6 態度、性格 (2) /
態度、性格 (2)

31 | しんちょう【慎重】

名・形動 慎重，穩重，小心謹慎
例 慎重な態度をとる。
譯 採取慎重的態度。

32 | ずうずうしい【図々しい】

形 厚顏，厚皮臉，無恥
例 ずうずうしい人が溢れている。
譯 到處都是厚臉皮的人。

33 | すなお【素直】

形動 純真，天真的，誠摯的，坦率的；大方，工整，不矯飾的；（沒有毛病）完美的，無暇的

例 素直な女性がタイプだ。

譯 我喜歡純真的女性。

34 | せきにんかん【責任感】

名 責任感

例 責任感が強い。

譯 責任感很強。

35 | そそっかしい

形 冒失的，輕率的，毛手毛腳的，粗心大意的

例 そそっかしい人に忘れ物が多い。

譯 冒失鬼經常忘東忘西的。

36 | たいそう【大層】

形動・副 很，非常，了不起；過份的，誇張的

例 たいそうな口をきく。

譯 誇大其詞。

37 | たっぷり

副・自サ 足夠，充份，多；寬綽，綽綽有餘；（接名詞後）充滿（某表情、語氣等）

例 自信たっぷりだ。

譯 充滿自信。

38 | たのもしい【頼もしい】

形 靠得住的；前途有為的，有出息的

例 頼もしい人が好きだ。

譯 我喜歡可靠的人。

39 | だらしない

形 散慢的，邋遢的，不檢點的；不爭氣的，沒出息的，沒志氣

例 金にだらしない。

譯 用錢沒計畫。

40 | たんじゅん【単純】

名・形動 單純，簡單；無條件

例 単純な計算ができない。

譯 無法做到簡單的計算。

41 | たんしょ【短所】

名 缺點，短處

例 短所を直す。

譯 改正缺點。

42 | ちょうしょ【長所】

名 長處，優點

例 長所を生かす。

譯 發揮長處。

43 | つよき【強気】

名・形動 （態度）強硬，（意志）堅決；（行情）看漲

例 強気で談判する。

譯 以強硬的態度進行談判。

44 | とくしょく【特色】

名 特色，特徵，特點，特長

例 特色を生かす。

譯 發揮特長。

45 | とくちょう【特長】

名 專長
例 特長を生かす。
譯 活用專長。

46 | なまいき【生意気】

名・形動 驕傲，狂妄；自大，逞能，臭美，神氣活現
例 生意気を言う。
譯 説大話。

47 | なまける【怠ける】

自他下一 懶惰，怠惰
例 仕事を怠ける。
譯 工作怠惰。

48 | にこにこ

副・自サ 笑嘻嘻，笑容滿面
例 にこにこする。
譯 笑嘻嘻。

49 | にっこり

副・自サ 微笑貌，莞爾，嫣然一笑，微微一笑
例 にっこりと笑う。
譯 莞爾一笑。

50 | のんき【呑気】

名・形動 悠閑，無憂無慮；不拘小節，不慌不忙；蠻不在乎，漫不經心
例 呑気に暮らす。
譯 悠閒度日。

51 | パターン【pattern】

名 形式，樣式，模型；紙樣；圖案，花樣
例 行動のパターンが変わった。
譯 行動模式改變了。

52 | はんこう【反抗】

名・自サ 反抗，違抗，反擊
例 命令に反抗する。
譯 違抗命令。

53 | ひきょう【卑怯】

名・形動 怯懦，卑怯；卑鄙，無恥
例 卑怯なやり方だ。
譯 卑鄙的作法。

54 | ふけつ【不潔】

名・形動 不乾淨，骯髒；（思想）不純潔
例 不潔な心を起こす。
譯 生起骯髒的心。

55 | ふざける【巫山戯る】

自下一 開玩笑，戲謔；愚弄人，戲弄人；（男女）調情，調戲；（小孩）吵鬧
例 謝罪しないだと、ふざけるな。
譯 説不謝罪，開什麼玩笑。

56 | ふとい【太い】

形 粗的；肥胖；膽子大；無恥，不要臉；聲音粗
例 神経が太い。
譯 粗枝大葉。

57 | ふるまう【振舞う】

(自五・他五)（在人面前的）行為，動作；請客，招待，款待

例 愛想よく振舞う。

譯 舉止和藹可親。

58 | ふんいき【雰囲気】

(名) 氣氛，空氣

例 雰囲気が明るい。

譯 愉快的氣氛。

59 | ほがらか【朗らか】

(形動)（天氣）晴朗，萬里無雲；明朗，開朗；（聲音）嘹亮；（心情）快活

例 朗らかな顔が印象的でした。

譯 愉快的神色令人印象深刻。

60 | まごまご

(名・自サ) 不知如何是好，惶張失措，手忙腳亂；閒蕩，遊蕩，懶散

例 出口が分からずまごまごしている。

譯 找不到出口，不知如何是好。

61 | もともと

(名・副) 與原來一樣，不增不減；從來，本來，根本

例 彼は元々親切な人だ。

譯 他原本就是熱心的人。

62 | ゆうじゅうふだん【優柔不断】

(名・形動) 優柔寡斷

例 優柔不断な性格でも可愛い。

譯 優柔寡斷的個性也很可愛。

63 | ゆうゆう【悠々】

(副・形動) 悠然，不慌不忙；綽綽有餘，充分；（時間）悠久，久遠；（空間）浩瀚無垠

例 悠々と歩く。

譯 不慌不忙地走。

64 | よう【様】

(名・形動) 樣子，方式；風格；形狀

例 話し様が悪い。

譯 說的方式不好。

65 | ようき【陽気】

(名・形動) 季節，氣候；陽氣（萬物發育之氣）；爽朗，快活；熱鬧，活躍

例 陽気になる。

譯 變得爽朗快活。

66 | ようじん【用心】

(名・自サ) 注意，留神，警惕，小心

例 用心深い人だ。

譯 非常謹慎自保的人。

67 | ようち【幼稚】

(名・形動) 年幼的；不成熟的，幼稚的

例 幼稚な議論が続いている。

譯 幼稚的爭論持續著。

68 | よくばり【欲張り】

(名・形動) 貪婪，貪得無厭（的人）

例 欲張りな人に悩まされている。

譯 因貪得無厭的人而感到頭痛。

69 | よゆう【余裕】

(名) 富餘，剩餘；寬裕，充裕

例 余裕がある。

譯 綽綽有餘。

70 | らくてんてき【楽天的】

(形動) 樂觀的

例 楽天的な性格が裏目に出る。

譯 因樂天的性格而起反效果。

71 | りこしゅぎ【利己主義】

(名) 利己主義

例 利己主義はよくない。

譯 利己主義是不好的。

72 | れいせい【冷静】

(名・形動) 冷靜，鎮靜，沉著，清醒

例 冷静を保つ。

譯 保持冷靜。

N2 ● 7-7 (1)

7-7 人間関係 (1) /
人際關係 (1)

01 | おたがいさま【お互い様】

(名・形動) 彼此，互相

例 お互い様です。

譯 彼此彼此。

02 | かんせつ【間接】

(名) 間接

例 間接的に影響する。

譯 間接影響。

03 | きょうりょく【強力】

(名・形動) 力量大，強力，強大

例 強力な味方になる。

譯 成為強大的夥伴。

04 | こうさい【交際】

(名・自サ) 交際，交往，應酬

例 交際がひろい。

譯 交際廣。

05 | こうりゅう【交流】

(名・自サ) 交流，往來；交流電

例 交流を深める。

譯 深入交流。

06 | さく【裂く】

(他五) 撕開，切開；扯散；分出，擠出，勻出；破裂，分裂

例 二人の仲を裂く。

譯 兩人關係破裂。

07 | じょうげ【上下】

(名・自他サ) (身分、地位的)高低，上下，低賤

例 上下関係にうるさい。

譯 非常注重上下關係。

08 | すき【隙】

(名) 空隙，縫；空暇，功夫，餘地；漏洞，可乘之機

例 隙に付け込む。

譯 鑽漏洞。

09 | せっする【接する】

(自他サ) 接觸；連接，靠近；接待，應酬；
連結，接上；遇上，碰上

例 多くの人に接する。

譯 認識許多人。

10 | そうご【相互】

(名) 相互，彼此；輪流，輪班；交替，交互

例 相互に依存する。

譯 互相依賴。

11 | そんざい【存在】

(名・自サ) 存在，有；人物，存在的事物；
存在的理由，存在的意義

例 級友から存在を無視された。

譯 同學無視他的存在。

12 | そんちょう【尊重】

(名・他サ) 尊重，重視

例 人権を尊重する。

譯 尊重人權。

13 | たちば【立場】

(名) 立腳點，站立的場所；處境；立場，
觀點

例 立場が変わる。

譯 立場改變。

14 | たにん【他人】

(名) 別人，他人；(無血緣的)陌生人，
外人；局外人

例 赤の他人を家族だと思えるのか。

譯 能否把毫無關係的人當作家人呢？

15 | たまたま【偶々】

(副) 偶然，碰巧，無意間；偶爾，有時

例 たまたま出会う。

譯 偶然遇見。

16 | たより【便り】

(名) 音信，消息，信

例 便りが絶える。

譯 音信中斷。

17 | たよる【頼る】

(自他五) 依靠，依賴，仰仗；拄著；投靠，
找門路

例 兄を頼りにする。

譯 依靠哥哥。

18 | つきあい【付き合い】

(名・自サ) 交際，交往，打交道；應酬，
作陪

例 付き合いがある。

譯 有交往。

19 | であい【出会い】

(名) 相遇，不期而遇，會合；幽會；河流
會合處

例 別れと出会い。

譯 分離及相遇。

20 | てき【敵】

(名・漢造) 敵人，仇敵；(競爭的)對手，
障礙，大敵；敵對，敵方

例 敵に回す。

譯 與…為敵。

7-7 人間関係 (2) /
人際關係 (2)

21 | どういつ【同一】

名・形動 同様，相同；相等，同等

例 同一歩調を取る。

譯 採取同一步調。

22 | とけこむ【溶け込む】

自五 (理、化)融化，溶解，熔化；融合，融

例 チームに溶け込む。

譯 融入團隊。

23 | とも【友】

名 友人，朋友；良師益友

例 友となる。

譯 成為朋友。

24 | なかなおり【仲直り】

名・自サ 和好，言歸於好

例 弟と仲直りする。

譯 與弟弟和好。

25 | なかま【仲間】

名 伙伴，同事，朋友；同類

例 仲間に入る。

譯 加入夥伴。

26 | なかよし【仲良し】

名 好朋友；友好，相好

例 仲良しになる。

譯 成為好友。

27 | ばったり

副 物體突然倒下(跌落)貌；突然相遇貌；
突然終止貌

例 ばったり (と) 会う。

譯 突然遇到。

28 | はなしあう【話し合う】

自五 對話，談話；商量，協商，談判

例 楽しく話し合う。

譯 相談甚歡。

29 | はなしかける【話しかける】

自下一 (主動)跟人説話，攀談；開始談，
開始説

例 子供に話しかける。

譯 跟小孩説話。

30 | はなはだしい【甚だしい】

形 (不好的狀態)非常，很，甚

例 甚だしい誤解がある。

譯 有很大的誤會。

31 | ひっかかる【引っ掛かる】

自五 掛起來，掛上，卡住；連累，牽累；
受騙，上當；心裡不痛快

例 甘い言葉に引っ掛かる。

譯 被花言巧語騙過去。

32 | へだてる【隔てる】

他下一 隔開，分開；(時間)相隔；遮擋；
離間；不同，有差別

例 友達の仲を隔てる。

譯 離間朋友之間的關係。

33 | ぼろ【襤褸】

名 破布，破爛衣服；破爛的狀態；破綻，缺點

例 ぼろが出る。

譯 露出破綻。

34 | まさつ【摩擦】

名・自他サ 摩擦；不和睦，意見紛歧，不合

例 摩擦が起こる。

譯 産生分歧。

35 | まちあわせる【待ち合わせる】

自他下一 （事先約定的時間、地點）等候，會面，碰頭

例 駅で 4 時に待ち合わせる。

譯 四點在車站見面。

36 | みおくる【見送る】

他五 目送；送別；（把人）送到（某的地方）；觀望，擱置，暫緩考慮；送葬

例 友達を見送る。

譯 送朋友。

37 | みかた【味方】

名・自サ 我方，自己的這一方；夥伴

例 味方に引き込む。

譯 拉入自己一夥。

38 | ゆうこう【友好】

名 友好

例 友好を深める。

譯 加深友好關係。

39 | ゆうじょう【友情】

名 友情

例 友情を結ぶ。

譯 結交朋友。

40 | りょう【両】

漢造 雙，兩

例 両者の合意が必要だ。

譯 需要雙方的同意。

41 | わ【和】

名 和，人和；停止戰爭，和好

例 和を保つ。

譯 保持和諧。

42 | わるくち・わるぐち【悪口】

名 壞話，誹謗人的話；罵人

例 悪口を言う。

譯 説壞話。

7-8 神仏、化け物 /
神佛、怪物

01 | あくま【悪魔】

名 惡魔，魔鬼

例 悪魔を払う。

譯 驅逐魔鬼。

02 | おがむ【拝む】

他五 叩拜；合掌作揖；懇求，央求；瞻仰，見識

例 神様を拝む。

譯 拜神。

03 | おに【鬼】

(名・接頭) 鬼：人們想像中的怪物，具有人的形狀，有角和獠牙。也指沒有人的感情的冷酷的人。熱中於一件事的人。也引申為大型的，突出的意思。

例 鬼に金棒。

譯 如虎添翼。

04 | おばけ【お化け】

(名) 鬼；怪物

例 お化け屋敷に入る。

譯 進到鬼屋。

05 | おまいり【お参り】

(名・自サ) 參拜神佛或祖墳

例 神社にお参りする。

譯 到神社參拜。

06 | おみこし【お神輿・お御輿】

(名) 神轎；(俗)腰

例 お神輿を担ぐ。

譯 扛神轎。

07 | かみ【神】

(名) 神，神明，上帝，造物主；(死者的)靈魂

例 神に祈る。

譯 向神禱告。

08 | かみさま【神様】

(名) (神的敬稱)上帝，神；(某方面的)專家，活神仙，(接在某方面技能後)…之神

例 神様を信じる。

譯 信神。

09 | しんこう【信仰】

(名・他サ) 信仰，信奉

例 信仰を持つ。

譯 有信仰。

10 | しんわ【神話】

(名) 神話

例 神話になる。

譯 成為神話。

11 | せい【精】

(名) 精，精靈；精力

例 森の精が宿る。

譯 存有森林的精靈。

12 | ほとけ【仏】

(名) 佛，佛像；(佛一般)溫厚，仁慈的人；死者，亡魂

例 仏に祈る。

譯 向佛祈禱。

8-1 家族 /
家族

01 | あまやかす【甘やかす】

(他五) 嬌生慣養，縱容放任；嬌養，嬌寵

例 甘やかして育てる。

譯 嬌生慣養。

02 | いっか【一家】

(名) 一所房子；一家人；一個團體；一派

例 一家の主が亡くなった。

譯 一家之主去世。

03 | おい【甥】

(名) 姪子，外甥

例 叔父甥の間柄だけだった。

譯 僅只是叔姪的關係。

04 | おやこ【親子】

(名) 父母和子女

例 仲の良い親子だ。

譯 感情融洽的親子。

05 | ぎゃくたい【虐待】

(名・他サ) 虐待

例 児童虐待は深刻な問題だ。

譯 虐待兒童是很嚴重的問題。

06 | こうこう【孝行】

(名・自サ・形動) 孝敬，孝順

例 孝行を尽くす。

譯 盡孝心。

07 | ささえる【支える】

(他下一) 支撐；維持，支持；阻止，防止

例 暮らしを支える。

譯 維持生活。

08 | しまい【姉妹】

(名) 姊妹

例 三人姉妹が 100 円ショップを営ん
でいる。

譯 姊妹三人經營著百元商店。

09 | しんせき【親戚】

(名) 親戚，親屬

例 親戚のおじさんがかっこいい。

譯 我叔叔很帥氣。

10 | しんるい【親類】

(名) 親戚，親屬；同類，類似

例 親類づきあい。

譯 像親戚一樣往來

11 | せい【姓】

名・漢造 姓氏；族，血族；（日本古代的）
氏族姓，稱號
例 姓が変わる。
譯 改姓。

12 | ぜんぱん【全般】

名 全面，全盤，通盤
例 生活全般にわたる。
譯 遍及所有生活的方方面面。

13 | つれ【連れ】

名・接尾 同伴，伙伴；（能劇，狂言的）
配角
例 子供連れの客が多い。
譯 有許多帶小孩的客人。

14 | どくしん【独身】

名 單身
例 独身で暮らしている。
譯 獨自一人過生活。

15 | ははおや【母親】

名 母親
例 母親のいない子になってしまう。
譯 成為無母之子。

16 | ぶじ【無事】

名・形動 平安無事，無變故；健康；最好，
沒毛病；沒有過失
例 無事を知らせる。
譯 報平安。

8-2 夫婦 /
夫婦

01 | おくさま【奥様】

名 尊夫人，太太
例 奥様はお元気ですか。
譯 尊夫人別來無恙？

02 | こんやく【婚約】

名・自サ 訂婚，婚約
例 婚約を発表する。
譯 宣佈訂婚訊息。

03 | ともに【共に】

副 共同，一起，都；隨著，隨同；全，
都，均
例 一生を共にする。
譯 終生在一起。

04 | にょうぼう【女房】

名 （自己的）太太，老婆
例 世話女房が付いている。
譯 有位對丈夫照顧周到的妻子。

05 | はなよめ【花嫁】

名 新娘
例 花嫁の姿がひときわ映える。
譯 新娘的打扮格外耀眼奪目。

06 | ふさい【夫妻】

名 夫妻
例 林氏夫妻を招く。
譯 邀請林氏夫婦。

07 | ふじん【夫人】

⒜ 夫人

例 夫人同伴で出席する。

譯 與夫人一同出席。

08 | よめ【嫁】

⒜ 兒媳婦，妻，新娘

例 嫁にいく。

譯 嫁人。

8-3 先祖、親 /
祖先、父母

01 | せんぞ【先祖】

⒜ 始祖；祖先，先人

例 先祖の墓がある。

譯 祖先的墳墓。

02 | そせん【祖先】

⒜ 祖先

例 祖先から伝わる。

譯 從祖先代代流傳下來。

03 | だい【代】

⒜·漢造 代，輩；一生，一世；代價

例 代が変わる。

譯 換代。

04 | ちちおや【父親】

⒜ 父親

例 父親に似る。

譯 和父親相像。

05 | つとめ【務め】

⒜ 本分，義務，責任

例 親の務めを果たす。

譯 完成父母的義務。

06 | どくりつ【独立】

⒜·自サ 孤立，單獨存在；自立，獨立，不受他人援助

例 親から独立する。

譯 脱離父母獨立。

07 | はか【墓】

⒜ 墓地，墳墓

例 墓まいりする。

譯 上墳祭拜。

08 | ふぼ【父母】

⒜ 父母，雙親

例 父母の膝下を離れる。

譯 離開父母。

09 | まいる【参る】

⒜自五·他五 (敬)去，來；參拜(神佛)；認輸；受不了，吃不消；(俗)死；(文)(從前婦女寫信，在收件人的名字右下方寫的敬語)鈞啟；(古)獻上；吃，喝；做

例 お墓に参る。

譯 去墓地參拜。

10 | まつる【祭る】

⒜他五 祭祀，祭奠；供奉

例 先祖をまつる。

譯 祭祀先祖。

8-4 子、子孫 /
孩子、子孫

01 | おさない【幼い】

形 幼小的，年幼的；孩子氣，幼稚的

例 幼い子供がいる。

譯 有幼小的孩子。

02 | しそん【子孫】

名 子孫；後代

例 子孫の繁栄を願う。

譯 祈求多子多孫。

03 | すえっこ【末っ子】

名 最小的孩子

例 末っ子に生まれる。

譯 我是么兒。

04 | すがた【姿】

名・接尾 身姿，身段；裝束，風采；形跡，身影；面貌，狀態；姿勢，形象

例 姿が消える。

譯 消失蹤跡。

05 | てきする【適する】

自サ (天氣、飲食、水土等)適宜，適合；適當，適宜於(某情況)；具有做某事的資格與能力

例 子供に適した映画を紹介する。

譯 介紹適合兒童觀賞的電影。

06 | ふたご【双子】

名 雙胞胎，孿生；雙

例 双子を生んだ。

譯 生了雙胞胎。

07 | むけ【向け】

造語 向，對

例 子供向けの番組が減った。

譯 以小孩為對象的節目減少了。

8

親屬

動物

- 動物 -

9-1 動物の仲間 /
動物類

01 | いきもの【生き物】

(名) 生物，動物；有生命力的東西，活的東西

例 生き物を殺す。

譯 殺生。

02 | うお【魚】

(名) 魚

例 うお座に入る。

譯 進入雙魚座。

03 | うさぎ【兔】

(名) 兔子

例 ウサギの登り坂だ。

譯 事情順利進行。

04 | えさ【餌】

(名) 飼料，飼食

例 鳥に餌をやる。

譯 餵鳥飼料。

05 | か【蚊】

(名) 蚊子

例 蚊に刺される。

譯 被蚊子咬。

06 | きんぎょ【金魚】

(名) 金魚

例 金魚すくいが楽しい。

譯 撈金魚很有趣。

07 | さる【猿】

(名) 猴子，猿猴

例 猿も木から落ちる。

譯 智者千慮必有一失。

08 | す【巣】

(名) 巢，窩，穴；賊窩，老巢；家庭；蜘蛛網

例 巣離れをする。

譯 離巢，出窩。

09 | ぜつめつ【絶滅】

(名・自他サ) 滅絕，消滅，根除

例 絶滅の危機に瀕する。

譯 瀕臨絕種。

10 | ぞう【象】

(名) 大象

例 アフリカ象は絶滅の危機にある。

譯 非洲象面臨滅亡的危機。

11 | ぞくする【属する】

(自サ) 屬於，歸於，從屬於；隸屬，附屬

例 虎はネコ科に属する。

譯 老虎屬於貓科。

12 | つばさ【翼】

(名) 翼，翅膀；(飛機)機翼；(風車)翼板；使者，使節

例 想像の翼が広がる。

譯 想像的翅膀擴展開來。

13 | とら【虎】

(名) 老虎

例 虎の尾を踏む。

譯 若蹈虎尾。

14 | とる【捕る】

(他五) 抓，捕捉，逮捕

例 鼠を捕る。

譯 捉老鼠。

15 | なでる【撫でる】

(他下一) 摸，撫摸；梳理(頭髮)；撫慰，安撫

例 犬の頭を撫でる。

譯 撫摸狗的頭。

16 | なれる【馴れる】

(自下一) 馴熟

例 この馬は人に馴れている。

譯 這匹馬很親人。

17 | にわとり【鶏】

(名) 雞

例 鶏を飼う。

譯 養雞。

18 | ねずみ

(名) 老鼠

例 ねずみが出る。

譯 有老鼠。

19 | むれ【群れ】

(名) 群，伙，幫；伙伴

例 群れになる。

譯 結成群。

9-2 動物の動作、部位 /
動物的動作、部位

01 | かけまわる【駆け回る】

(自五) 到處亂跑

例 子犬が駆け回る。

譯 小狗到處亂跑。

02 | きば【牙】

(名) 犬齒，獠牙

例 ライオンの牙が獲物を嚙み砕く。

譯 獅子的尖牙咬碎獵物。

03 | しっぽ【尻尾】

(名) 尾巴；末端，末尾；尾狀物

例 しっぽを出す。

譯 露出馬腳。

04 | はう【這う】

(自五) 爬,爬行;(植物)攀纏,緊貼;(趴)下

例 蛇が這う。

譯 蛇在爬行。

05 | はね【羽】

(名) 羽毛;(鳥與昆蟲等的)翅膀;(機器等)翼,葉片;箭翎

例 羽を伸ばす。

譯 無所顧慮,無拘無束。

06 | はねる【跳ねる】

(自下一) 跳,蹦起;飛濺;散開,散場;爆,裂開

例 馬がはねる。

譯 馬騰躍。

07 | ほえる【吠える】

(自下一) (狗、犬獸等)吠,吼;(人)大聲哭喊,喊叫

例 犬が吠える。

譯 狗吠叫。

Memo

植物
- 植物 -

10-1 野菜、果物 /
蔬菜、水果

01 | いちご【苺】
(名) 草莓
例 苺を栽培する。
譯 種植草莓。

02 | うめ【梅】
(名) 梅花，梅樹；梅子
例 梅の実をたくさんつける。
譯 梅樹結了許多梅子。

03 | かじつ【果実】
(名) 果實，水果
例 果実が実る。
譯 結出果實。

04 | じゃがいも【じゃが芋】
(名) 馬鈴薯
例 じゃが芋を茹でる。
譯 用水煮馬鈴薯。

05 | すいか【西瓜】
(名) 西瓜
例 西瓜を冷やす。
譯 冰鎮西瓜。

06 | たね【種】
(名) (植物的)種子，果核；(動物的)品種；原因，起因；素材，原料
例 種を吐き出す。
譯 吐出種子。

07 | まめ【豆】
(名・接頭) (總稱)豆；大豆；小的，小型；(手腳上磨出的)水泡
例 豆を撒く。
譯 撒豆子。

08 | み【実】
(名) (植物的)果實；(植物的)種子；成功，成果；內容，實質
例 実がなる。
譯 結果。

09 | みのる【実る】
(自五) (植物)成熟，結果；取得成績，獲得成果，結果實
例 柿が実る。
譯 結柿子。

10 | もも【桃】
(名) 桃子
例 桃のおいしい季節がやってきた。
譯 到了桃子的盛產期。

10-2 草、木、樹木 /
草木、樹木

01 | いね【稲】
名 水稲，稲子
例 稲を刈る。
譯 割稲。

02 | うえき【植木】
名 植種的樹；盆景
例 植木を植える。
譯 種樹。

03 | がいろじゅ【街路樹】
名 行道樹
例 街路樹がきれいだ。
譯 行道樹很漂亮。

04 | こうよう【紅葉】
名・自サ 紅葉；變成紅葉
例 紅葉を見る。
譯 賞楓葉。

05 | こくもつ【穀物】
名 五穀，糧食
例 穀物を輸入する。
譯 進口五穀。

06 | こむぎ【小麦】
名 小麥
例 小麦粉をこねる。
譯 揉麵粉糰。

07 | しなやか
形動 柔軟，和軟；巍巍顫顫，有彈性；優美，柔和，溫柔
例 しなやかな竹は美しい。
譯 柔軟的竹子美極了。

08 | しばふ【芝生】
名 草皮，草地
例 芝生に寝転ぶ。
譯 睡在草地上。

09 | しょくぶつ【植物】
名 植物
例 植物を育てる。
譯 種植植物。

10 | すぎ【杉】
名 杉樹，杉木
例 杉の花粉が飛び始めた。
譯 杉樹的花粉開始飛散。

11 | たいぼく【大木】
名 大樹，巨樹
例 百年を超える大木がある。
譯 有百年以上的大樹。

12 | たけ【竹】
名 竹子
例 竹が茂る。
譯 竹林繁茂。

13 | なみき【並木】

(名) 街樹，路樹；並排的樹木

例 並木道がきれいでした。

譯 蔭林大道美極了。

14 | まつ【松】

(名) 松樹，松木；新年裝飾正門的松枝，裝飾松枝的期間

例 松を植える。

譯 種植松樹。

15 | もみじ【紅葉】

(名) 紅葉；楓樹

例 紅葉を楽しむ。

譯 觀賞紅葉。

N2 ● 10-3

10-3 植物関連のことば /
植物相關用語

01 | うわる【植わる】

(自五) 栽上，栽植

例 桃が植わっている。

譯 種著桃樹。

02 | えんげい【園芸】

(名) 園藝

例 園芸を楽しむ。

譯 享受園藝。

03 | おんしつ【温室】

(名) 溫室，暖房

例 温室で苺を作る。

譯 在溫室栽培草莓。

04 | から【殻】

(名) 外皮，外殼

例 殻を脱ぐ。

譯 脫殼，脫皮。

05 | かる【刈る】

(他五) 割，剪，剃

例 草を刈る。

譯 割草。

06 | かれる【枯れる】

(自上一) 枯萎，乾枯；老練，造詣精深；(身材)枯瘦

例 作物が枯れる。

譯 作物枯萎。

07 | かんさつ【観察】

(名・他サ) 觀察

例 植物を観察する。

譯 觀察植物。

08 | さくもつ【作物】

(名) 農作物；莊稼

例 園芸作物を栽培する。

譯 栽培園藝作物。

09 | しげる【茂る】

(自五) (草木)繁茂，茂密

例 雑草が茂る。

譯 雜草茂密。

10 | しぼむ【萎む・凋む】

(自五) 枯萎，凋謝；扁掉

例 花がしぼむ。

譯 花兒凋謝。

11 | ちらばる【散らばる】

(自五) 分散；散亂

例 花びらが散らばる。

譯 花瓣散落。

12 | なる【生る】

(自五)（植物）結果；生，產出

例 柿が生る。

譯 長出柿子。

13 | におう【匂う】

(自五) 散發香味，有香味；（顏色）鮮豔美麗；隱約發出，使人感到似乎…

例 花が匂う。

譯 花散發出香味。

14 | ね【根】

(名)（植物的）根；根底；根源，根據；天性，根本

例 根がつく。

譯 生根。

15 | はち【鉢】

(名) 缽盆；大碗；花盆；頭蓋骨

例 バラを鉢に植える。

譯 玫瑰花種在花盆裡。

16 | はちうえ【鉢植え】

(名) 盆栽

例 鉢植えの手入れをする。

譯 照顧盆栽。

17 | まく【蒔く】

(他五) 播種；（在漆器上）畫泥金畫

例 種を蒔く。

譯 播種。

18 | みつ【蜜】

(名) 蜜；花蜜；蜂蜜

例 花の蜜を吸う。

譯 吸花蜜。

19 | め【芽】

(名)（植）芽

例 芽が出る。

譯 發芽。

20 | ようぶん【養分】

(名) 養分

例 養分を吸収する。

譯 吸收養分。

21 | わかば【若葉】

(名) 嫩葉、新葉

例 若葉が萌える。

譯 長出新葉。

パート 11 第十一章 物質

- 物質 -

11-1 物、物質 /
物、物質

01 | えきたい【液体】

㊂ 液體

例 液体に浸す。

譯 浸泡在液體之中。

02 | かたまり【塊】

㊂・接尾 塊狀，疙瘩；集團；極端…的人

例 欲の塊が踊っている。

譯 貪得無厭的人上竄下跳。

03 | かたまる【固まる】

㊙ (粉末、顆粒、黏液等)變硬，凝固；固定，成形；集在一起，成群；熱中，篤信(宗教等)

例 粘土が固まる。

譯 把黏土捏成一塊。

04 | きたい【気体】

㊂ (理)氣體

例 気体は通すが水は通さない。

譯 氣體可通過，但水無法通過。

05 | きんぞく【金属】

㊂ 金屬，五金

例 金属は熱で溶ける。

譯 金屬被熱熔化。

06 | くず【屑】

㊂ 碎片；廢物，廢料(人)；(挑選後剩下的)爛貨

例 人間のくずだ。

譯 無用的人。

07 | げすい【下水】

㊂ 污水，髒水，下水；下水道的簡稱

例 下水処理場に届く。

譯 抵達污水處理場。

08 | こうぶつ【鉱物】

㊂ 礦物

例 豊かな鉱物資源に恵まれる。

譯 豐富的礦資源。

09 | こたい【固体】

㊂ 固體

例 固体に変わる。

譯 變成固體。

10 | こな【粉】

㊂ 粉，粉末，麵粉

例 粉になる。

譯 變成粉末。

11 | こんごう【混合】

(名・自他サ) 混合

例 砂と小石を混合する。

譯 混合砂和小石子。

---

12 | さび【錆】

(名) （金屬表面因氧化而生的）鏽；（轉）惡果

例 金属が錆付く。

譯 金屬生鏽。

---

13 | さんせい【酸性】

(名) （化）酸性

例 尿が酸性になる。

譯 尿變成酸性的。

---

14 | さんそ【酸素】

(名) （理）氧氣

例 酸素マスクをつける。

譯 戴上氧氣面具。

---

15 | すいそ【水素】

(名) 氫

例 水素を含む。

譯 含氫。

---

16 | せいぶん【成分】

(名) （物質）成分，元素；（句子）成分；（數）成分

例 成分を分析する。

譯 分析成分。

---

17 | ダイヤモンド【diamond】

(名) 鑽石

例 大きなダイヤモンドをずらりと並べる。

譯 大顆鑽石排成一排。

---

18 | たから【宝】

(名) 財寶，珍寶；寶貝，金錢

例 国の宝に指定された。

譯 被指定為國寶。

---

19 | ちしつ【地質】

(名) （地）地質

例 地質を調べる。

譯 調查地質。

---

20 | つち【土】

(名) 土地，大地；土壤，土質；地面，地表；地面土，泥土

例 土が乾く。

譯 土地乾旱。

---

21 | つぶ【粒】

(名・接尾) （穀物的）穀粒；粒，丸，珠；（數小而圓的東西）粒，滴，丸

例 麦の粒が大きい。

譯 麥粒很大。

---

22 | てつ【鉄】

(名) 鐵

例 鉄の意志が生んだ。

譯 產生如鋼鐵般的意志。

23 | どう【銅】

(名) 銅

例 銅を含む。

譯 含銅。

24 | とうめい【透明】

(名・形動) 透明；純潔，單純

例 透明なガラスで仕切られた。

譯 被透明的玻璃隔開。

25 | どく【毒】

(名・自サ・漢造) 毒，毒藥；毒害，有害；惡毒，毒辣

例 毒にあたる。

譯 中毒。

26 | はなび【花火】

(名) 煙火

例 花火を打ち上げる。

譯 放煙火。

27 | はへん【破片】

(名) 破片，碎片

例 ガラスの破片が飛び散る。

譯 玻璃碎片飛散開來。

28 | はめる【嵌める】

(他下一) 嵌上，鑲上；使陷入，欺騙；擲入，使沈入

例 指輪にダイヤをはめる。

譯 在戒指上鑲入鑽石。

29 | ぶっしつ【物質】

(名) 物質；(哲)物體，實體

例 物質文明が発達した。

譯 物質文明進步發展。

30 | ふる【古】

(名・漢造) 舊東西；舊，舊的

例 古新聞をリサイクルする。

譯 舊報紙資源回收。

31 | ほうせき【宝石】

(名) 寶石

例 宝石で飾る。

譯 用寶石裝飾。

32 | ほこり【埃】

(名) 灰塵，塵埃

例 埃を払う。

譯 擦灰塵。

33 | む【無】

(名・接頭・漢造) 無，沒有；徒勞，白費；無…，不…；欠缺，無

例 無から有を生ずる。

譯 無中生有。

34 | やくひん【薬品】

(名) 藥品；化學試劑

例 化学薬品を取り扱っている。

譯 管理化學藥品。

11-2 エネルギー、燃料 /
能源、燃料

01 | あげる【上げる】

(他下一・自下一) 舉起，抬起，揚起，懸掛；（從船上）卸貨；增加；升遷；送入；表示做完；表示自謙

例 温度を上げる。

譯 提高溫度。

02 | オイル【oil】

(名) 油，油類；油畫，油畫顏料；石油

例 オイル漏れがひどい。

譯 嚴重漏油。

03 | すいじょうき【水蒸気】

(名) 水蒸氣；霧氣，水霧

例 水蒸気がふき出す。

譯 噴出水蒸汽。

04 | すいぶん【水分】

(名) 物體中的含水量；（蔬菜水果中的）液體，含水量，汁

例 水分をとる。

譯 攝取水分。

05 | すいめん【水面】

(名) 水面

例 水面に浮かべる。

譯 浮出水面。

06 | せきたん【石炭】

(名) 煤炭

例 石炭を燃やす。

譯 燒煤炭。

07 | せきゆ【石油】

(名) 石油

例 石油を採掘する。

譯 開採石油。

08 | だんすい【断水】

(名・他サ・自サ) 斷水，停水

例 夜間断水する。

譯 夜間限時停水。

09 | ちかすい【地下水】

(名) 地下水

例 地下水を蓄える。

譯 儲存地下水。

10 | ちょくりゅう【直流】

(名・自サ) 直流電；（河水）直流，沒有彎曲的河流；嫡系

例 直流に変換する。

譯 變換成直流電。

11 | でんりゅう【電流】

(名) (理)電流

例 電流が通じる。

譯 通電。

12 | でんりょく【電力】

(名) 電力

例 電力を供給する。

譯 供電。

13 | とうゆ【灯油】

名 燈油；煤油
例 灯油で動く。
譯 以燈油啟動。

14 | ばくはつ【爆発】

名・自サ 爆炸，爆發
例 火薬が爆発する。
譯 火藥爆炸。

15 | はつでん【発電】

名・他サ 發電
例 川を発電に利用する。
譯 利用河川發電。

16 | ひ【灯】

名 燈光，燈火
例 灯をともす。
譯 點燈。

17 | ほのお【炎】

名 火焰，火苗
例 炎に包まれる。
譯 被火焰包圍。

18 | ようがん【溶岩】

名 （地）溶岩
例 溶岩が流れる。
譯 熔岩流動。

11-3 原料、材料 /
原料、材料

01 | げんりょう【原料】

名 原料
例 石油を原料とするプラスチック。
譯 塑膠是以石油為原料做出來的。

02 | コンクリート【concrete】

名・形動 混凝土；具體的
例 コンクリートが固まる。
譯 水泥凝固。

03 | ざいもく【材木】

名 木材，木料
例 材木を選ぶ。
譯 選擇木材。

04 | ざいりょう【材料】

名 材料，原料；研究資料，數據
例 材料がそろう。
譯 備齊材料。

05 | セメント【cement】

名 水泥
例 セメントを塗る。
譯 抹水泥。

06 | どろ【泥】

名・造語 泥土；小偷
例 泥がつく。
譯 沾上泥土。

11
物質

07 | ビタミン【vitamin】

㊂ (醫)維他命，維生素

例 ビタミン C に富む。

譯 富含維他命 C。

08 | もくざい【木材】

㊂ 木材，木料

例 建築用の木材を事前にカットする。

譯 事先裁切建築用木材。

Memo

_____

_____

12-1 天体 /
天體

01 | うちゅう【宇宙】

名 宇宙；（哲）天地空間；天地古今

例 宇宙旅行に申し込む。

譯 申請太空旅行。

02 | おせん【汚染】

名・自他サ 汚染

例 大気汚染が問題となった。

譯 大氣污染成為問題。

03 | かがやく【輝く】

自五 閃光，閃耀；洋溢；光榮，顯赫

例 太陽が空に輝く。

譯 太陽在天空照耀。

04 | かんそく【観測】

名・他サ 觀察（事物），（天體，天氣等）觀測

例 天体を観測する。

譯 觀測天體。

05 | きあつ【気圧】

名 氣壓；（壓力單位）大氣壓

例 高気圧が張り出す。

譯 高氣壓伸展開來。

06 | きらきら

副・自サ 閃耀

例 星がきらきら光る。

譯 星光閃耀。

07 | ぎらぎら

副・自サ 閃耀（程度比きらきら還強）

例 太陽がぎらぎら照りつける。

譯 陽光照得刺眼。

08 | こうきあつ【高気圧】

名 高氣壓

例 南の海上に高気圧が発生した。

譯 南方海面上形成高氣壓。

09 | こうせん【光線】

名 光線

例 太陽の光線が反射される。

譯 太陽光線反射。

10 | たいき【大気】

名 大氣；空氣

例 大気が地球を包んでいる。

譯 大氣將地球包圍。

11 | みかづき【三日月】

名 新月，月牙；新月形
例 三日月のパンが可愛い。
譯 月牙形的麵包很可愛。

12 | みちる【満ちる】

自上一 充滿；月盈，月圓；(期限)滿，
到期；潮漲
例 月が満ちる。
譯 滿月。

12-2 気象、天気、気候 (1) /
氣象、天氣、氣候 (1)

01 | あけがた【明け方】

名 黎明，拂曉
例 明け方まで勉強する。
譯 開夜車通宵讀書。

02 | あたたかい【暖かい】

形 溫暖，暖和；熱情，熱心；和睦；充裕，
手頭寬裕
例 懐が暖かい。
譯 手頭寬裕。

03 | あらし【嵐】

名 風暴，暴風雨
例 嵐の前の静けさが漂う。
譯 籠罩著暴風雨前寧靜的氣氛。

04 | いきおい【勢い】

名 勢，勢力；氣勢，氣焰
例 勢いを増す。
譯 勢頭增強。

05 | いっそう【一層】

副 更，越發
例 一層寒くなった。
譯 更冷了。

06 | おだやか【穏やか】

形動 平穩，溫和，安詳；穩妥，穩當
例 穏やかな天気に恵まれた。
譯 遇到溫和的好天氣。

07 | おとる【劣る】

自五 劣，不如，不及，比不上
例 昨日に劣らず暑い。
譯 不亞於昨天的熱。

08 | おんだん【温暖】

名・形動 溫暖
例 地球温暖化を防ぐ。
譯 防止地球暖化。

09 | かいせい【快晴】

名 晴朗，晴朗無雲
例 天気は快晴だ。
譯 天氣晴朗無雲。

10 | かくべつ【格別】

副 特別，顯著，格外；姑且不論
例 今日の寒さは格別だ。
譯 今天格外寒冷。

11 | かみなり【雷】

名 雷；雷神；大發雷霆的人

例 雷が鳴る。
譯 雷鳴。

12│きおん【気温】

(名) 氣溫
例 気温が下がる。
譯 氣溫下降。

13│きこう【気候】

(名) 氣候
例 気候が暖かい。
譯 天氣溫暖。

14│きょうふう【強風】

(名) 強風
例 強風が吹く。
譯 強風吹拂。

15│ぐずつく【愚図つく】

(自五) 陰天；動作遲緩拖延
例 天気が愚図つく。
譯 天氣總不放晴。

16│くずれる【崩れる】

(自下一) 崩潰；散去；潰敗，粉碎
例 天気が崩れる。
譯 天氣變天。

17│こごえる【凍える】

(自下一) 凍僵
例 手足が凍える。
譯 手腳凍僵。

18│さす【差す】

(他五・助動・五型) 指，指示；使，叫，令，命令做…
例 西日が差す。
譯 夕陽照射。

19│さむさ【寒さ】

(名) 寒冷
例 寒さで震える。
譯 冷得發抖。

20│さわやか【爽やか】

(形動) (心情、天氣)爽朗的，清爽的；(聲音、口齒)鮮明的，清楚的，巧妙的
例 爽やかな朝が迎えられる。
譯 迎接清爽的早晨。

N2 ● 12-2(2)

12-2 気象、天気、気候 (2) /
氣象、天氣、氣候(2)

21│じき【直】

(名・副) 直接；(距離)很近，就在眼前；(時間)立即，馬上
例 雨が直にやむ。
譯 雨馬上會停。

22│しずまる【静まる】

(自五) 變平靜；平靜，平息；減弱；平靜的(存在)
例 風が静まる。
譯 風平息下來。

23 | しずむ【沈む】

(自五) 沉沒，沈入；西沈，下山；消沈，
落魄，氣餒；沈淪

例 太陽が沈む。

譯 日落。

24 | てる【照る】

(自五) 照耀，曬，晴天

例 日が照る。

譯 太陽照射。

25 | てんこう【天候】

(名) 天氣，天候

例 天候が変わる。

譯 天氣轉變。

26 | にっこう【日光】

(名) 日光，陽光；日光市

例 洗濯物を日光で乾かす。

譯 陽光把衣服曬乾。

27 | にわか

(名・形動) 突然，驟然；立刻，馬上；一
陣子，臨時，暫時

例 天候がにわかに変化する。

譯 天候忽然起變化。

28 | ばいう【梅雨】

(名) 梅雨

例 梅雨前線が停滞する。

譯 梅雨鋒面停滯不前。

29 | はれ【晴れ】

(名) 晴天；隆重；消除嫌疑

例 さわやかな晴れの日だ。

譯 舒爽的晴天。

30 | ひあたり【日当たり】

(名) 採光，向陽處

例 日当りがいい。

譯 採光佳。

31 | ひかげ【日陰】

(名) 陰涼處，背陽處；埋沒人間；見不
得人

例 日陰で休む。

譯 在陰涼處休息。

32 | ひざし【日差し】

(名) 陽光照射，光線

例 日差しを浴びる。

譯 曬太陽。

33 | ひのいり【日の入り】

(名) 日暮時分，日落，黃昏

例 夏の日の入りは午後6時30分だ。

譯 夏天的日落時刻是下午6點30分。

34 | ひので【日の出】

(名) 日出（時分）

例 初日の出が見られる。

譯 可以看到元旦的日出。

35 | ひよけ【日除け】

(名) 遮日；遮陽光的遮棚

例 日除けに帽子をかぶる。
譯 戴上帽子遮陽。

---

36 | ふぶき【吹雪】

名 暴風雪
例 吹雪に遭う。
譯 遇到暴風雪。

---

37 | ふわっと

副・自サ 輕軟蓬鬆貌；輕飄貌
例 ふわっとした雪を見る。
譯 仰望輕飄飄的雲朵。

---

38 | まう【舞う】

自五 飛舞；舞蹈
例 雪が舞う。
譯 雪花飛舞。

---

39 | めっきり

副 變化明顯，顯著的，突然，劇烈
例 めっきり寒くなる。
譯 明顯地變冷。

---

40 | ものすごい【物凄い】

形 可怕的，恐怖的，令人恐懼的；猛烈的，驚人的
例 ものすごく寒い。
譯 冷得要命。

---

41 | ゆうだち【夕立】

名 雷陣雨
例 夕立が上がる。
譯 驟雨停了。

---

42 | ゆうひ【夕日】

名 夕陽
例 夕日が沈む。
譯 夕陽西下。

---

43 | よほう【予報】

名・他サ 預報
例 予報が当たる。
譯 預報說中。

---

44 | らくらい【落雷】

名・自サ 打雷，雷擊
例 落雷で火事になる。
譯 打雷引起火災。

N2 ◎ 12-3

12-3 さまざまな自然現象 /
各種自然現象

01 | あかるい【明るい】

形 明亮的，光明的；開朗的，快活的；精通，熟悉
例 明るくなる。
譯 發亮。

---

02 | およぼす【及ぼす】

他五 波及到，影響到，使遭到，帶來
例 被害を及ぼす。
譯 帶來危害。

---

03 | かさい【火災】

名 火災
例 火災に遭う。
譯 遭遇火災。

04 | かんそう【乾燥】

名・自他サ 乾燥；枯燥無味

例 空気が乾燥している。

譯 空氣乾燥。

---

05 | きよい【清い】

形 清澈的，清潔的；（內心）暢快的，問心無愧的；正派的，光明磊落；乾脆

例 清い水を湧き出させる。

譯 湧出清水。

---

06 | きり【霧】

名 霧，霧氣；噴霧

例 霧が晴れる。

譯 霧散。

---

07 | くだける【砕ける】

自下一 破碎，粉碎

例 コップが粉々に砕ける。

譯 杯子摔成碎片。

---

08 | くもる【曇る】

自五 天氣陰，朦朧

例 鏡が曇る。

譯 鏡子模糊。

---

09 | げんしょう【現象】

名 現象

例 自然現象が発生する。

譯 發生自然現象。

---

10 | さびる【錆びる】

自上一 生鏽，長鏽；（聲音）蒼老

例 包丁が錆びる。

譯 菜刀生鏽。

---

11 | しめる【湿る】

自五 受潮，濡濕；（火）熄滅，（勢頭）漸消

例 のりが湿る。

譯 紫菜受潮變軟了。

---

12 | しも【霜】

名 霜；白髮

例 霜が降りる。

譯 降霜。

---

13 | じゅうりょく【重力】

名 （理）重力

例 重力が加わる。

譯 加上重力。

---

14 | じょうき【蒸気】

名 蒸汽

例 蒸気が立ち上る。

譯 蒸氣冉冉升起。

---

15 | じょうはつ【蒸発】

名・自サ 蒸發，汽化；（俗）失蹤，出走，去向不明，逃之夭夭

例 水分が蒸発する。

譯 水分蒸發。

---

16 | せっきん【接近】

名・自サ 接近，靠近；親密，親近，密切

例 台風が接近する。

譯 颱風靠近。

---

17 | ぞうすい【増水】

名・自サ 氾濫，漲水

例 川が増水して危ない。

譯 河川暴漲十分危險。

18 | そなえる【備える】

他下一 準備，防備；配置，裝置；天生具備

例 地震に備える。

譯 地震災害防範。

19 | てんねん【天然】

名 天然，自然

例 天然の良港に恵まれている。

譯 天然的良港得天獨厚。

20 | どしゃくずれ【土砂崩れ】

名 土石流

例 土砂崩れで通行止めだ。

譯 因土石流而禁止通行。

21 | とっぷう【突風】

名 突然颳起的暴風

例 突風に帽子を飛ばされる。

譯 帽子被突然颳起的風給吹走了。

22 | なる【成る】

自五 成功，完成；組成，構成；允許，能忍受

例 氷が水に成る。

譯 冰變成水。

23 | にごる【濁る】

自五 混濁，不清晰；(聲音)嘶啞；(顏色)不鮮明；(心靈)污濁，起邪念

例 空気が濁る。

譯 空氣混濁。

24 | にじ【虹】

名 虹，彩虹

例 七色の虹が出る。

譯 出現七色彩虹。

25 | はんえい【反映】

名・自サ・他サ (光)反射；反映

例 湖面に反映する。

譯 反射在湖面。

26 | ぴかぴか

副・自サ 雪亮地；閃閃發亮的

例 ぴかぴか光る。

譯 閃閃發光。

27 | ひとりでに【独りでに】

副 自行地，自動地，自然而然也

例 窓が独りでに開いた。

譯 窗戶自動打開了。

28 | ふせぐ【防ぐ】

他五 防禦，防守，防止；預防，防備

例 火を防ぐ。

譯 防火。

29｜ふんか【噴火】

(名・自サ) 噴火

例 噴火口が残っている。

譯 留下火山口。

30｜ほうそく【法則】

(名) 規律，定律；規定，規則

例 法則に合う。

譯 合乎規律。

31｜まんいち【万一】

(名・副) 萬一

例 万一に備える。

譯 以備萬一。

32｜わく【湧く】

(自五) 湧出；產生(某種感情)；大量湧現

例 清水が湧く。

譯 清水泉湧。

Memo

地理、場所

- 地理、地方 -

13-1 地理 (1) /
地理(1)

01 | いずみ【泉】

㊁ 泉，泉水；泉源；話題

例 本は知識の泉だ。

譯 書籍是知識之泉源。

02 | いど【緯度】

㊁ 緯度

例 緯度が高い。

譯 緯度高。

03 | うんが【運河】

㊁ 運河

例 運河を開く。

譯 開運河。

04 | おか【丘】

㊁ 丘陵，山崗，小山

例 丘を越える。

譯 越過山崗。

05 | おぼれる【溺れる】

㊀ 溺水，淹死；沉溺於，迷戀於

例 川で溺れる。

譯 在河裡溺水。

06 | おんせん【温泉】

㊁ 温泉

例 温泉に入る。

譯 泡溫泉。

07 | かい【貝】

㊁ 貝類

例 貝を拾う。

譯 撿貝殼。

08 | かいよう【海洋】

㊁ 海洋

例 海洋公園に行く。

譯 去海洋公園。

09 | かこう【火口】

㊁ (火山)噴火口；(爐灶等)爐口

例 火口からマグマが噴出する。

譯 從火山口噴出岩漿。

10 | かざん【火山】

㊁ 火山

例 火山が噴火する。

譯 火山噴火。

11 | きし【岸】

ⓝ 岸，岸邊；崖

例 岸を離れる。

譯 離岸。

---

12 | きゅうせき【旧跡】

ⓝ 古蹟

例 京都の名所旧跡を訪ねる。

譯 造訪京都的名勝古蹟。

---

13 | けいど【経度】

ⓝ （地）經度

例 経度を調べる。

譯 查詢經度。

---

14 | けわしい【険しい】

ⓕ 陡峭，險峻；險惡，危險；（表情等）
嚴肅，可怕，粗暴

例 険しい山道が続く。

譯 山路綿延崎嶇。

---

15 | こうち【耕地】

ⓝ 耕地

例 耕地面積を知りたい。

譯 想知道耕地面積。

---

16 | こす【越す・超す】

⟨自他五⟩ 越過，跨越，渡過；超越，勝於；
過，度過；遷居，轉移

例 山を越す。

譯 翻越山嶺。

---

17 | さばく【砂漠】

ⓝ 沙漠

例 砂漠に生きる。

譯 在沙漠生活。

---

18 | さんりん【山林】

ⓝ 山上的樹林；山和樹林

例 山林に交わる。

譯 出家。

---

19 | じばん【地盤】

ⓝ 地基，地面；地盤，勢力範圍

例 地盤を固める。

譯 堅固地基。

---

20 | じめん【地面】

ⓝ 地面，地表；土地，地皮，地段

例 地面がぬれる。

譯 地面溼滑。

---

21 | しんりん【森林】

ⓝ 森林

例 森林を守る。

譯 守護森林。

---

22 | すいへいせん【水平線】

ⓝ 水平線；地平線

例 太陽が水平線から昇る。

譯 太陽從地平線升起。

---

23 | せきどう【赤道】

ⓝ 赤道

例 赤道を横切る。
譯 穿過赤道。

24 | ぜんこく【全国】

名 全國
例 全国を巡る。
譯 巡迴全國。

25 | たいりく【大陸】

名 大陸，大洲；(日本指)中國；(英國指)歐洲大陸
例 新大陸を発見した。
譯 發現新大陸。

26 | たき【滝】

名 瀑布
例 滝のように汗が流れる。
譯 汗流如注。

27 | たに【谷】

名 山谷，山澗，山洞
例 人生山あり谷あり。
譯 人生有高有低，有起有落。

28 | たにぞこ【谷底】

名 谷底
例 谷底に転落する。
譯 跌到谷底。

29 | ダム【dam】

名 水壩，水庫，攔河壩，堰堤
例 ダムを造る。
譯 建造水庫。

30 | たんすい【淡水】

名 淡水
例 淡水魚が見られる。
譯 可以看到淡水魚。

13-1 地理 (2) ／
地理 (2)

31 | ち【地】

名 大地，地球，地面；土壤，土地；地表；場所；立場，地位
例 地に落ちる。
譯 落到地上。

32 | ちへいせん【地平線】

名 (地)地平線
例 地平線が見える。
譯 看得見地平線。

33 | ちめい【地名】

名 地名
例 地名を調べる。
譯 調查地名。

34 | ちょうじょう【頂上】

名 山頂，峰頂；極點，頂點
例 頂上を目指す。
譯 以山頂為目標。

35 | ちょうてん【頂点】

名 (數)頂點；頂峰，最高處；極點，絕頂
例 頂点に立つ。
譯 立於頂峰。

36 | つりばし【釣り橋・吊り橋】

名 吊橋

例 吊り橋を渡る。

譯 過吊橋。

37 | とう【島】

名 島嶼

例 離島が数多くある。

譯 有許多離島。

38 | とうげ【峠】

名 山路最高點(從此點開始下坡),山巔；頂部,危險期,關頭

例 峠に着く。

譯 到達山頂。

39 | とうだい【灯台】

名 燈塔

例 灯台守が住んでいる。

譯 住守著燈塔守衛。

40 | とびこむ【飛び込む】

自五 跳進；飛入；突然闖入；(主動)投入,加入

例 川に飛び込む。

譯 跳進河裡。

41 | ながめ【眺め】

名 眺望,瞭望；(眺望的)視野,景致,景色

例 眺めが良い。

譯 視野好。

42 | ながめる【眺める】

他下一 眺望；凝視,注意看；(商)觀望

例 星を眺める。

譯 眺望星星。

43 | ながれ【流れ】

名 水流,流動；河流,流水；潮流,趨勢；血統；派系,(藝術的)風格

例 流れを下る。

譯 順流而下。

44 | なみ【波】

名 波浪,波濤；波瀾,風波；聲波；電波；潮流,浪潮；起伏,波動

例 波に乗る。

譯 趁著浪頭,趁勢。

45 | の【野】

名・漢造 原野；田地,田野；野生的

例 野の花が飾られている。

譯 擺飾著野花。

46 | のはら【野原】

名 原野

例 野原で遊ぶ。

譯 在原野玩耍。

47 | はら【原】

名 平原,平地；荒原,荒地

例 野原の花が咲く。

譯 野地的小花綻放著。

48 | はんとう【半島】

② 半島

例 伊豆半島を一周する。

譯 繞伊豆半島一周。

49 | ふうけい【風景】

② 風景，景致；情景，光景，狀況；(美術)風景

例 風景を楽しむ。

譯 觀賞風景。

50 | ふるさと【故郷】

② 老家，故郷

例 故郷に帰る。

譯 回故郷。

51 | へいや【平野】

② 平原

例 関東平野が見える。

譯 可眺望關東平原。

52 | ぼんち【盆地】

② (地)盆地

例 山の間が盆地になっている。

譯 山中間形成盆地。

53 | みさき【岬】

② (地)海角，岬

例 岬には燈台がある。

譯 海角上有燈塔。

54 | みなれる【見慣れる】

自下一 看慣，眼熟，熟識

例 景色が見慣れる。

譯 看慣景色。

55 | りく【陸】

名・漢造 陸地，旱地；陸軍的通稱

例 陸が見える。

譯 看見陸地。

56 | りゅういき【流域】

② 流域

例 長江流域が水稲の生産地である。

譯 長江流域是生產水稻的中心區域。

57 | れっとう【列島】

② (地)列島，群島

例 日本列島を横断する。

譯 横越日本列島。

13-2 場所、空間 / 地方、空間

01 | あき【空き】

② 空隙，空白；閒暇；空額

例 空きを作る。

譯 騰出空間。

02 | したまち【下町】

② (普通百姓居住的)小工商業區；(都市中)低窪地區

例 下町で町工場を営む。

譯 於庶民(工商業者)居住區開工廠。

03 | しんくう【真空】

(名) 真空；（作用、勢力達不到的）空白，真空狀態

例 真空パックをして保存する。

譯 真空包裝後保存起來。

04 | てんてん【転々】

(副・自サ) 轉來轉去，輾轉，不斷移動；滾轉貌，嘰哩咕嚕

例 各地を転々とする。

譯 輾轉各地。

05 | とうざい【東西】

(名) （方向）東和西；（國家）東方和西方；方向；事理，道理

例 東西に分ける。

譯 分為東西。

06 | どこか

(連語) 某處，某個地方

例 どこか遠くへ行きたい。

譯 想要去某個遙遠的地方。

07 | とち【土地】

(名) 土地，耕地；土壤，土質；某地區，當地；地面；地區

例 土地が肥える。

譯 土地肥沃。

08 | なつかしい【懐かしい】

(形) 懷念的，思慕的，令人懷念的；眷戀，親近的

例 故郷が懐かしい。

譯 懷念故鄉。

09 | ば【場】

(名) 場所，地方；座位；（戲劇）場次；場合

例 その場で断った。

譯 當場拒絕了。

10 | バック【back】

(名・自サ) 後面，背後；背景；後退，倒車；金錢的後備，援助；靠山

例 綺麗な景色をバックにする。

譯 以美麗的風景為背景。

11 | ひろば【広場】

(名) 廣場；場所

例 広場で行う。

譯 於廣場進行。

12 | ひろびろ【広々】

(副・自サ) 寬闊的，遼闊的

例 広々とした庭だ。

譯 寬敞的院子。

13 | ほうぼう【方々】

(名・副) 各處，到處

例 方々でもてはやされる。

譯 到處受歡迎。

14 | ほうめん【方面】

(名) 方面，方向；領域

例 大阪方面へ出張する。

譯 到大阪方向出差。

15 ｜ まちかど【街角】

㊂ 街角，街口，拐角

㊁ 街角に佇む。

㊂ 佇立於街角。

---

16 ｜ むげん【無限】

㊂·㊎ 無限，無止境

㊁ 無限の空間がある。

㊂ 有無限的空間。

---

17 ｜ むこうがわ【向こう側】

㊂ 對面；對方

㊁ 川の向こう側にいる。

㊂ 在河川的另一側。

---

18 ｜ めいしょ【名所】

㊂ 名勝地，古蹟

㊁ 名所を見物する。

㊂ 參觀名勝。

---

19 ｜ よそ【他所】

㊂ 別處，他處；遠方；別的，他的；不顧，無視，漠不關心

㊁ よそを向く。

㊂ 看別的地方。

---

20 ｜ りょうめん【両面】

㊂ （表裡或內外）兩面；兩個方面

㊁ 物事を両面から見る。

㊂ 從正反兩面來看事情。

13-3 地域、範囲(1)／
地域、範囲(1)

13

01 ｜ あちこち

㊙ 這兒那兒，到處

㊁ あちこちにある。

㊂ 到處都有。

---

02 ｜ あちらこちら

㊙ 到處，四處；相反，顛倒

㊁ あちらこちらに散らばっている。

㊂ 四處散亂著。

---

03 ｜ いたる【至る】

㊂ 到，來臨；達到；周到

㊁ 至る所が音楽であふれる。

㊂ 到處充滿音樂。

---

04 ｜ おうべい【欧米】

㊂ 歐美

㊁ 欧米諸国が対立する。

㊂ 歐美各國相互對立。

---

05 ｜ おき【沖】

㊂ （離岸較遠的）海面，海上；湖心；（日本中部方言）寬闊的田地、原野

㊁ 沖に出る。

㊂ 出海。

---

06 ｜ おくがい【屋外】

㊂ 戶外

㊁ 屋外運動靴が必要だ。

㊂ 戶外需要運動鞋。

07 | おんたい【温帯】

(名) 温帯

例 温帯気候に属す。

譯 屬於溫帶氣候。

08 | がい【外】

(接尾・漢造) 以外，之外；外側，外面，外部；妻方親戚；除外

例 予想外の答えを出す。

譯 做出意料之外的答案。

09 | かいがい【海外】

(名) 海外，國外

例 海外で暮らす。

譯 居住海外。

10 | かくじゅう【拡充】

(名・他サ) 擴充

例 工場を拡充する。

譯 擴大工廠。

11 | かくだい【拡大】

(名・自他サ) 擴大，放大

例 規模が拡大する。

譯 擴大規模。

12 | かくち【各地】

(名) 各地

例 各地を巡る。

譯 巡迴各地。

13 | かくちょう【拡張】

(名・他サ) 擴大，擴張

例 領土を拡張する。

譯 擴大領土。

14 | かしょ【箇所】

(名・接尾) (特定的)地方；(助數詞)處

例 誤りのある箇所。

譯 糾正錯誤的地方。

15 | かんさい【関西】

(名) 日本關西地區(以京都、大阪為中心的地帶)

例 関西地方を襲った。

譯 襲擊關西地區。

16 | かんたい【寒帯】

(名) 寒帶

例 寒帯の動物が南下した。

譯 寒帶動物向南而去。

17 | かんとう【関東】

(名) 日本關東地區(以東京為中心的地帶)

例 関東地方が強く揺れる。

譯 關東地區強烈搖晃。

18 | きょうかい【境界】

(名) 境界，疆界，邊界

例 境界線を引く。

譯 劃上界線。

19 | くいき【区域】

(名) 區域

例 危険区域に入った。

譯 進入危險地區。

20 | くうちゅう【空中】

㊈ 空中，天空

例 ロボットが空中を飛ぶ。

譯 機器人飛在空中。

---

21 | ぐん【郡】

㊈（地方行政區之一）郡

例 国の下に郡を置く。

譯 國下面設郡。

---

22 | こっきょう【国境】

㊈ 國境，邊境，邊界

例 国境を越える。

譯 越過國境。

---

23 | さい【際】

㊈・㊌ 時候，時機，在…的狀況下；彼此之間，交接；會晤；邊際

例 この際にお伝え致します。

譯 在這個時候通知您

---

24 | さかい【境】

㊈ 界線，疆界，交界；境界，境地；分界線，分水嶺

例 生死の境をさまよう。

譯 在生死之間徘徊。

---

25 | しきち【敷地】

㊈ 建築用地，地皮；房屋地基

例 学校の敷地を図にした。

譯 把學校用地繪製成圖。

---

26 | しゅう【州】

㊌ 大陸，州

例 世界は五大州に分かれている。

譯 世界分五大洲。

---

27 | しゅうい【周囲】

㊈ 周圍，四周；周圍的人，環境

例 周囲を森に囲まれている。

譯 被周圍的森林圍繞著。

---

28 | しゅうへん【周辺】

㊈ 周邊，四周，外圍

例 都市の周辺に住んでいる。

譯 住在城市的四周。

---

29 | しゅと【首都】

㊈ 首都

例 首都が変わる。

譯 改首都。

---

30 | しゅとけん【首都圏】

㊈ 首都圈

例 首都圏の人口が減り始める。

譯 首都圈人口開始減少。

N2 ● 13-3(2)

13-3 地域、範囲 (2) /
地域、範囲 (2)

---

31 | じょうきょう【上京】

㊈・㊐ 進京，到東京去

例 18歳で上京する。

譯 十八歲到東京。

32 | ちいき【地域】

名 地區
例 周辺の地域が緑であふれる。
譯 周圍地區綠意盎然。

33 | ちたい【地帯】

名 地帯，地區
例 安全地帯を求める。
譯 尋找安全地帶。

34 | ちょうめ【丁目】

結尾 (街巷區劃單位)段，巷，條
例 田中町三丁目に住む。
譯 住在田中町三段。

35 | と【都】

名・漢造 首都;「都道府縣」之一的行政
單位，都市;東京都
例 東京都水道局が管理する。
譯 東京都水利局進行管理。

36 | とかい【都会】

名 都會，城市，都市
例 彼は都会育ちだ。
譯 他在城市長大的。

37 | とくてい【特定】

名・他サ 特定;明確指定，特別指定
例 特定の店しか扱わない。
譯 只有特定的店家使用。

38 | としん【都心】

名 市中心

例 都心から５キロ離れている。
譯 離市中心五公里。

39 | なんきょく【南極】

名 (地)南極;(理)南極(磁針指南的一端)
例 南極海が凍る。
譯 南極海結冰。

40 | なんべい【南米】

名 南美洲
例 南米大陸をわたる。
譯 橫越南美洲。

41 | なんぼく【南北】

名 (方向)南與北;南北
例 南北に縦断する。
譯 縱貫南北。

42 | にほん【日本】

名 日本
例 日本語で話す。
譯 用日語交談。

43 | ねったい【熱帯】

名 (地)熱帯
例 熱帯気候がない。
譯 沒有熱帶氣候。

44 | ばんち【番地】

名 門牌號;住址
例 番地を記入する。
譯 填寫地址。

45 | ひとごみ【人込み・人混み】

(名) 人潮擁擠（的地方），人山人海

例 人込みを避ける。

譯 避開人群。

46 | ふきん【付近】

(名) 附近，一帶

例 付近の商店街が変わりつつある。

譯 附近的店家逐漸改變樣貌。

47 | ぶぶん【部分】

(名) 部分

例 部分的には優れている。

譯 一部份還不錯。

48 | ぶんぷ【分布】

(名・自サ) 分布，散布

例 分布区域が拡大する。

譯 擴大分布區域。

49 | ぶんや【分野】

(名) 範圍，領域，崗位，戰線

例 分野が違う。

譯 不同領域。

50 | ほっきょく【北極】

(名) 北極

例 北極星を見る。

譯 看見北極星。

51 | みやこ【都】

(名) 京城，首都；大都市，繁華的都市

例 ウィーンは音楽の都だ。

譯 維也納是音樂之都。

52 | ヨーロッパ【Europe】

(名) 歐洲

例 ヨーロッパへ行く。

譯 去歐洲。

13-4 方向、位置 (1) /
方向、位置 (1)

01 | あがる【上がる】

(自五・他五・接尾) （效果，地位，價格等）上升，提高；上，登，進入；上漲；提高；加薪；吃，喝，吸（煙）；表示完了

例 値段が上がる。

譯 漲價。

02 | あと【後】

(名) （地點、位置）後面，後方；（時間上）以後；（距現在）以前；（次序）之後，其後；以後的事；結果，後果；其餘，此外；子孫，後人

例 後を付ける。

譯 跟蹤。

03 | いち【位置】

(名・自サ) 位置，場所；立場，遭遇；位於

例 位置を占める。

譯 占據位置。

04 | かこう【下降】

(名・自サ) 下降，下沉

例 パラシュートが下降する。

譯 降落傘下降。

05 | かみ【上】

(名・漢造) 上邊，上方，上游，上半身；以前，過去；開始，起源於；統治者，主人；京都；上座；（從觀眾看）舞台右側

例 上座に座る。

譯 坐上位。

06 | ぎゃく【逆】

(名・漢造) 反，相反，倒；叛逆

例 逆にする。

譯 弄反過來。

07 | げ【下】

(名) 下等；（書籍的）下卷

例 状況は下の下だ。

譯 狀況為下下等。

08 | さかさ【逆さ】

(名) （「さかさま」的略語）逆，倒，顛倒，相反

例 上下が逆さになる。

譯 上下顛倒。

09 | さかさま【逆様】

(名・形動) 逆，倒，顛倒，相反

例 裏表を逆さまに着る。

譯 穿反。

10 | さかのぼる【遡る】

(自五) 溯，逆流而上；追溯，回溯

例 流れをさかのぼる。

譯 回溯。

11 | さゆう【左右】

(名・他サ) 左右方；身邊，旁邊；左右其詞，支支吾吾；（年齡）大約，上下；掌握，支配，操縱

例 命運を左右する。

譯 支配命運。

12 | すいへい【水平】

(名・形動) 水平；平衡，穩定，不升也不降

例 水平に置く。

譯 水平放置。

13 | ぜんご【前後】

(名・自サ・接尾) （空間與時間）前和後，前後；相繼，先後；前因後果

例 前後を見回す。

譯 環顧前後。

14 | せんたん【先端】

(名) 頂端，尖端；時代的尖端，時髦，流行，前衛

例 流行の先端を行く。

譯 走在流行尖端。

15 | せんとう【先頭】

(名) 前頭，排頭，最前列

例 先頭に立つ。

譯 站在先鋒。

16 | そい【沿い】

(造語) 順，延

例 線路沿いに歩く。

譯 沿著鐵路走路。

17 | それる【逸れる】

(自下一) 偏離正軌，歪向一旁；不合調，走調；走向一邊，轉過去

例 話がそれる。

譯 話離題了。

18 | たいら【平ら】

(名・形動) 平，平坦；(山區的)平原，平地；(非正坐的)隨意坐，盤腿作；平靜，坦然

例 平らな土地が少ない。

譯 平坦的大地較少。

19 | ちてん【地点】

(名) 地點

例 通過地点をライトアップする。

譯 點亮通過的地點。

20 | ちゅうおう【中央】

(名) 中心，正中；中心，中樞；中央，首都

例 中央に置く。

譯 放在中間。

N2 ● 13-4(2)

13-4 方向、位置(2) /
方向、位置(2)

21 | ちゅうかん【中間】

(名) 中間，兩者之間；(事物進行的)中途，半路

例 中間を取る。

譯 折衷。

22 | ちょくせん【直線】

(名) 直線

例 一直線に進む。

譯 直線前進。

23 | つうか【通過】

(名・自サ) 通過，經過；(電車等)駛過；(議案、考試等)通過，過關，合格

例 列車が通過する。

譯 列車通過。

24 | とうちゃく【到着】

(名・自サ) 到達，抵達

例 目的地に到着する。

譯 到達目的地。

25 | どく【退く】

(自五) 讓開，離開，躲開

例 早く退いてくれ。

譯 快點讓開。

26 | どける【退ける】

(他下一) 移開

例 石を退ける。

譯 移開石頭。

27 | なだらか

(形動) 平緩，坡度小，平滑；平穩，順利；順利，流暢

例 なだらかな坂をくだる。

譯 走下平緩的斜坡。

28 | はす【斜】

(名) (方向)斜的，歪斜

例 道を斜に横切る。

譯 斜行走過馬路。

29 | はん【反】

(名・漢造) 反，反對；(哲)反對命題；犯規；反覆

例 靴を反対に履く。

譯 鞋子穿反了。

30 | ひだりがわ【左側】

(名) 左邊，左側

例 左側に並ぶ。

譯 排在左側。

31 | ひっくりかえる【引っくり返る】

(自五) 翻倒，顛倒，翻過來；逆轉，顛倒過來

例 コップが引っくり返る。

譯 翻倒杯子。

32 | ふち【縁】

(名) 邊緣，框，檐，旁側

例 眼鏡の縁がない。

譯 沒有鏡框。

33 | ふりむく【振り向く】

(自五)(向後)回頭過去看；回顧，理睬

例 彼女は自分の方を振り向いた。

譯 她往我這裡看。

34 | へいこう【平行】

(名・自サ)(數)平行；並行

例 平行線に終わる。

譯 以平行線告終。

35 | ほうがく【方角】

(名) 方向，方位

例 方角を表す。

譯 表示方向。

36 | ほうこう【方向】

(名) 方向；方針

例 方向が変わる。

譯 方向改變。

37 | まがりかど【曲がり角】

(名) 街角；轉折點

例 曲がり角で別れる。

譯 在街角道別。

38 | まんまえ【真ん前】

(名) 正前方

例 銀行は駅の真ん前にある。

譯 車站正前方有銀行。

39 | みぎがわ【右側】

(名) 右側，右方

例 右側に郵便局が見える。

譯 右手邊能看到郵局。

40 | むかう【向かう】

(自五) 向著，朝著；面向；往…去，向…去；趨向，轉向

例 鏡に向かう。

譯 對著鏡子。

41 | むき【向き】

⊛ 方向；適合，合乎；認真，慎重其事；傾向，趨向；（該方面的）人，人們

例 向きが変わる。

譯 轉變方向。

42 | めじるし【目印】

⊛ 目標，標記，記號

例 目印をつける。

譯 留記號。

43 | もどす【戻す】

(自五・他五) 退還，歸還；送回，退回；使倒退；（經）市場價格急遽回升

例 本を戻す。

譯 歸還書。

44 | やじるし【矢印】

⊛ （標示去向、方向的）箭頭，箭形符號

例 矢印の方向に進む。

譯 沿箭頭方向前進。

45 | りょうたん【両端】

⊛ 両端

例 ケーブルの両端に挿入する。

譯 插入電線兩端。

Memo

_____

_____

_____

_____

_____

_____

_____

_____

_____

_____

_____

_____

_____

_____

_____

_____

施設、機関

- 設施、機關單位 -

14-1 施設、機関 /
設施、機關單位

01 | かいいん【会員】
㊂ 會員
例 会員制になっております。
譯 為會員制。

02 | かいかん【会館】
㊂ 會館
例 市民会館を作る。
譯 建造市民會館。

03 | かかり【係・係り】
㊂ 負責擔任某工作的人;關聯,牽聯
例 案内係がゲートを開ける。
譯 招待員打開大門。

04 | かしだし【貸し出し】
㊂ (物品的)出借,出租;(金錢的)貸放,借出
例 本の貸し出しを行う。
譯 進行書籍出租。

05 | かんちょう【官庁】
㊂ 政府機關
例 官庁に勤める。
譯 在政府機關工作。

06 | きかん【機関】
㊂ (組織機構的)機關,單位;(動力裝置)機關
例 行政機関が定める。
譯 行政機關規定。

07 | きぎょう【企業】
㊂ 企業;籌辦事業
例 企業を起こす。
譯 創辦企業。

08 | けんがく【見学】
(名・他サ) 參觀
例 工場見学を始める。
譯 開始參觀工廠。

09 | けんちく【建築】
(名・他サ) 建築,建造
例 立派な建築を残す。
譯 留下漂亮的建築。

10 | こうそう【高層】
㊂ 高空,高氣層;高層
例 高層ビルが立ち並ぶ。
譯 高樓大廈林立。

11 ｜ こくりつ【国立】

㊎ 國立
例 国立公園を訪ねる。
譯 尋訪國家公園。

12 ｜ こや【小屋】

㊎ 簡陋的小房，茅舍；(演劇、馬戲等的)棚子；畜舍
例 小屋を建てる。
譯 蓋小屋。

13 ｜ せつび【設備】

㊎・他サ 設備，裝設，裝設
例 設備が整う。
譯 設備完善。

14 ｜ センター【center】

㊎ 中心機構；中心區；(棒球)中場
例 国際交流センターが設置される。
譯 設立國際交流中心。

15 ｜ そうこ【倉庫】

㊎ 倉庫，貨棧
例 倉庫にしまう。
譯 存入倉庫。

16 ｜ でいりぐち【出入り口】

㊎ 出入口
例 出入り口に立つ。
譯 站在出入口。

17 ｜ はしら【柱】

㊎・接尾 (建)柱子；支柱；(轉)靠山

例 柱が倒れる。
譯 柱子倒下。

18 ｜ ふんすい【噴水】

㊎ 噴水；(人工)噴泉
例 噴水を設ける。
譯 架設噴泉。

19 ｜ やくしょ【役所】

㊎ 官署，政府機關
例 役所に勤める。
譯 在政府機關工作。

14-2 いろいろな施設／
各種設施

01 ｜ おとしもの【落とし物】

㊎ 不慎遺失的東西
例 落とし物を届ける。
譯 送交遺失物。

02 ｜ きょく【局】

㊎・接尾 房間，屋子；(官署，報社)局，室；特指郵局，廣播電臺；局面，局勢；(事物的)結局
例 郵便局が近い。
譯 郵局很近。

03 ｜ クラブ【club】

㊎ 俱樂部，夜店；(學校)課外活動，社團活動
例 ナイトクラブが増加している。
譯 夜總會增多。

04 | こうしゃ【校舎】

名 校舎
例 校舎を建て替える。
譯 改建校舍。

05 | さかば【酒場】

名 酒館，酒家，酒吧
例 酒場で喧嘩が始まった。
譯 酒吧裡開始吵起架了。

06 | じいん【寺院】

名 寺院
例 寺院に参拝する。
譯 參拜寺院。

07 | してん【支店】

名 分店
例 支店を出す。
譯 開分店。

08 | しゅくはく【宿泊】

名・自サ 投宿，住宿
例 ホテルに宿泊する。
譯 投宿旅館。

09 | しょてん【書店】

名 書店；出版社，書局
例 書店を回る。
譯 尋遍書店。

10 | しろ【城】

名 城，城堡；（自己的）權力範圍，勢力範圍

例 城が落ちる。
譯 城池陷落。

11 | すいしゃ【水車】

名 水車
例 水車が回る。
譯 水車轉動。

12 | たいざい【滞在】

名・自サ 旅居，逗留，停留
例 ホテルに滞在する。
譯 住在旅館。

13 | てんじかい【展示会】

名 展示會
例 着物の展示会に行った。
譯 去參加和服展示會。

14 | てんぼうだい【展望台】

名 瞭望台
例 展望台からの眺め。
譯 從瞭望台看到的風景。

15 | とう【塔】

名・漢造 塔
例 宝塔に登る。
譯 登上寶塔。

16 | とめる【泊める】

他下一 （讓…）住，過夜；（讓旅客）投宿；（讓船隻）停泊
例 観光客を泊める。
譯 讓觀光客投宿。

17 | びよういん【美容院】

名 美容院，美髮沙龍
例 美容院に行く。
譯 去美容院。

18 | ビルディング【building】

名 建築物
例 朝日ビルディングを賃貸する。
譯 朝日大樓出租。

19 | ボーイ【boy】

名 少年，男孩；男服務員
例 ホテルのボーイを呼ぶ。
譯 叫喚旅館的男服務員。

20 | ほり【堀】

名 溝渠，壕溝；護城河
例 堀で囲む。
譯 以城壕圍著。

21 | まちあいしつ【待合室】

名 候車室，候診室，等候室
例 駅の待合室で待つ。
譯 在候車室等候。

22 | まどぐち【窓口】

名（銀行，郵局，機關等）窗口；（與外界交涉的）管道，窗口
例 三番の窓口へどうぞ。
譯 請至三號窗口。

23 | やど【宿】

名 家，住處，房屋；旅館，旅店；下榻處，過夜

例 宿に泊まる。
譯 住旅店。

24 | ゆうえんち【遊園地】

名 遊樂場
例 遊園地で遊ぶ。
譯 在遊樂園玩

25 | ようちえん【幼稚園】

名 幼稚園
例 幼稚園に入る。
譯 上幼稚園。

26 | りょう【寮】

名・漢造 宿舍（狹指學生、公司宿舍）；茶室；別墅
例 寮生活をする。
譯 過著宿舍生活。

27 | ロビー【lobby】

名（飯店、電影院等人潮出入頻繁的建築物）大廳，門廳；接待室，休息室，走廊
例 ホテルのロビーで待ち合わせる。
譯 在飯店的大廳碰面。

14-3 病院 / 醫院

01 | いりょう【医療】

名 醫療
例 医療が提供される。
譯 提供醫療。

14

設施、機關單位

02 | えいせい【衛生】

㊂ 衛生

例 環境衛生を維持する。

譯 維護環境衛生。

---

03 | きゅうしん【休診】

（名・他サ） 停診

例 日曜休診が多い。

譯 週日大多停診。

---

04 | げか【外科】

㊂ （醫）外科

例 外科医を育てる。

譯 培育外科醫生。

---

05 | しんさつ【診察】

（名・他サ） （醫）診察，診斷

例 診察を受ける。

譯 接受診斷。

---

06 | しんだん【診断】

（名・他サ） （醫）診斷；判斷

例 診断が出る。

譯 診斷書出來了。

---

07 | せいけい【整形】

㊂ 整形

例 整形外科で診てもらう。

譯 看整形外科。

---

08 | ないか【内科】

㊂ （醫）內科

例 内科医になる。

譯 成為內科醫生。

---

09 | フリー【free】

（名・形動） 自由，無拘束，不受限制；免費；無所屬；自由業

例 検査はフリーパスだった。

譯 不用檢查。

---

10 | みまい【見舞い】

㊂ 探望，慰問；蒙受，挨(打)，遭受(不幸)

例 見舞いにいく。

譯 去探望。

---

11 | みまう【見舞う】

（他五） 訪問，看望；問候，探望；遭受，蒙受(災害等)

例 病人を見舞う。

譯 探望病人。

14-4 店 /
商店

---

01 | いちば【市場】

㊂ 市場，商場

例 魚市場が大変混雑している。

譯 魚市場擁擠不堪。

---

02 | いてん【移転】

（名・自他サ） 轉移位置；搬家；（權力等）轉交，轉移

例 今月末に移転する。

譯 這個月底搬遷。

03 | えいぎょう【営業】

(名・自他サ) 營業，經商

例 営業を開始。

譯 開始營業。

04 | かんばん【看板】

(名) 招牌；牌子，幌子；(店舖)關門，停止營業時間

例 看板にする。

譯 打著招牌；以…為榮；商店打烊。

05 | きっさ【喫茶】

(名) 喝茶，喫茶，飲茶

例 喫茶店で待ち合わせ。

譯 在咖啡店碰面。

06 | きょうどう【共同】

(名・自サ) 共同

例 共同で経営する。

譯 一起經營。

07 | ぎょうれつ【行列】

(名・自サ) 行列，隊伍，列隊；(數)矩陣

例 行列のできる店などがある。

譯 有排隊人潮的店家等等。

08 | クリーニング【cleaning】

(名・他サ) (洗衣店)洗滌

例 クリーニングに出す。

譯 送去洗衣店洗。

09 | これら

(代) 這些

例 これらの商品を扱っている。

譯 銷售這些商品。

10 | サービス【service】

(名・自他サ) 售後服務；服務，接待，侍候；(商店)廉價出售，附帶贈品出售

例 サービスをしてくれる。

譯 得到(減價)服務。

11 | しな【品】

(名・接尾) 物品，東西；商品，貨物；(物品的)質量，品質；品種，種類；情況，情形

例 よい品を揃えた。

譯 好貨一應俱全。

12 | しまい【仕舞い】

(名) 終了，末尾；停止，休止；閉店；賣光；化妝，打扮

例 おしまいにする。

譯 打烊；結束。

13 | シャッター【shutter】

(名) 鐵捲門；照相機快門

例 シャッターを下ろす。

譯 放下鐵捲門。

14 | しょうてん【商店】

(名) 商店

例 商店が立ち並ぶ。

譯 商店林立。

15 | じょうとう【上等】

(名・形動) 上等，優質；很好，令人滿意

例 上等な品を使っている。

譯 用的是高級品。

16 | ショップ【shop】

(接尾) (一般不單獨使用)店舖，商店

例 ショップを開店する。

譯 店舖開張。

17 | ずらり（と）

(副) 一排排，一大排，一長排

例 石をずらりと並べる。

譯 把石頭排成一排。

18 | そばや【蕎麦屋】

(名) 蕎麥麵店

例 蕎麦屋で昼食を取る。

譯 在蕎麥麵店吃中餐。

19 | つとめる【努める】

(他下一) 努力，為…奮鬥，盡力；勉強忍住

例 サービスに努める。

譯 努力服務。

20 | ていきゅうび【定休日】

(名) (商店、機關等)定期公休日

例 定休日が変わる。

譯 改變公休日。

21 | でむかえる【出迎える】

(他下一) 迎接

例 客を駅に出迎える。

譯 到車站接客人。

22 | てん【店】

(名) 店家，店

例 店員になる。

譯 成為店員。

23 | とうじょう【登場】

(名・自サ) (劇)出場，登台，上場演出；(新的作品、人物、產品)登場，出現

例 新製品が登場する。

譯 新商品登場。

24 | ひきとめる【引き止める】

(他下一) 留，挽留；制止，拉住

例 客を引き止める。

譯 挽留客人。

25 | ひとまず【一先ず】

(副) (不管怎樣)暫且，姑且

例 ひとまず閉店する。

譯 暫且停止營業。

26 | ひょうばん【評判】

(名) (社會上的)評價，評論；名聲，名譽；受到注目，聞名；傳説，風聞

例 評判が広がる。

譯 風聲傳開。

27 | へいてん【閉店】

名・自サ （商店）關門；倒閉

例 あの店は 7 時閉店だ。

譯 那間店七點打烊。

28 | みせや【店屋】

名 店鋪，商店

例 店屋が並ぶ。

譯 商店林立。

29 | や【屋】

接尾 （前接名詞，表示經營某家店或從事某種工作的人）店，鋪；（前接表示個性、特質）帶點輕蔑的稱呼；（寫作「舍」）表示堂號，房舍的雅號

例 ケーキ屋がある。

譯 有蛋糕店。

30 | やっきょく【薬局】

名 （醫院的）藥局；藥鋪，藥店

例 薬局に処方箋を出す。

譯 在藥局開立了處方箋。

31 | ようひんてん【洋品店】

名 舶來品店，精品店，西裝店

例 洋品店を開く。

譯 開精品店。

Memo

パート
15
第十五章

交通
- 交通 -

15-1 交通、運輸 /
交通、運輸

01 | あう【遭う】
(自五) 遭遇，碰上
例 事故に遭う。
譯 碰上事故。

02 | いどう【移動】
(名・自他サ) 移動，轉移
例 部隊を移動する。
譯 部隊轉移。

03 | うんぱん【運搬】
(名・他サ) 搬運，運輸
例 木材を運搬する。
譯 搬運木材。

04 | エンジン【engine】
(名) 發動機，引擎
例 エンジンがかかる。
譯 引擎啟動。

05 | かそく【加速】
(名・自他サ) 加速
例 アクセルを踏んで加速する。
譯 踩油門加速。

06 | かそくど【加速度】
(名) 加速度；加速
例 進歩に加速度がつく。
譯 加快速度進步。

07 | かもつ【貨物】
(名) 貨物；貨車
例 貨物を輸送する。
譯 送貨。

08 | げしゃ【下車】
(名・自サ) 下車
例 途中下車する。
譯 中途下車。

09 | こうつうきかん【交通機関】
(名) 交通機關，交通設施
例 交通機関を利用する。
譯 乘坐交通工具。

10 | さいかい【再開】
(名・自他サ) 重新進行
例 電車が運転を再開する。
譯 電車重新運駛。

11 | ざせき【座席】
(名) 座位，座席，乘坐，席位

例 座席に着く。
譯 就座。

12 | さまたげる【妨げる】

(他下一) 阻礙，防礙，阻攔，阻撓
例 交通を妨げる。
譯 妨礙交通。

13 | じそく【時速】

(名) 時速
例 平均時速は 15 キロです。
譯 時速15公里。

14 | しゃりん【車輪】

(名) 車輪；(演員)拼命，努力表現；拼命於，盡力於
例 車輪の下敷きになる。
譯 被車輪輾過去。

15 | せいげん【制限】

(名・他サ) 限制，限度，極限
例 制限を越える。
譯 超過限度。

16 | そくりょく【速力】

(名) 速率，速度
例 速力を上げる。
譯 加快速度。

17 | でむかえ【出迎え】

(名) 迎接；迎接的人
例 出迎えに上がる。
譯 去迎接。

18 | トンネル【tunnel】

(名) 隧道
例 トンネルを掘る。
譯 挖隧道。

19 | はいたつ【配達】

(名・他サ) 送，投遞
例 新聞を配達する。
譯 送報紙。

20 | はっしゃ【発車】

(名・自サ) 發車，開車
例 発車が遅れる。
譯 逾時發車。

21 | ハンドル【handle】

(名) (門等)把手；(汽車、輪船)方向盤
例 ハンドルを回す。
譯 轉動方向盤。

22 | ひょうしき【標識】

(名) 標誌，標記，記號，信號
例 交通標識が曲がっている。
譯 交通標誌彎曲了。

23 | ぶつかる

(自五) 碰，撞；偶然遇上；起衝突
例 自転車にぶつかる。
譯 撞上腳踏車。

24 | べん【便】

(名・形動・漢造) 便利，方便；大小便；信息，音信；郵遞；隨便，平常
例 便がいい。
譯 很方便。

25 | めんきょしょう【免許証】

(名) (政府機關)批准；許可證，執照
例 運転免許証を見せてください。
譯 駕照讓我看一下。

26 | モノレール【monorail】

(名) 單軌電車，單軌鐵路
例 モノレールが走る。
譯 單軌電車行駛著。

27 | ゆそう【輸送】

(名・他サ) 輸送，傳送
例 貨物を輸送する。
譯 輸送貨物。

28 | ヨット【yacht】

(名) 遊艇，快艇
例 ヨットに乗る。
譯 乘遊艇。

15-2 鉄道、船、飛行機 /
鐵路、船隻、飛機

01 | おうふく【往復】

(名・自サ) 往返，來往；通行量
例 往復切符を買う。
譯 購買來回車票。

02 | かいさつ【改札】

(名・自サ) (車站等)的驗票
例 改札を抜ける。
譯 通過驗票口。

03 | きかんしゃ【機関車】

(名) 機車，火車
例 蒸気機関車を運転する。
譯 駕駛蒸汽火車。

04 | こうくう【航空】

(名) 航空；「航空公司」的簡稱
例 航空会社を利用する。
譯 使用航空公司。

05 | こうど【高度】

(名・形動) (地)高度，海拔；(地平線到天體的)仰角；(事物的水平)高度，高級
例 高度を下げる。
譯 降低高度。

06 | さいしゅう【最終】

(名) 最後，最終，最末；(略)末班車
例 最終に間に合う。
譯 趕上末班車。

07 | してつ【私鉄】

(名) 私營鐵路
例 私鉄に乗る。
譯 搭乘私鐵。

08 | しゅうてん【終点】

(名) 終點

例 終点で降りる。
譯 在終點站下車。

09 | じょうしゃ【乗車】
名・自サ 乗車，上車；乘坐的車
例 乗車の手配をする。
譯 安排乘車。

10 | じょうしゃけん【乗車券】
名 車票
例 乗車券を拝見する。
譯 檢查車票。

11 | しんだい【寝台】
名 床，床鋪，(火車)臥鋪
例 寝台列車が利用される。
譯 臥鋪列車被使用。

12 | せき【隻】
接尾 (助數詞用法)計算船，箭，鳥的單位
例 船が二隻停泊している。
譯 兩艘船停靠著。

13 | せん【船】
漢造 船
例 旅客船が沈没した。
譯 客船沉沒了。

14 | せんろ【線路】
名 (火車、電車、公車等)線路；(火車、有軌電車的)軌道
例 線路を敷く。
譯 鋪軌道。

15 | そうさ【操作】
名・他サ 操作(機器等)，駕駛；(設法)安排，(背後)操縱
例 ハンドルを操作する。
譯 操作方向盤。

16 | だっせん【脱線】
名・他サ (火車、電車等)脱軌，出軌；(言語、行動)脱離常規，偏離本題
例 列車が脱線する。
譯 火車脱軌。

17 | ていしゃ【停車】
名・他サ・自サ 停車，剎車
例 各駅に停車する。
譯 各站皆停。

18 | てつどう【鉄道】
名 鐵道，鐵路
例 鉄道を利用する。
譯 乘坐鐵路。

19 | とおりかかる【通りかかる】
自五 碰巧路過
例 通りかかった船に救助された。
譯 被經過的船隻救了。

20 | とおりすぎる【通り過ぎる】
自上一 走過，越過
例 うっかりして駅を通り過ぎてしまった。
譯 一不小心車站就走過頭了。

21 | ひこう【飛行】

（名・自サ）飛行，航空

例 宇宙飛行士にあこがれる。

譯 憧憬成為太空人。

22 | びん【便】

（名・漢造）書信；郵寄，郵遞；（交通設施等）班機，班車；機會，方便

例 定期便に乗る。

譯 搭乘定期班車（機）。

23 | ふみきり【踏切】

（名）（鐵路的）平交道，道口；（轉）決心

例 踏切を渡る。

譯 過平交道。

24 | ヘリコプター【helicopter】

（名）直昇機

例 ヘリコプターが飛んでいる。

譯 直升飛機飛翔著。

25 | ボート【boat】

（名）小船，小艇

例 ボートに乗る。

譯 搭乘小船。

26 | まんいん【満員】

（名）（規定的名額）額滿；（車、船等）擠滿乘客，滿座；（會場等）塞滿觀眾

例 満員の電車が走る。

譯 滿載乘客的電車在路上跑著。

27 | やこう【夜行】

（名・接頭）夜行；夜間列車；夜間活動

例 夜行列車が出る。

譯 夜間列車發車。

28 | ゆうらんせん【遊覧船】

（名）渡輪

例 遊覧船に乗る。

譯 搭乘渡輪。

15-3 自動車、道路 /
汽車、道路

01 | いっぽう【一方】

（名・副助・接）一個方向；一個角度；一面，同時；（兩個中的）一個；只顧，愈來愈…；從另一方面說

例 この道路が一方通行になっている。

譯 前方為單向通行道路。

02 | おうだん【横断】

（名・他サ）橫斷；橫渡，橫越

例 道路を横断する。

譯 橫越馬路。

03 | おうとつ【凹凸】

（名）凹凸，高低不平

例 凹凸が激しい。

譯 非常崎嶇不平。

04 | おおどおり【大通り】

（名）大街，大馬路

例 大通りを横切る。

譯 橫過馬路。

05 | カー【car】

名 車，車的總稱，狹義指汽車
例 マイカー通勤が減った。
譯 開自用車上班的人減少了。

06 | カーブ【curve】

名・自サ 轉彎處；彎曲；（棒球、曲棍球）曲線球
例 急カーブを曲がる。
譯 急轉彎。

07 | かいつう【開通】

名・自他サ （鐵路、電話線等）開通，通車，通話
例 トンネルが開通する。
譯 隧道通車。

08 | こうさ【交差】

名・自他サ 交叉
例 道路が交差する。
譯 道路交叉。

09 | こうそく【高速】

名 高速
例 高速道路が建設された。
譯 建設高速公路。

10 | しめす【示す】

他五 出示，拿出來給對方看；表示，表明；指示，指點，開導；呈現，顯示
例 道を示す。
譯 指路。

11 | しゃこ【車庫】

名 車庫
例 車庫に入れる。
譯 開車入庫。

12 | しゃどう【車道】

名 車道
例 車道に飛び出す。
譯 衝到車道上。

13 | じょうようしゃ【乗用車】

名 自小客車
例 乗用車を買う。
譯 買汽車。

14 | せいび【整備】

名・自他サ 配備，整備；整理，修配；擴充，加強；組裝；保養
例 車のエンジンを整備する。
譯 保養車子的引擎。

15 | ちゅうしゃ【駐車】

名・自サ 停車
例 路上に駐車する。
譯 在路邊停車。

16 | つうこう【通行】

名・自サ 通行，交通，往來；廣泛使用，一般通用
例 通行止めになる。
譯 停止通行。

17 | つうろ【通路】

（名）（人們通行的）通路，人行道；（出入通行的）空間，通道

例 通路を通る。

譯 過人行道。

18 | とびだす【飛び出す】

（自五）飛出，飛起來，起飛；跑出；（猛然）跳出；突然出現

例 子供がとび出す。

譯 小孩突然跑出來。

19 | パンク【puncture 之略】

（名・自サ）爆胎；脹破，爆破

例 タイヤがパンクする。

譯 爆胎。

20 | ひきかえす【引き返す】

（自五）返回，折回

例 途中で引き返す。

譯 半路上折回。

21 | ひく【轢く】

（他五）（車）壓，軋（人等）

例 自動車が人を轢いた。

譯 汽車壓了人。

22 | ひとどおり【人通り】

（名）人來人往，通行；來往行人

例 人通りが激しい。

譯 來往行人頻繁。

23 | へこむ【凹む】

（自五）凹下，潰下；屈服，認輸；虧空，赤字

例 道が凹む。

譯 路面凹下。

24 | ほそう【舗装】

（名・他サ）（用柏油等）鋪路

例 舗装した道路が壊れた。

譯 鋪過的路崩壞了。

25 | ほどう【歩道】

（名）人行道

例 歩道を歩く。

譯 走人行道。

26 | まわりみち【回り道】

（名）繞道，繞遠路

例 回り道をしてくる。

譯 繞道而來。

27 | みちじゅん【道順】

（名）順路，路線；步驟，程序

例 道順を聞く。

譯 問路。

28 | ゆるい【緩い】

（形）鬆，不緊；徐緩，不陡；不急；不嚴格；稀薄

例 緩いカーブ。

譯 慢彎。

29 | よごぎる【横切る】

(他五) 横越，横跨

例 通りを横切る。

譯 穿越馬路。

Memo

16-1 通信、電話、郵便 /
通訊、電話、郵件

01 | いちおう【一応】

㊐ 大略做了一次，暫，先，姑且
例 一応目を通す。
譯 大略看過。

02 | いんさつ【印刷】

（名・自他サ）印刷
例 チラシを印刷してもらう。
譯 請他印製宣傳單。

03 | えはがき【絵葉書】

㊐ 圖畫明信片，照片明信片
例 絵葉書を出す。
譯 寄明信片。

04 | おうたい【応対】

（名・他サ）應對，接待，應酬
例 電話の応対が丁寧になった。
譯 電話的應對變得很有禮貌。

05 | ざつおん【雑音】

㊐ 雜音，噪音
例 電話に雑音が入る。
譯 電話裡有雜音。

06 | じゅわき【受話器】

㊐ 聽筒
例 受話器を使う。
譯 使用聽筒。

07 | ちょくつう【直通】

（名・自サ）直達（中途不停）；直通
例 直通の電話番号ができた。
譯 有了直通的電話號碼。

08 | つうしん【通信】

（名・自サ）通信，通音信；通訊，聯絡；報導消息的稿件，通訊稿
例 無線で通信する。
譯 以無線電聯絡。

09 | つつみ【包み】

㊐ 包袱，包裹
例 包みが届く。
譯 包裹送到。

10 | でんせん【電線】

㊐ 電線，電纜
例 電線を張る。
譯 架設電線。

11 | でんちゅう【電柱】

㊐ 電線桿

例 電柱を立てる。
譯 立電線桿。

12 | でんぱ【電波】

名 (理)電波
例 電波を出す。
譯 發出電波。

13 | といあわせ【問い合わせ】

名 詢問，打聽，查詢
例 問い合わせが殺到する。
譯 詢問人潮不斷湧來。

14 | とりあげる【取り上げる】

他下一 拿起，舉起，採納，受理；奪取，剝奪；沒收（財產），徵收（稅金）
例 受話器を取り上げる。
譯 拿起話筒。

15 | ないせん【内線】

名 內線；（電話）內線分機
例 内線番号にかける。
譯 撥打內線分機號碼。

16 | ねんがじょう【年賀状】

名 賀年卡
例 年賀状を書く。
譯 寫賀年卡。

17 | はなしちゅう【話し中】

名 通話中
例 お話し中失礼ですが…。
譯 不好意思打擾您了…。

18 | よびだす【呼び出す】

他五 喚出，叫出；叫來，喚來，邀請；傳訊
例 電話で呼び出す。
譯 用電話叫人來。

16-2 伝達、通知、情報 /
傳達、告知、信息

01 | あと【跡】

名 印，痕跡；遺跡；跡象；行蹤下落；家業；後任，後繼者
例 跡を絶つ。
譯 絕跡。

02 | おしらせ【お知らせ】

名 通知，訊息
例 お知らせが届く。
譯 消息到達。

03 | けいじ【掲示】

名・他サ 牌示，佈告欄；公佈
例 掲示が出る。
譯 貼出告示。

04 | ごらん【ご覧】

名 （敬）看，觀覽；（親切的）請看；（接動詞連用形）試試看
例 ご覧に入れる。
譯 請看…。

05 | つうち【通知】

(名・他サ) 通知，告知

例 通知が届く。

譯 接到通知。

06 | ふつう【不通】

(名)（聯絡、交通等）不通，斷絕；沒有音信

例 音信不通になる。

譯 音訊不通。

07 | ぼしゅう【募集】

(名・他サ) 募集，征募

例 募集を行う。

譯 進行招募。

08 | ポスター【poster】

(名) 海報

例 ポスターを張る。

譯 張貼海報。

16-3 報道、放送 /
報導、廣播

01 | アンテナ【antenna】

(名) 天線

例 アンテナを張る。

譯 搜集情報。

02 | かいせつ【解説】

(名・他サ) 解説，説明

例 ニュース解説が群を抜く。

譯 新聞解説出類拔萃。

03 | こうせい【構成】

(名・他サ) 構成，組成，結構

例 番組を構成する。

譯 組織節目。

04 | こうひょう【公表】

(名・他サ) 公布，發表，宣布

例 公表をはばかる。

譯 害怕被公布。

05 | さつえい【撮影】

(名・他サ) 攝影，拍照；拍電影

例 屋外で撮影する。

譯 在屋外攝影。

06 | スピーチ【speech】

(名・自サ)（正式場合的)簡短演説，致詞，講話

例 スピーチをする。

譯 致詞，演講。

07 | せろん・よろん【世論】

(名) 世間一般人的意見，民意，輿論

例 世論を反映させる。

譯 反應民意。

08 | そうぞうしい【騒々しい】

(形) 吵鬧的，喧囂的，宣嚷的；(社會上)動盪不安的

例 世間が騒々しい。

譯 世上騷亂。

09 | のる【載る】

(他五) 登上，放上；乘，坐，騎；參與；上當，受騙；刊載，刊登

例 新聞に載る。

譯 登在報上，上報。

10 | ほうそう【放送】

(名・他サ) 廣播；(用擴音器)傳播，散佈(小道消息、流言蜚語等)

例 放送が中断する。

譯 廣播中斷。

11 | ろんそう【論争】

(名・自サ) 爭論，爭辯，論戰

例 論争が起こる。

譯 引起爭論。

Memo

パート
17
第十七章

スポーツ
- 體育運動 -

17-1 スポーツ /
體育運動

01 | いんたい【引退】

(名・自サ) 隱退，退職

例 引退声明を発表する。

譯 宣布退休。

02 | およぎ【泳ぎ】

(名) 游泳

例 泳ぎを習う。

譯 學習游泳。

03 | からて【空手】

(名) 空手道

例 空手を習う。

譯 練習空手道。

04 | かんとく【監督】

(名・他サ) 監督，督促；監督者，管理人；
(影劇)導演；(體育)教練

例 野球チームの監督になる。

譯 成為棒球隊教練。

05 | くわえる【加える】

(他下一) 加，加上

例 メンバーに新人を加える。

譯 會員有新人加入。

06 | こうせき【功績】

(名) 功績

例 功績を残す。

譯 留下功績。

07 | スケート【skate】

(名) 冰鞋，冰刀；溜冰，滑冰

例 アイススケートに行こう。

譯 我們去溜冰吧！

08 | すもう【相撲】

(名) 相撲

例 相撲にならない。

譯 力量懸殊。

09 | せいしき【正式】

(名・形動) 正式的，正規的

例 正式に引退を表明した。

譯 正式表明引退之意。

10 | たいそう【体操】

(名) 體操；體育課

例 体操をする。

譯 做體操。

11 | てきど【適度】

(名・形動) 適度，適當的程度

例 適度な運動をする。

譯 適度的運動。

12 | もぐる【潜る】

(自五) 潜入(水中)；鑽進，藏入，躲入；
潜伏活動，違法從事活動

例 水中に潜る。

譯 潛入水中。

13 | ランニング【running】

(名) 賽跑，跑步

例 公園でランニングする。

譯 在公園跑步。

17-2 試合 /
比賽

01 | アウト【out】

(名) 外，外邊；出界；出局

例 アウトになる。

譯 出局。

02 | おぎなう【補う】

(他五) 補償，彌補，貼補

例 欠員を補う。

譯 補足缺額。

03 | おさめる【収める】

(他下一) 接受；取得；收藏，收存；收集，
集中；繳納；供應，賣給；結束

例 勝利を手中に収める。

譯 勝券在握。

04 | おどりでる【躍り出る】

(自下一) 躍進到，跳到

例 トップに躍り出る。

譯 一躍而居冠。

05 | かいし【開始】

(名・自他サ) 開始

例 試合開始を待つ。

譯 等待比賽開始。

06 | かえって【却って】

(副) 反倒，相反地，反而

例 かえって足手まといだ。

譯 反而礙手礙腳。

07 | かせぐ【稼ぐ】

(名・他五) (為賺錢而)拼命的勞動；(靠工
作、勞動)賺錢；爭取，獲得

例 点数を稼ぐ。

譯 爭取(優勝)分數。

08 | きょうぎ【競技】

(名・自サ) 競賽，體育比賽

例 競技に出る。

譯 參加比賽。

09 | くみあわせ【組み合わせ】

(名) 組合，配合，編配

例 組み合わせが決まる。

譯 決定編組。

10 | けいば【競馬】

(名) 賽馬

例 競馬場に行く。

譯 去賽馬場。

11 | けん【券】

㈡ 票，証，券

例 入場券を求める。

譯 購買入場券。

12 | こうけん【貢献】

（名・自サ） 貢獻

例 優勝に貢献する。

譯 對獲勝做出貢獻。

13 | さいちゅう【最中】

㈡ 動作進行中，最頂點，活動中

例 試合の最中に雨が降って来た。

譯 正在比賽的時候下起雨來了。

14 | じゃくてん【弱点】

㈡ 弱點，痛處；缺點

例 弱点をつかむ。

譯 抓住弱點。

15 | しゅうりょう【終了】

（名・自他サ） 終了，結束；作完；期滿，屆滿

例 試合が終了する。

譯 比賽終了。

16 | じゅん【準】

（接頭） 準，次

例 準優勝が一番悔しい。

譯 亞軍最叫人心有不甘。

17 | しょうはい【勝敗】

㈡ 勝負，勝敗

例 勝敗が決まる。

譯 決定勝負。

18 | しょうぶ【勝負】

（名・自サ） 勝敗，輸贏；比賽，競賽

例 勝負をする。

譯 比賽。

19 | スタンド【stand】

（結尾・名） 站立；台，托，架；檯燈，桌燈；看台，觀眾席；（攤販式的）小酒吧

例 観衆がスタンドを埋めた。

譯 觀眾席坐滿了人。

20 | せんしゅ【選手】

㈡ 選拔出來的人；選手，運動員

例 代表選手に選ばれる。

譯 被選為代表選手。

21 | ぜんりょく【全力】

㈡ 全部力量，全力；（機器等）最大出力，全力

例 全力を挙げる。

譯 不遺餘力。

22 | たいかい【大会】

㈡ 大會；全體會議

例 大会で優勝する。

譯 在大會上取得冠軍。

23 | チャンス【chance】

㈡ 機會，時機，良機

例 チャンスが来る。

譯 機會到來。

24 | にゅうじょう【入場】

名・自サ 入場

例 関係者以外の入場を禁ず。

譯 相關人員以外，請勿入場。

25 | にゅうじょうけん【入場券】

名 門票，入場券

例 入場券売場がある。

譯 有門票販售處。

26 | ねらう【狙う】

他五 看準，把…當做目標；把…弄到手；伺機而動

例 優勝を狙う。

譯 想取得優勝。

27 | ひきわけ【引き分け】

名 （比賽）平局，不分勝負

例 引き分けになる。

譯 打成平局。

28 | へいかい【閉会】

名・自サ・他サ 閉幕，會議結束

例 閉会式が開かれた。

譯 舉辦閉幕式。

29 | めざす【目指す】

他五 指向，以…為努力目標，瞄準

例 優勝を目指す。

譯 以優勝為目標。

30 | メンバー【member】

名 成員，一份子；（體育）隊員

例 メンバーを揃える。

譯 湊齊成員。

31 | ゆうしょう【優勝】

名・自サ 優勝，取得冠軍

例 優勝を狙う。

譯 以冠軍為目標。

32 | ようす【様子】

名 情況，狀態；容貌，樣子；緣故；光景，徵兆

例 様子を窺う。

譯 暗中觀察狀況。

N2 ● 17-3

17-3 球技、陸上競技 /
球類、田徑賽

01 | かいさん【解散】

名・自他サ 散開，解散，（集合等）散會

例 野球部を解散する。

譯 就地解散棒球隊。

02 | グラウンド【ground】

造語 運動場，球場，廣場，操場

例 グラウンドで走る。

譯 在操場跑步。

03 | ゴール【goal】

名 （體）決勝點，終點；球門；跑進決勝點，射進球門；奮鬥的目標

例 ゴールに到達する。

譯 抵達終點。

04 | ころがす【転がす】

(他五) 滾動，轉動；開動（車），推進；轉賣；
弄倒，搬倒

例 ボールを転がす。

譯 滾動球。

05 | サイン【sign】

(名・自サ) 簽名，署名，簽字；記號，暗號，
信號，作記號

例 サインを送る。

譯 送暗號。

06 | すじ【筋】

(名・接尾) 筋；血管；線，條；紋絡，條紋；
素質，血統；條理，道理

例 筋がいい。

譯 有天分，有才能。

07 | トラック【track】

(名) （操場、運動場、賽馬場的）跑道

例 トラックを一周する。

譯 繞跑道一圈。

08 | にげきる【逃げ切る】

(自五) （成功地）逃跑

例 危なかったが、逃げ切った。

譯 雖然危險但脫逃成功。

09 | のう【能】

(名・漢造) 能力，才能，本領；功效；（日
本古典戲劇）能樂

例 野球しか能がない。

譯 除了棒球以外沒別的本事。

10 | マラソン【marathon】

(名) 馬拉松長跑

例 マラソンに出る。

譯 參加馬拉松大賽。

趣味、娯楽

- 愛好、嗜好、娛樂 -

N2 ● 18-1

18-1 娯楽／
娛樂

01 | かいすいよく【海水浴】

(名) 海水浴場
例 海水浴場が近い。
譯 海水浴場很近。

02 | かんしょう【鑑賞】

(名・他サ) 鑑賞，欣賞
例 映画を鑑賞する。
譯 鑑賞電影。

03 | キャンプ【camp】

(名・自サ) 露營，野營；兵營，軍營；登山隊基地；(棒球等)集訓
例 渓谷でキャンプする。
譯 在溪谷露營。

04 | ごらく【娯楽】

(名) 娛樂，文娛
例 ここは娯楽が少ない。
譯 這裡娛樂很少。

05 | たび【旅】

(名・他サ) 旅行，遠行
例 旅をする。
譯 去旅行。

06 | とざん【登山】

(名・自サ) 登山；到山上寺廟修行
例 家族を連れて登山する。
譯 帶著家族一同爬山。

07 | ぼうけん【冒険】

(名・自サ) 冒險
例 冒険をする。
譯 冒險。

08 | めぐる【巡る】

(自五) 循環，轉回，旋轉；巡遊；環繞，圍繞
例 湖を巡る。
譯 沿湖巡行。

09 | レクリエーション【recreation】

(名) (身心)休養；娛樂，消遣
例 レクリエーションの施設が整っている。
譯 休閒設施完善。

10 | レジャー【leisure】

(名) 空閒，閒暇，休閒時間；休閒時間的娛樂
例 レジャーを楽しむ。
譯 享受休閒時光。

18-2 趣味 /
嗜好

01 | あたり【当 (た) り】

名 命中；感覺，觸感；味道；猜中；中獎；
待人態度；如願；(接尾) 每，平均

例 当たりが出る。

譯 中獎了。

02 | あみもの【編み物】

名 編織；編織品

例 編み物をする。

譯 編織。

03 | いけばな【生け花】

名 生花，插花

例 生け花を習う。

譯 學插花。

04 | うらなう【占う】

他五 占卜，占卦，算命

例 身の上を占う。

譯 算命。

05 | くみたてる【組み立てる】

他下一 組織，組裝

例 模型を組み立てる。

譯 組裝模型。

06 | ご【碁】

名 圍棋

例 碁を打つ。

譯 下圍棋。

07 | じゃんけん【じゃん拳】

名 猜拳，划拳

例 じゃんけんをする。

譯 猜拳。

08 | しょうぎ【将棋】

名 日本象棋，將棋

例 将棋を指す。

譯 下日本象棋。

09 | てじな【手品】

名 戲法，魔術；騙術，奸計

例 手品を使う。

譯 變魔術。

10 | どうわ【童話】

名 童話

例 童話に引かれる。

譯 被童話吸引住。

11 | なぞなぞ【謎々】

名 謎語

例 謎々遊びをする。

譯 玩猜謎遊戲。

12 | ふうせん【風船】

名 氣球，氫氣球

例 風船を飛ばす。

譯 放氣球。

N2 ● 19-1

19-1 芸術、絵画、彫刻 /
藝術、繪畫、雕刻

01 | えがく【描く】

(他五) 畫，描繪；以…為形式，描寫；想像

例 夢を描く。

譯 描繪夢想。

02 | えのぐ【絵の具】

(名) 顔料

例 絵の具を塗る。

譯 著色。

03 | かいが【絵画】

(名) 繪畫，畫

例 抽象絵画を飾る。

譯 掛上抽象畫擺飾。

04 | きざむ【刻む】

(他五) 切碎；雕刻；分成段；銘記，牢記

例 文字を刻む。

譯 刻上文字。

05 | げいのう【芸能】

(名) （戲劇，電影，音樂，舞蹈等的總稱）
演藝，文藝，文娛

例 芸能人が集う。

譯 聚集了演藝圈人士。

06 | こうげい【工芸】

(名) 工藝

例 工芸品を販売する。

譯 賣工藝品。

07 | しゃせい【写生】

(名・他サ) 寫生，速寫；短篇作品，散記

例 花を写生する。

譯 花卉寫生。

08 | しゅうじ【習字】

(名) 習字，練毛筆字

例 習字を習う。

譯 學書法。

09 | しょどう【書道】

(名) 書法

例 書道を習う。

譯 學習書法。

10 | せいさく【制作】

(名・他サ) 創作（藝術品等），製作；作品

例 芸術作品を制作する。

譯 創作藝術品。

11 | そうさく【創作】

(名・他サ) (文學作品)創作；捏造(謊言)；
創新，創造

例 創作に専念する。

譯 專心從事創作。

12 | そしつ【素質】

(名) 素質，本質，天分，天資

例 素質に恵まれる。

譯 具備天分。

13 | ちかよる【近寄る】

(自五) 走進，靠近，接近

例 近寄ってよく見る。

譯 靠近仔細看。

14 | ちょうこく【彫刻】

(名・他サ) 雕刻

例 仏像を彫刻する。

譯 雕刻佛像。

15 | はいく【俳句】

(名) 俳句

例 俳句を読む。

譯 吟詠俳句。

16 | ぶんげい【文芸】

(名) 文藝，學術和藝術；(詩、小説、戲
劇等)語言藝術

例 文芸映画が生まれた。

譯 誕生文藝電影。

17 | ほり【彫り】

(名) 雕刻

例 彫りの深い顔立ち。

譯 五官深邃。

18 | ほる【彫る】

(他五) 雕刻；紋身

例 像を彫る。

譯 刻雕像。

19-2 音楽 / 音樂

01 | オーケストラ【orchestra】

(名) 管絃樂(團)；樂池，樂隊席

例 オーケストラを結成する。

譯 組成管弦樂團。

02 | オルガン【organ】

(名) 風琴

例 電子オルガンが広まる。

譯 電子風琴普及。

03 | おん【音】

(名) 聲音，響聲；發音

例 ノイズ音を低減する。

譯 減低噪音。

04 | か【歌】

(漢造) 唱歌；歌詞

例 和歌を一首詠んだ。

譯 朗誦了一首和歌。

05 | がっき【楽器】

⒜ 樂器

⒤ 楽器を奏でる。

⒥ 演奏樂器。

06 | がっしょう【合唱】

(名・他サ) 合唱，一齊唱；同聲高呼

⒤ 合唱部に入る。

⒥ 參加合唱團。

07 | かよう【歌謡】

⒜ 歌謠，歌曲

⒤ 歌謡曲を歌う。

⒥ 唱歌謠。

08 | からから

(副・自サ) 乾的、硬的東西相碰的聲音(擬音)

⒤ からから音がする。

⒥ 鏗鏗作響。

09 | がらがら

(名・副・自サ・形動) 手搖鈴玩具；硬物相撞聲；直爽；很空

⒤ がらがらとシャッターを開ける。

⒥ 嘎啦嘎啦地把鐵門打開。

10 | きょく【曲】

(名・漢造) 曲調；歌曲；彎曲

⒤ 曲を演奏する。

⒥ 演奏曲子。

11 | コーラス【chorus】

⒜ 合唱；合唱團；合唱曲

⒤ コーラス部に入る。

⒥ 參加合唱團。

12 | こてん【古典】

⒜ 古書，古籍；古典作品

⒤ 古典音楽を楽しむ。

⒥ 欣賞古典音樂。

13 | コンクール【concours】

⒜ 競賽會，競演會，會演

⒤ 合唱コンクールに出る。

⒥ 出席合唱比賽。

14 | さっきょく【作曲】

(名・他サ) 作曲，譜曲，配曲

⒤ 交響曲を作曲する。

⒥ 作交響曲。

15 | たいこ【太鼓】

⒜ (大)鼓

⒤ 太鼓を叩く。

⒥ 打鼓。

16 | テンポ【tempo】

⒜ (樂曲的)速度，拍子；(局勢、對話或動作的)速度

⒤ テンポが落ちる。

⒥ 節奏變慢。

17 | どうよう【童謡】

⒜ 童謠；兒童詩歌

⒤ 童謡を作曲する。

⒥ 創作童謠歌曲。

18 | ひびき【響き】

(名) 聲響，餘音；回音，迴響，震動；
傳播振動；影響，波及

例 鐘の響きが時を告げる。

譯 鐘聲的餘音宣報時刻。

19 | ひびく【響く】

(自五) 響，發出聲音；發出回音，震響；
傳播震動；波及；出名

例 天下に名が響く。

譯 名震天下。

20 | みんよう【民謡】

(名) 民謠，民歌

例 民謡を歌う。

譯 唱民謠。

21 | リズム【rhythm】

(名) 節奏，旋律，格調，格律

例 リズムを取る。

譯 打節拍。

19-3 演劇、舞踊、映画 /
戯劇、舞蹈、電影

01 | あく【開く】

(自五) 開，打開；(店舖)開始營業

例 幕が開く。

譯 開幕。

02 | あらすじ【粗筋】

(名) 概略，梗概，概要

例 物語のあらすじが見えない。

譯 看不清故事大概。

03 | えんぎ【演技】

(名・自サ) (演員的)演技，表演；做戲

例 演技派の俳優が演じる。

譯 由演技派演員出演。

04 | かいえん【開演】

(名・自他サ) 開演

例 7時に開演する。

譯 七點開演。

05 | かいかい【開会】

(名・自他サ) 開會

例 司会者のあいさつで開会する。

譯 司儀致詞宣布會議開始。

06 | かんきゃく【観客】

(名) 觀眾

例 観客層を広げる。

譯 擴大觀眾層。

07 | きゃくせき【客席】

(名) 觀賞席；宴席，來賓席

例 客席を見渡す。

譯 遠望觀眾席。

08 | けいこ【稽古】

(名・自他サ) (學問、武藝等的)練習，學習；
(演劇、電影、廣播等的)排演，排練

例 けいこをつける。

譯 訓練。

09 | げき【劇】

(名・接尾) 劇，戯劇；引人注意的事件

例 劇を演じる。
譯 演戲。

10 | けっさく【傑作】

名 傑作
例 傑作が生まれる。
譯 創作出傑作。

11 | しばい【芝居】

名 戲劇，話劇；假裝，花招；劇場
例 芝居がうまい。
譯 演技好。

12 | しゅやく【主役】

名 （戲劇）主角；（事件或工作的）中心人物
例 主役が決まる。
譯 決定主角。

13 | ステージ【stage】

名 舞台，講台；階段，等級，步驟
例 ステージに立つ。
譯 站在舞台上。

14 | せりふ

名 台詞，念白；（貶）使人不快的説法，説辭
例 せりふをとちる。
譯 念錯台詞。

15 | だい【題】

名・自サ・漢造 題目，標題；問題；題辭
例 題が決まる。
譯 訂題。

16 | ダンス【dance】

名・自サ 跳舞，交際舞
例 ダンスを習う。
譯 學習跳舞。

17 | びみょう【微妙】

形動 微妙的
例 微妙な言い回しが面白い。
譯 微妙的説法很耐人尋味。

18 | プログラム【program】

名 節目（單），説明書；計畫（表），程序（表）；編制（電腦）程式
例 プログラムを組む。
譯 編制程序。

19 | まく【幕】

名・漢造 幕，布幕；（戲劇）幕；場合，場面；螢幕
例 幕を開ける。
譯 揭幕。

20 | みごと【見事】

形動 漂亮，好看；卓越，出色，巧妙；整個，完全
例 見事に成功する。
譯 成功得漂亮。

21 | めいさく【名作】

名 名作，傑作
例 不朽の名作だ。
譯 不朽的名作。

22 | ものがたり【物語】

ⓐ 談話，事件；傳説；故事，傳奇；（平安時代後散文式的文學作品）物語

例 物語を語る。

譯 説故事。

Memo

20-1 数 /
數目

01 | いっしゅ【一種】

名 一種；獨特的；（說不出的）某種，稍許

例 彼は一種の天才だ。

譯 他是某種天才。

02 | おのおの【各々】

名・副 各自，各，諸位

例 各々の考えがまとまらず。

譯 各自的想法無法一致。

03 | きじゅん【基準】

名 基礎，根基；規格，準則

例 基準に達する。

譯 達到基準。

04 | きゅうげき【急激】

形動 急遽

例 急激な変化に耐える。

譯 忍受急遽的變化。

05 | きゅうそく【急速】

名・形動 迅速，快速

例 急速な変化が予測される。

譯 預測將有迅速的變化。

06 | くらい【位】

名 （數）位數；皇位，王位；官職，地位；（人或藝術作品的）品味，風格

例 位が上がる。

譯 升級。

07 | ぐうすう【偶数】

名 偶數，雙數

例 偶数の部屋にいすがある。

譯 偶數的房間有椅子。

08 | ごく【極】

副 非常，最，極，至，頂

例 極親しい関係を持つ。

譯 保持極親關係。

09 | しめる【占める】

他下一 占有，佔據，佔領；（只用於特殊形）表得到（重要的位置）

例 過半数を占める。

譯 佔有半數以上。

10 | しょうしか【少子化】

名 少子化

例 少子化が進んでいる。

譯 少子化日趨嚴重。

11 | すう【数】

(名・接頭) 數，數目，數量；定數，天命；
(數學中泛指的)數；數量
例 端数を切り捨てる。
譯 去掉尾數。

12 | たいはん【大半】

(名) 大半，多半，大部分
例 大半を占める。
譯 佔大半。

13 | だいぶぶん【大部分】

(名・副) 大部分，多半
例 出席者の大部分が賛成する。
譯 大部分的出席者都贊成。

14 | たっする【達する】

(他サ・自サ) 到達；精通，通過；完成，
達成；實現；下達(指示、通知等)
例 義援金が 200 億円に達する。
譯 捐款達二百億日圓。

15 | たんすう【単数】

(名) (數)單數，(語)單數
例 一人は単数である。
譯 一個人是單數。

16 | ちょうか【超過】

(名・自サ) 超過
例 時間を超過する。
譯 超過時間。

17 | とおり【通り】

(接尾) 種類；套，組

例 方法は二通りある。
譯 辦法有兩種。

18 | なかば【半ば】

(名・副) 一半，半數；中間，中央；半途；
(大約)一半，一半(左右)
例 半ばの月を眺める。
譯 眺望仲秋之月。

19 | なし【無し】

(名) 無，沒有
例 何も言うことなし。
譯 無話可説。

20 | なんびゃく【何百】

(名) (數量)上百
例 蚊が何百匹もいる。
譯 有上百隻的蚊子。

21 | ひと【一】

(接頭) 一個；一回；稍微；以前
例 一勝負しようぜ。
譯 比賽一回吧！

22 | ひとしい【等しい】

(形) (性質、數量、狀態、條件等)相等的，
一樣的；相似的
例 A は B に等しい。
譯 A等於B。

23 | ひとすじ【一筋】

(名) 一條，一根；(常用「一筋に」)一
心一意，一個勁兒

例 一筋の光が差し込む。
譯 一道曙光照射進來。

24 | ひととおり【一通り】

副 大概，大略；(下接否定)普通，一般；一套；全部
例 一通り読む。
譯 略讀。

25 | ひょうじゅん【標準】

名 標準，水準，基準
例 標準的なサイズが一番売れる。
譯 一般的尺寸賣最好。

26 | ぶ【分】

名・接尾 (優劣的)形勢，(有利的)程度；厚度；十分之一；百分之一
例 二割三分の手数料がかかる。
譯 要23%的手續費。

27 | ふくすう【複数】

名 複數
例 複数形がない。
譯 沒有複數形。

28 | ほぼ【略・粗】

副 大約，大致，大概
例 仕事がほぼ完成した。
譯 工作大略完成了。

29 | まいすう【枚数】

名 (紙、衣、版等薄物)張數，件數
例 枚数を数える。
譯 數張數。

30 | まれ【稀】

形動 稀少，稀奇，希罕
例 稀なでき事だ。
譯 罕見的事。

31 | メーター【meter】

名 米，公尺；儀表，測量器
例 水道のメーターが回っている。
譯 自來水錶運轉著。

32 | めやす【目安】

名 (大致的)目標，大致的推測，基準；標示
例 目安を立てる。
譯 確定標準。

33 | もっとも【最も】

副 最，頂
例 世界で最も高い山。
譯 世界最高的山。

34 | やく【約】

名・副・漢造 約定，商定；縮寫，略語；大約，大概；簡約，節約
例 約10キロ走った。
譯 跑了大約十公里。

35 | よび【予備】

名 預備，準備
例 予備の電池を買う。
譯 買預備電池。

20-2 計算 /
計算

01 | えんしゅう【円周】
(名)(數)圓周
例 円周率を求める。
譯 計算出圓周率。

02 | かくりつ【確率】
(名) 機率,概率
例 確率が高い。
譯 機率高。

03 | かげん【加減】
(名・他サ) 加法與減法;調整,斟酌;程度,
狀態;(天氣等)影響;身體狀況
例 手加減がわからない。
譯 不知道斟酌力道。

04 | かじょう【過剰】
(名・形動) 過剩,過量
例 過剰な反応が起こる。
譯 發生過度的反應。

05 | くわわる【加わる】
(自五) 加上,添上
例 新しい要素が加わる。
譯 增添新的因素。

06 | げきぞう【激増】
(名・自サ) 激增,劇增
例 人口が激増する。
譯 人口激增。

07 | ごうけい【合計】
(名・他サ) 共計,合計,總計
例 合計を求める。
譯 算出總計。

08 | ぞうか【増加】
(名・自他サ) 增加,增多,增進
例 人口が増加する。
譯 人口增加。

09 | ぞうげん【増減】
(名・自他サ) 增減,增加
例 売り上げは月によって増減がある。
譯 銷售因月份有所增減。

10 | とうけい【統計】
(名・他サ) 統計
例 統計を出す。
譯 做出統計數字。

11 | ぴたり
(副) 突然停止;緊貼地,緊緊地;正好,
正合適,正對
例 計算がぴたりと合う。
譯 計算的數字正確。

12 | ほうていしき【方程式】
(名)(數學)方程式
例 方程式を解く。
譯 解方程式。

13 | まし

名・形動 增，增加；勝過，強

例 一割増になる。

譯 增加一成。

14 | りつ【率】

名 率，比率，成數；有力或報酬等的程度

例 能率を上げる。

譯 提高效率。

15 | わる【割る】

他五 打，劈開；用除法計算

例 6を2で割る。

譯 6除以2。

20-3 量 /
量、容量

01 | あまる【余る】

自五 剩餘；超過，過分，承擔不了

例 目に余る。

譯 令人看不下去。

02 | ある【或る】

連體 （動詞「あり」的連體形轉變，表示不明確、不肯定）某，有

例 ある程度の時間がかかる。

譯 要花費某種程度上的時間。

03 | ある【有る・在る】

自五 有；持有，具有；舉行，發生；有過；在

例 二度あることは三度ある。

譯 禍不單行。

04 | いく【幾】

接頭 表數量不定，幾，多少，如「幾日」（幾天）；表數量、程度很大，如「幾千万」（幾千萬）

例 幾千万の星を見上げた。

譯 抬頭仰望幾千萬星星。

05 | いくぶん【幾分】

副・名 一點，少許，多少；（分成）幾分；（分成幾分中的）一部分

例 寒さがいくぶん和らいだ。

譯 寒氣緩和了一些。

06 | いってい【一定】

名・自他サ 一定；規定，固定

例 一定の収入が保証される。

譯 保證有一定程度的收入。

07 | うんと

副 多，大大地；用力，使勁地

例 うんと殴る。

譯 狼揍。

08 | おお【大】

造語 （形狀、數量）大，多；（程度）非常，很；大體，大概

例 大騒ぎになっている。

譯 變成大混亂的局面。

09 | おおいに【大いに】

副 很，頗，大大地，非常地

例 大いに感謝している。

譯 非常感謝。

10 | おもに【主に】

⦿ 主要，重要；(轉)大部分，多半

例 バイクを主に取り扱う。

譯 以機車為重點處理。

11 | かはんすう【過半數】

⦿ 過半數，半數以上

例 過半数に達する。

譯 超過半數。

12 | きょだい【巨大】

⦿ 巨大，雄偉

例 巨大な船が浮かんでいる。

譯 巨大的船漂浮著。

13 | げんど【限度】

⦿ 限度，界限

例 限度を超える。

譯 超過限度。

14 | すべて【全て】

⦿ 全部，一切，通通；總計，共計

例 全てを語る。

譯 說出一切詳情。

15 | たしょう【多少】

⦿ 多少，多寡；一點，稍微

例 多少の貯金はある。

譯 有一點積蓄。

16 | だらけ

⦿ (接名詞後)滿，淨，全；多，很多

例 借金だらけになる。

譯 一身債務。

17 | たりょう【多量】

⦿ 大量

例 多量の出血を防ぐ。

譯 預防大量出血。

18 | たる【足る】

⦿ 足夠，充足；值得，滿足

例 読むに足りない本。

譯 不值得看的書。

19 | だん【段】

⦿ 層，格，節；(印刷品的)排，段；樓梯；文章的段落

例 段差がある。

譯 有高低落差。

20 | ちゅう【中】

⦿ 中央，當中；中間；中等；…之中；正在…當中

例 中ジョッキを持つ。

譯 手拿中杯。

21 | ていいん【定員】

⦿ (機關，團體的)編制的名額；(車輛的)定員，規定的人數

例 定員に達する。

譯 達到規定人數。

22 | どっと

⦿ (許多人)一齊(突然發聲)，哄堂；(人、物)湧來，雲集；(突然)病重，病倒

例 人がどっと押し寄せる。

譯 人群湧至。

23 | ばくだい【莫大】

(名・形動) 莫大，無尚，龐大

例 莫大な損失を被った。

譯 遭受莫大的損失。

24 | ぶん【分】

(名・漢造) 部分；份；本分；地位

例 これはあなたの分です。

譯 這是你的份。

25 | ぶんりょう【分量】

(名) 分量，重量，數量

例 分量が足りない。

譯 份量不足。

26 | ぼうだい【膨大】

(名・形動) 龐大的，臃腫的，膨脹

例 膨大な予算をかける。

譯 花費龐大的預算。

27 | ほうふ【豊富】

(形動) 豐富

例 天然資源が豊富な国だ。

譯 擁有豐富天然資源的國家。

28 | みまん【未満】

(接尾) 未滿，不足

例 二十歳未満の少年がいる。

譯 有未滿二十歲的少年。

29 | ゆいいつ【唯一】

(名) 唯一，獨一

例 唯一無二の友がいた。

譯 有獨一無二的朋友。

30 | よけい【余計】

(形動・副) 多餘的，無用的，用不著的；過多的；更多，格外，更加，越發

例 余計な事をするな。

譯 別多管閒事。

31 | よぶん【余分】

(名・形動) 剩餘，多餘的；超量的，額外的

例 人より余分に働く。

譯 比別人格外辛勤。

32 | りょう【量】

(名・漢造) 數量，份量，重量；推量；器量

例 量をはかる。

譯 測數量。

33 | わずか【僅か】

(副・形動) （數量、程度、價值、時間等）很少，僅僅；一點也（後加否定）

例 わずかにずれる。

譯 稍稍偏離。

N2 ● 20-4

20-4 長さ、広さ、重さなど /
長度、面積、重量等

01 | いちぶ【一部】

(名) 一部分，（書籍、印刷物等）一冊，一份，一套

例 一部始終を話す。

譯 述説(不好的)事情來龍去脈。

02 | おもたい【重たい】

形 （份量）重的，沉的；心情沉重

例 重たい荷物を持つ。

譯 抬帶沈重的行李。

03 | かんかく【間隔】

名 間隔，距離

例 間隔を取る。

譯 保持距離。

04 | さ【差】

名 差別，區別，差異；差額，差數

例 差が著しい。

譯 差別明顯。

05 | じゅうりょう【重量】

名 重量，分量；沈重，有份量

例 重量を測る。

譯 秤重。

06 | しょう【小】

名 小(型)，(尺寸，體積)小的；小月；謙稱

例 大は小を兼ねる。

譯 大能兼小。

07 | すいちょく【垂直】

名・形動 （數）垂直；（與地心）垂直

例 垂直に立てる。

譯 垂直站立。

08 | すんぽう【寸法】

名 長短，尺寸；(預定的)計畫，順序，步驟；情況

例 寸法を測る。

譯 量尺寸。

09 | そくりょう【測量】

名・他サ 測量，測繪

例 土地を測量する。

譯 測量土地。

10 | だい【大】

名・漢造 （事物、體積）大的；量多的；優越，好；宏大，大量；宏偉，超群

例 一月は大の月だ。

譯 一月是大月。

11 | だいしょう【大小】

名 （尺寸）大小；大和小

例 大小にかかわらず。

譯 不論大小。

12 | たいせき【体積】

名 （數）體積，容積

例 体積を測る。

譯 測量體積。

13 | たば【束】

名 把，捆

例 束を作る。

譯 打成一捆。

14 | ちょう【長】

名・漢造 長，首領；長輩；長處

例 長幼の別をわきまえる。

譯 懂得長幼有序。

15 | ちょうたん【長短】

- ⓐ 長和短；長度；優缺點，長處和短處；多和不足
- 例 長短を計る。
- 譯 測量長短。

16 | ちょっけい【直径】

- ⓐ （數）直徑
- 例 円の直径が４である。
- 譯 圓形直徑有４。

17 | とうぶん【等分】

- ⓐ・他サ 等分，均分；相等的份量
- 例 ３等分する。
- 譯 分成三等分。

18 | はんけい【半径】

- ⓐ 半徑
- 例 半径５センチの円になる。
- 譯 成為半徑５公分的圓。

19 | めんせき【面積】

- ⓐ 面積
- 例 面積を測る。
- 譯 測量面積。

20 | ようせき【容積】

- ⓐ 容積，容量，體積
- 例 容積が小さい。
- 譯 容量很小。

21 | リットル【liter】

- ⓐ 升，公升

- 例 １リットルの牛乳がスーパーで並んでいる。
- 譯 一公升的牛奶擺在超市裡。

20-5 回数、順番 /
次數、順序

01 | かいすう【回数】

- ⓐ 次數，回數
- 例 回数を重ねる。
- 譯 三番五次。

02 | かさなる【重なる】

- 自五 重疊，重複；（事情、日子）趕在一起
- 例 用事が重なる。
- 譯 很多事情趕在一起。

03 | きゅう【級】

- ⓐ・漢造 等級，階段；班級，年級；頭
- 例 英検一級に合格する。
- 譯 英檢一級合格。

04 | こうしゃ【後者】

- ⓐ 後來的人；（兩者中的）後者
- 例 後者が特に重要だ。
- 譯 後者特別重要。

05 | こんかい【今回】

- ⓐ 這回，這次，此番
- 例 今回が２回目です。
- 譯 這次是第二次。

06 | さい【再】

漢造 再，又一次
例 再チャレンジする。
譯 再挑戰一次。

07 | さいさん【再三】

副 屢次，再三
例 再三注意する。
譯 屢次叮嚀。

08 | しばしば

副 常常，每每，屢次，再三
例 しばしば起こる。
譯 屢次發生。

09 | じゅう【重】

接尾 （助數詞用法）層，重
例 五重の塔に登る。
譯 登上五重塔。

10 | じゅんじゅん【順々】

副 按順序，依次；一點點，漸漸地，逐漸
例 順々に席を立つ。
譯 依序離開座位。

11 | じゅんじょ【順序】

名 順序，次序，先後；手續，過程，經過
例 順序が違う。
譯 次序不對。

12 | ぜんしゃ【前者】

名 前者

例 前者を選ぶ。
譯 選擇前者。

13 | ぞくぞく【続々】

副 連續，紛紛，連續不斷地
例 続々と入場する。
譯 紛紛入場。

14 | だい【第】

漢造 順序；考試及格，錄取；住宅，宅邸
例 第五回大会を開催する。
譯 召開第五次大會。

15 | たび【度】

名・接尾 次，回，度；(反覆)每當，每次；(接數詞後)回，次
例 この度はおめでとう。
譯 這次向你祝賀。

16 | たびたび【度々】

副 屢次，常常，再三
例 たびたびの警告も無視された。
譯 多次的警告都被忽視。

17 | ダブる

自五 重複；撞期
例 おもかげがダブる。
譯 雙影。

18 | つぐ【次ぐ】

自五 緊接著，繼…之後；次於，並於
例 不幸に次ぐ不幸に見舞われた。
譯 遭逢接二連三的不幸。

19 | ばんめ【番目】

接尾 （助數詞用法，計算事物順序的單位）第

例 四番目の姉が来られない。

譯 四姊無法來。

20 | ひっくりかえす【引っくり返す】

他五 推倒，弄倒，碰倒；顛倒過來；推翻，否決

例 順序を引っ繰り返す。

譯 順序弄反了。

21 | まいど【毎度】

名 曾經，常常，屢次；每次

例 毎度ありがとうございます。

譯 屢蒙關照，萬分感謝。

22 | やたらに

形動・副 胡亂的，隨便的，任意的，馬虎的；過份，非常，大膽

例 やたらに金を使う。

譯 胡亂花錢。

20-6 図形、模様、色彩 /
圖形、花紋、色彩

01 | あおじろい【青白い】

形 （臉色）蒼白的；青白色的

例 青白い月の光が射す。

譯 映照著青白色的月光。

02 | えん【円】

名 （幾何）圓，圓形；（明治後日本貨幣單位）日元

例 円を描く。

譯 畫圓。

03 | かくど【角度】

名 （數學）角度；（觀察事物的）立場

例 あらゆる角度から分析する。

譯 從各種角度來分析。

04 | かっこ【括弧】

名 括號；括起來

例 括弧でくくる。

譯 括在括弧裡。

05 | がら【柄】

名・接尾 身材；花紋，花樣；性格，人品，身分；表示性格，身分，適合性

例 柄に合わない。

譯 不合身分。

06 | カラー【color】

名 色，彩色；（繪畫用）顏料

例 カラーコピーをとる。

譯 彩色影印。

07 | きごう【記号】

名 符號，記號

例 記号をつける。

譯 標上記號。

08 | きゅう【球】

名・漢造 球；（數）球體，球形

例 球の体積を求める。

譯 解出球的體積。

09 | きょくせん【曲線】

名 曲線

例 曲線を描く。

譯 畫曲線。

---

10 | ぎん【銀】

名 銀，白銀；銀色

例 銀の世界が広がる。

譯 展現一片銀白的雪景。

---

11 | グラフ【graph】

名 圖表，圖解，座標圖；畫報

例 グラフを書く。

譯 畫圖表。

---

12 | けい【形・型】

漢造 型，模型；樣版，典型，模範；樣式；形成，形容

例 模型を作る。

譯 製作模型。

---

13 | こん【紺】

名 深藍，深青

例 紺色のズボンがピンク色になった。

譯 深藍色的褲子變成粉紅色的。

---

14 | しかくい【四角い】

形 四角的，四方的

例 四角い窓からのぞく。

譯 從四角窗窺視。

---

15 | ず【図】

名 圖，圖表；地圖；設計圖；圖畫

例 図で説明する。

譯 用圖説明。

---

16 | ずけい【図形】

名 圖形，圖樣；（數）圖形

例 図形を描く。

譯 描繪圖形。

---

17 | せい【正】

名・漢造 正直；（數）正號；正確，正當；更正，糾正；主要的，正的

例 正三角形でいろんな形を作る。

譯 以正三角形做出各種形狀。

---

18 | せいほうけい【正方形】

名 正方形

例 正方形の用紙を使う。

譯 使用正方形的紙張。

---

19 | たいかくせん【対角線】

名 對角線

例 対角線を引く。

譯 畫對角線。

---

20 | だえん【楕円】

名 橢圓

例 楕円形になる。

譯 成為橢圓形。

---

21 | ちょうほうけい【長方形】

名 長方形，矩形

例 長方形の箱が用意されている。

譯 準備了長方形的箱子。

---

22 | ちょっかく【直角】

（名・形動）（數）直角

例 直角に曲がる。

譯 彎成直角。

23 | でこぼこ【凸凹】

（名・自サ）凹凸不平，坑坑窪窪；不平衡，不均勻

例 でこぼこな地面をならす。

譯 坑坑洞洞的地面整平。

24 | てんてん【点々】

（副）點點，分散在；（液體）點點地，滴滴地往下落

例 点々と滴る。

譯 滴滴答答地滴落下來。

25 | ひょう【表】

（名・漢造）表，表格；奏章；表面，外表；表現；代表；表率

例 表で示す。

譯 用表格標明。

26 | ましかく【真四角】

（名）正方形

例 真四角の机が置いてある。

譯 放著正方形的桌子。

27 | まっか【真っ赤】

（名・形）鮮紅；完全

例 真っ赤になる。

譯 變紅。

28 | まる【丸】

（名・接尾）圓形，球狀；句點；完全

例 丸を書く。

譯 畫圈圈。

29 | まんまるい【真ん丸い】

（形）溜圓，圓溜溜

例 真ん丸い月が出る。

譯 圓月出來了。

30 | もよう【模様】

（名）花紋，圖案；情形，狀況；徵兆，趨勢

例 模様をつける。

譯 描繪圖案。

31 | よこなが【横長】

（名・形動）長方形的，橫寬的

例 横長の鞄を背負っている。

譯 背著橫長的包包。

32 | よつかど【四つ角】

（名）十字路口；四個犄角

例 四つ角に交番がある。

譯 十字路口有派出所。

33 | らせん【螺旋】

（名）螺旋狀物；螺旋

例 螺旋階段が登りにくい。

譯 螺旋梯難以攀登。

34 | りょくおうしょく【緑黄色】

名 黄緑色

例 緑黄色野菜を毎日十分取っている。

譯 每天充分攝取黃綠色蔬菜。

35 | わ【輪】

名 圈，環，箍；環節；車輪

例 輪を描く。

譯 圍成圈子。

Memo

パート 21 第二十一章 教育

- 教育 -

21-1 教育、学習 / 教育、學習

01 | がく【学】

(名・漢造) 學校；知識，學問，學識

例 学がある。

譯 有學問。

02 | がくしゅう【学習】

(名・他サ) 學習

例 英語を学習する。

譯 學習英文。

03 | がくじゅつ【学術】

(名) 學術

例 学術雑誌に論文を掲載する。

譯 將論文刊登在學術雜誌上。

04 | がくもん【学問】

(名・自サ) 學業，學問；科學，學術；見識，知識

例 学問を修める。

譯 求學。

05 | がっかい【学会】

(名) 學會，學社

例 学会に出席する。

譯 出席學會。

06 | かてい【課程】

(名) 課程

例 教育課程が重視される。

譯 教育課程深受重視。

07 | きそ【基礎】

(名) 基石，基礎，根基；地基

例 基礎を固める。

譯 鞏固基礎。

08 | きょうよう【教養】

(名) 教育，教養，修養；（專業以外的）知識學問

例 教養を身につける。

譯 提高素養。

09 | こうえん【講演】

(名・自サ) 演説，講演

例 環境問題について講演する。

譯 演講有關環境問題。

10 | さんこう【参考】

(名・他サ) 參考，借鑑

例 参考になる。

譯 可供參考。

11 | しくじる

(他五) 失敗，失策；（俗）被解雇

例 試験にしくじる。

譯 考壞了。

12 | じしゅう【自習】

(名・他サ) 自習，自學

例 家で自習する。

譯 在家自習。

13 | しぜんかがく【自然科学】

(名) 自然科學

例 自然科学を研究する。

譯 研究自然科學。

14 | じっけん【実験】

(名・他サ) 實驗，實地試驗；經驗

例 実験が失敗する。

譯 實驗失敗。

15 | じっしゅう【実習】

(名・他サ) 實習

例 病院で実習する。

譯 在醫院實習。

16 | しどう【指導】

(名・他サ) 指導；領導，教導

例 指導を受ける。

譯 接受指導。

17 | しゃかいかがく【社会科学】

(名) 社會科學

例 社会科学を学ぶ。

譯 學習社會科學。

18 | じょうきゅう【上級】

(名) （層次、水平高的)上級，高級

例 上級になる。

譯 升上高級。

19 | じょうたつ【上達】

(名・自他サ) （學術、技藝等)進步，長進；上呈，向上傳達

例 上達が見られる。

譯 看出進步。

20 | しょきゅう【初級】

(名) 初級

例 初級コースを学ぶ。

譯 學習初級課程。

21 | しょほ【初歩】

(名) 初學，初步，入門

例 初歩から学ぶ。

譯 從入門開始學起。

22 | じんぶんかがく【人文科学】

(名) 人文科學，文化科學(哲學、語言學、文藝學、歷史學領域)

例 人文科学を学ぶ。

譯 學習人文科學。

23 | せんこう【専攻】

(名・他サ) 專門研究，專修，專門

例 社会学を専攻する。

譯 專修社會學。

24 | たいいく【体育】

名 體育；體育課
例 体育の授業で走る。
譯 在體育課上跑步。

25 | てつがく【哲学】

名 哲學；人生觀，世界觀
例 それは僕の哲学だ。
譯 那是我的人生觀。

26 | どうとく【道徳】

名 道德
例 道徳に反する。
譯 違反道德。

27 | ならう【倣う】

自五 仿效，學
例 先例に倣う。
譯 仿照前例。

28 | ほうしん【方針】

名 方針；（羅盤的）磁針
例 方針が定まる。
譯 定下方針。

29 | ほけん【保健】

名 保健，保護健康
例 保健体育が始まった。
譯 開始保健體育。

30 | まなぶ【学ぶ】

他五 學習；掌握，體會

例 日本語を学ぶ。
譯 學日語。

31 | み【身】

名 身體；自身，自己；身份，處境；心，精神；肉；力量，能力
例 身に付く。
譯 掌握要領。

21-2 学校 / 學校

01 | うらぐち【裏口】

名 後門，便門；走後門
例 裏口入学をさせる。
譯 讓他走後門入學。

02 | がっか【学科】

名 科系
例 建築学科を第一志望にする。
譯 以建築系為第一志願。

03 | がっき【学期】

名 學期
例 学期末試験を受ける。
譯 考期末考試。

04 | キャンパス【campus】

名 （大學）校園，校內
例 大学のキャンパスがある。
譯 有大學校園。

05 | きゅうこう【休校】

(名・自サ) 停課

例 地震で休校になる。

譯 因地震而停課。

---

06 | こうか【校歌】

(名) 校歌

例 校歌を歌う。

譯 唱校歌。

---

07 | こうとう【高等】

(名・形動) 高等，上等，高級

例 高等学校を卒業する。

譯 高中畢業。

---

08 | ざいこう【在校】

(名・自サ) 在校

例 在校生代表が祝辞を述べる。

譯 在校生代表致祝賀詞。

---

09 | しつ【室】

(名・漢造) 房屋，房間；(文)夫人，妻室；家族；窖，洞；鞘

例 職員室を改装した。

譯 改換職員室的裝潢。

---

10 | じつぎ【実技】

(名) 實際操作

例 実技試験で不合格になる。

譯 實際操作測驗不合格。

---

11 | じゅけん【受験】

(名・他サ) 參加考試，應試，投考

例 大学を受験する。

譯 參加大學考試。

---

12 | しりつ【私立】

(名) 私立，私營

例 私立(学校)に進学する。

譯 到私立學校讀書。

---

13 | しんろ【進路】

(名) 前進的道路

例 進路が決まる。

譯 決定出路問題。

---

14 | すいせん【推薦】

(名・他サ) 推薦，舉薦，介紹

例 代表に推薦する。

譯 推薦為代表。

---

15 | スクール【school】

(名・造) 學校；學派；花式滑冰規定動作

例 英会話スクールに通う。

譯 上英語會話課。

---

16 | せいもん【正門】

(名) 大門，正門

例 正門から入る。

譯 從正門進去。

---

17 | ひきだす【引き出す】

(他五) 抽出，拉出；引誘出，誘騙；(從銀行)提取，提出

例 生徒の能力を引き出す。

譯 引導出學生的能力。

---

18 | ふぞく【付属】

(名・自サ) 附屬

例 大学付属小学校に通う。

譯 上大學附屬小學。

21-3 学生生活(1)／
学生生活(1)

01 | あらわれ【現れ・表れ】

(名) (為「あらわれる」的名詞形)表現；現象；結果

例 努力の現れが結果となっている。

譯 努力所得的結果。

02 | あんき【暗記】

(名・他サ) 記住，背誦，熟記

例 丸暗記を防ぐ。

譯 防止死記硬背。

03 | いいん【委員】

(名) 委員

例 学級委員に選ばれた。

譯 被選為班級幹部。

04 | いっせいに【一斉に】

(副) 一齊，一同

例 一斉に立ち上がる。

譯 一同起立。

05 | うけもつ【受け持つ】

(他五) 擔任，擔當，掌管

例 一年A組を受け持つ。

譯 擔任一年A班的導師。

06 | えんそく【遠足】

(名・自サ) 遠足，郊遊

例 遠足に行く。

譯 去遠足。

07 | おいつく【追い付く】

(自五) 追上，趕上；達到；來得及

例 成績が追いつく。

譯 追上成績。

08 | おうよう【応用】

(名・他サ) 應用，運用

例 応用がきかない。

譯 無法應用。

09 | か【課】

(名・漢造) (教材的)課；課業；(公司等)科

例 第3課を予習する。

譯 預習第三課。

10 | かいてん【回転】

(名・自サ) 旋轉，轉動，迴轉；轉彎，轉換(方向)；(表次數)周，圈；(資金)週轉

例 頭の回転が速い。

譯 腦筋轉動靈活。

11 | かいとう【解答】

(名・自サ) 解答

例 数学の問題に解答する。

譯 解答數學問題。

12 | がくねん【学年】

名 學年(度)；年級

例 学年末試験が終了した。

譯 學期末考試結束了。

13 | がくりょく【学力】

名 學習實力

例 学力が高まる。

譯 提高學習實力。

14 | かせん【下線】

名 下線，字下畫的線，底線

例 下線を引く。

譯 畫底線。

15 | がっきゅう【学級】

名 班級，學級

例 学級担任を生かす。

譯 使班導發揮作用。

16 | かつどう【活動】

名・自サ 活動，行動

例 野外行動を行う。

譯 舉辦野外活動。

17 | かもく【科目】

名 科目，項目；(學校的)學科，課程

例 試験科目が9科目ある。

譯 考試科目有九科。

18 | きゅうこう【休講】

名・自サ 停課

例 授業が休講になる。

譯 停課。

19 | くみ【組】

名 套，組，隊；班，班級；(黑道)幫

例 組に分ける。

譯 分成組。

20 | こうてい【校庭】

名 學校的庭園，操場

例 校庭で遊ぶ。

譯 在操場玩。

21 | サークル【circle】

名 伙伴，小組；周圍，範圍

例 文学のサークルに入った。

譯 參加文學研究社。

22 | さいてん【採点】

名・他サ 評分數

例 採点が甘い。

譯 給分寬鬆。

23 | さわがしい【騒がしい】

形 吵鬧的，吵雜的，喧鬧的；(社會輿論)議論紛紛的，動盪不安的

例 教室が騒がしい。

譯 教室吵雜。

24 | しいんと

副・自サ 安靜，肅靜，平靜，寂靜

例 教室がシーンとなる。

譯 教室安靜無聲。

N2 ⊙ 21-3(2)

25 | じかんわり【時間割】

(名) 時間表
例 時間割を組む。
譯 安排課表。

26 | しゅうかい【集会】

(名・自サ) 集會
例 集会を開く。
譯 舉行集會。

27 | しゅうごう【集合】

(名・自他サ) 集合；群體，集群；(數)集合
例 9時に集合する。
譯 九點集合。

28 | しゅうだん【集団】

(名) 集體，集團
例 集団生活になじめない。
譯 無法習慣集體生活。

29 | しょう【賞】

(名・漢造) 獎賞，獎品，獎金；欣賞
例 賞を受ける。
譯 獲獎。

30 | せいしょ【清書】

(名・他サ) 謄寫清楚，抄寫清楚
例 ノートを清書する。
譯 抄寫筆記。

21-3 学生生活 (2) /
學生生活(2)

21
教育

31 | せいせき【成績】

(名) 成績，效果，成果
例 成績が上がる。
譯 成績進步。

32 | ゼミ【seminar】

(名) (跟著大學裡教授的指導)課堂討論；研究小組，研究班
例 ゼミの論文が掲載された。
譯 登載研究小組的論文。

33 | ぜんいん【全員】

(名) 全體人員
例 全員参加する。
譯 全體人員都參加。

34 | せんたく【選択】

(名・他サ) 選擇，挑選
例 選択に迷う。
譯 不知選哪個好。

35 | そつぎょうしょうしょ【卒業証書】

(名) 畢業證書
例 卒業証書を受け取る。
譯 領取畢業證書。

36 | たんい【単位】

(名) 學分；單位
例 単位を取る。
譯 取得學分。

學生生活(2) | 171

37 | ちゅうたい【中退】

(名・自サ) 中途退學
例 大学を中退する。
譯 大學中輟。

38 | つうがく【通学】

(名・自サ) 上學
例 電車で通学する。
譯 搭電車上學。

39 | とい【問い】

(名) 問，詢問，提問；問題
例 問いに答える。
譯 回答問題。

40 | とうあん【答案】

(名) 試卷，卷子
例 答案を出す。
譯 交卷。

41 | とうばん【当番】

(名・自サ) 值班(的人)
例 当番が回ってくる。
譯 輪到值班。

42 | としょしつ【図書室】

(名) 閲覽室
例 図書室で宿題をする。
譯 在閲覽室做功課。

43 | とりだす【取り出す】

(他五) (用手從裡面)取出，拿出；(從許多東西中)挑出，抽出
例 かばんからノートを取り出す。
譯 從包包裡拿出筆記本。

44 | パス【pass】

(名・自サ) 免票，免費；定期票，月票；合格，通過
例 試験にパスする。
譯 通過測驗。

45 | ばつ

(名) (表否定的)叉號
例 ばつを付ける。
譯 打叉。

46 | ひっき【筆記】

(名・他サ) 筆記；記筆記
例 講義を筆記する。
譯 做講義的筆記。

47 | ひっきしけん【筆記試験】

(名) 筆試
例 筆記試験を受ける。
譯 參加筆試。

48 | ふゆやすみ【冬休み】

(名) 寒假
例 冬休みは短い。
譯 寒假很短。

49 | まんてん【満点】

(名) 満分；最好，完美無缺，登峰造極

例 満点を取る。

譯 取得満分。

50 | みなおす【見直す】

(自他五) (見)起色，(病情)轉好；重看，重新看；重新評估，重新認識

例 答案を見直す。

譯 把答案再檢查一次。

51 | やくわり【役割】

(名) 分配任務(的人)；(分配的)任務，角色，作用

例 役割を決める。

譯 決定角色。

52 | らん【欄】

(名・漢造) (表格等)欄目；欄杆；(書籍、刊物、版報等的)專欄

例 欄に記入する。

譯 寫入欄內。

53 | れいてん【零点】

(名) 零分；毫無價值，不夠格；零度，冰點

例 零点を取る。

譯 得到零分。

21

教育

Memo

行事、一生の出来事

- 儀式活動、一輩子會遇到的事情 -

01 | ぎしき【儀式】 N2 ● 22

㊂ 儀式，典禮

例 儀式を行う。

譯 舉行儀式。

02 | きちょう【貴重】

㊋ 貴重，寶貴，珍貴

例 貴重な体験ができた。

譯 得到寶貴的經驗。

03 | きねん【記念】

㊂・他サ 紀念

例 記念品をもらう。

譯 收到紀念品。

04 | きねんしゃしん【記念写真】

㊂ 紀念照

例 七五三の記念写真を撮る。

譯 拍攝七五三的紀念照。

05 | ぎょうじ【行事】

㊂（按慣例舉行的）儀式，活動

例 行事を行う。

譯 舉行儀式。

06 | さいじつ【祭日】

㊂ 節日；日本神社祭祀日；宮中舉行
重要祭祀活動日；祭靈日

例 日曜祭日は会社が休み。

譯 節假日公司休息。

07 | しき【式】

㊂・漢造 儀式，典禮，(特指)婚禮；方式；
樣式，類型，風格；做法；算式，公式

例 式を挙げる。

譯 舉行儀式（婚禮）。

08 | しきたり

㊂ 慣例，常規，成規，老規矩

例 古い仕来りを捨てる。

譯 捨棄古老成規。

09 | しゅくじつ【祝日】

㊂（政府規定的）節日

例 祝日を祝う。

譯 慶祝國定假日。

10 | じんせい【人生】

㊂ 人的一生；生涯，人的生活

例 人生が変わる。

譯 改變人生。

11 | そうしき【葬式】

㊂ 葬禮

例 葬式を出す。

譯 舉行葬禮。

12 | そんぞく【存続】

（名・自他サ）繼續存在，永存，長存

例 存続を図る。

譯 謀求永存。

13 | つく【突く】

（他五）扎，刺，戳；撞，頂；支撐；冒著，不顧；沖，撲(鼻)；攻擊，打中

例 鐘を突く。

譯 敲鐘。

14 | でんとう【伝統】

（名）傳統

例 伝統を守る。

譯 遵守傳統。

15 | はなばなしい【華々しい】

（形）華麗，豪華；輝煌；壯烈

例 華々しい結婚式が話題になっている。

譯 豪華的婚禮成為話題。

16 | ぼん【盆】

（名・漢造）拖盤，盆子；中元節略語

例 盆が来る。

譯 盂蘭盆會要到來。

17 | めでたい【目出度い】

（形）可喜可賀，喜慶的；順利，幸運，圓滿；頭腦簡單，傻氣；表恭喜慶祝

例 めでたく入学する。

譯 順利地入學。

Memo

23-1 道具 (1) /
工具 (1)

01 | あつかう【扱う】

(他五) 操作，使用；對待，待遇；調停，仲裁

例 大切に扱う。

譯 認真的對待。

02 | あらい【粗い】

(形) 大；粗糙

例 目の粗い籠を使う。

譯 使用縫大的簍子。

03 | かたな【刀】

(名) 刀的總稱

例 腰に刀を差す。

譯 刀插在腰間。

04 | かね【鐘】

(名) 鐘，吊鐘

例 鐘をつく。

譯 敲鐘。

05 | かみくず【紙くず】

(名) 廢紙，沒用的紙

例 紙くずを拾う。

譯 撿廢紙。

06 | かみそり【剃刀】

(名) 剃刀，刮鬍刀；頭腦敏銳（的人）

例 剃刀でひげをそる。

譯 用剃刀刮鬍子。

07 | かんでんち【乾電池】

(名) 乾電池

例 乾電池を入れ換える。

譯 換電池。

08 | かんむり【冠】

(名) 冠，冠冕；字頭；字蓋；有點生氣

例 草かんむりになっている。

譯 為草字頭。

09 | きかい【器械】

(名) 機械，機器

例 医療器械を開発する。

譯 開發醫療器械。

10 | きぐ【器具】

(名) 器具，用具，器械

例 器具を使う。

譯 使用工具。

11 | くさり【鎖】

(名) 鎖鏈，鎖條；連結，聯繫；(喻)段，段落

例 鎖<rp>くさり</rp>につなぐ。
譯 拴在鎖鏈上。

12 | くだ【管】

(名) 細長的筒，管
例 管<rp>くだ</rp>を通<rp>とお</rp>す。
譯 疏通管子。

13 | くちべに【口紅】

(名) 口紅，脣膏
例 口紅<rp>くちべに</rp>をつける。
譯 擦口紅。

14 | くるむ【包む】

(他五) 包，裹
例 風呂敷<rp>ふろしき</rp>でくるむ。
譯 以方巾包覆。

15 | コード【cord】

(名) （電）軟線
例 テレビのコードを差<rp>さ</rp>し込<rp>こ</rp>む。
譯 插入電視的電線。

16 | こうすい【香水】

(名) 香水
例 香水<rp>こうすい</rp>をつける。
譯 擦香水。

17 | こと【琴】

(名) 古琴，箏
例 琴<rp>こと</rp>を習<rp>なら</rp>う。
譯 學琴。

18 | コレクション【collection】

(名) 蒐集，收藏；收藏品
例 切手<rp>きって</rp>のコレクションを趣味<rp>しゅみ</rp>とする。
譯 以郵票收藏做為嗜好。

19 | コンセント【consent】

(名) 電線插座
例 コンセントを差<rp>さ</rp>す。
譯 插插座。

20 | シーツ【sheet】

(名) 床單
例 シーツを洗<rp>あら</rp>う。
譯 洗床單。

21 | じしゃく【磁石】

(名) 磁鐵；指南針
例 磁石<rp>じしゃく</rp>で紙<rp>かみ</rp>を固定<rp>こてい</rp>する。
譯 用磁鐵固定紙張。

22 | じゃぐち【蛇口】

(名) 水龍頭
例 蛇口<rp>じゃぐち</rp>をひねる。
譯 轉開水龍頭。

23 | じゅう【銃】

(名・漢造) 槍，槍形物；有槍作用的物品
例 銃<rp>じゅう</rp>を撃<rp>う</rp>つ。
譯 開槍。

24 | すず【鈴】
（名）鈴鐺，鈴
例 鈴が鳴る。
譯 鈴響。

25 | せん【栓】
（名）栓，塞子；閥門，龍頭，開關；阻塞物
例 栓を抜く。
譯 拔起塞子。

26 | せんす【扇子】
（名）扇子
例 扇子であおぐ。
譯 用扇子搧風。

27 | ぞうきん【雑巾】
（名）抹布
例 雑巾で拭く。
譯 用抹布擦拭。

28 | タイプライター【typewriter】
（名）打字機
例 タイプライターで印字する。
譯 用打字機打字。

29 | タイヤ【tire】
（名）輪胎
例 タイヤがパンクする。
譯 輪胎爆胎。

30 | ためし【試し】
（名）嘗試，試驗；驗算

例 試しに使ってみる。
譯 試用看看。

23-1 道具 (2) /
工具⑵

31 | ちゅうこ【中古】
（名）（歴史）中古（日本一般是指平安時代，或包含鎌倉時代）；半新不舊
例 中古のカメラが並んでいる。
譯 陣列半新的照相機。

32 | ちゅうせい【中性】
（名）（化學）非鹼非酸，中性；（特徵）不男不女，中性；（語法）中性詞
例 中性洗剤がおすすめ。
譯 推薦中性洗滌劑。

33 | ちょうせつ【調節】
（名・他サ）調節，調整
例 調節ができる。
譯 可以調節。

34 | ちりがみ【ちり紙】
（名）衛生紙；粗草紙
例 ちり紙で拭く。
譯 用衛生紙擦拭。

35 | つな【綱】
（名）粗繩，繩索，纜繩；命脈，依靠，保障
例 命綱が２本付いている。
譯 附有兩條救命繩。

36 | トイレットペーパー【toilet paper】

名 衛生紙，廁紙

例 トイレットペーパーがない。

譯 沒有衛生紙。

37 | なわ【縄】

名 繩子，繩索

例 縄にかかる。

譯 (犯人)被捕，落網。

38 | にちようひん【日用品】

名 日用品

例 日用品を揃える。

譯 備齊了日用品。

39 | ねじ

名 螺絲，螺釘

例 ねじが緩む。

譯 螺絲鬆動；精神鬆懈。

40 | パイプ【pipe】

名 管，導管；煙斗；煙嘴；管樂器

例 パイプが詰まる。

譯 管子堵塞。

41 | はぐるま【歯車】

名 齒輪

例 歯車がかみ合う。

譯 齒輪咬合；協調。

42 | バケツ【bucket】

名 木桶

例 バケツに水を入れる。

譯 把水裝入木桶裡。

43 | はしご

名 梯子；挨家挨戶

例 はしごを上る。

譯 爬梯子。

44 | ばね

名 彈簧，發條；(腰、腿的)彈力，彈跳力

例 ばねがきく。

譯 有彈性。

45 | はり【針】

名 縫衣針；針狀物；(動植物的)針，刺

例 針に糸を通す。

譯 把線穿過針頭。

46 | はりがね【針金】

名 金屬絲，(鉛、銅、鋼)線；電線

例 針金細工が素晴らしい。

譯 金屬絲工藝品真別緻。

47 | ひつじゅひん【必需品】

名 必需品，日常必須用品

例 生活必需品を詰める。

譯 塞滿生活必需品。

48 | ピン【pin】

名 大頭針，別針；(機)拴，樞

例 ピンで止める。

譯 用大頭針釘住。

49 | ふえ【笛】
㈎ 横笛；哨子
例 笛が鳴る。
譯 笛聲響起。

50 | ブラシ【brush】
㈎ 刷子
例 ブラシを掛ける。
譯 用刷子刷。

51 | ふろしき【風呂敷】
㈎ 包巾
例 風呂敷を広げる。
譯 打開包袱。

52 | ぼう【棒】
㈎・漢造 棒，棍子；(音樂)指揮；(畫的)
直線，粗線
例 足を棒にする。
譯 腳痠得硬邦邦的。

53 | ほうき【箒】
㈎ 掃帚
例 箒で掃く。
譯 用掃帚打掃。

54 | マスク【mask】
㈎ 面罩，假面；防護面具；口罩；防
毒面具；面相，面貌
例 マスクを掛ける。
譯 戴口罩。

55 | めざまし【目覚まし】
㈎ 叫醒，喚醒；小孩睡醒後的點心；
醒後為打起精神吃東西；鬧鐘
例 目覚ましをセットする。
譯 設定鬧鐘。

56 | めざましどけい【目覚まし時計】
㈎ 鬧鐘
例 目覚まし時計を掛ける。
譯 設定鬧鐘。

57 | めん【面】
㈎・接尾・漢造 臉，面；面具，假面；防
護面具；用以計算平面的東西；會面
例 面をかぶる。
譯 戴上面具。

58 | モーター【motor】
㈎ 發動機；電動機；馬達
例 モーターを動かす。
譯 開動電動機。

59 | ようと【用途】
㈎ 用途，用處
例 用途が広い。
譯 用途廣泛。

60 | ろうそく【蠟燭】
㈎ 蠟燭
例 蠟燭を吹き消す。
譯 吹滅蠟燭。

23-2 家具、工具、文房具 /
傢俱、工作器具、文具

01｜くぎ【釘】

㈎ 釘子

例 釘を刺す。

譯 再三叮嚀。

02｜くっつける【くっ付ける】

(他下一) 把…粘上，把…貼上，使靠近

例 のりでくっ付ける。

譯 用膠水黏上。

03｜けずる【削る】

(他五) 削，刨，刮；刪減，削去，削減

例 鉛筆を削る。

譯 削鉛筆。

04｜ざぶとん【座布団】

㈎ (舖在席子上的)棉坐墊

例 座布団を敷く。

譯 舖上坐墊。

05｜シャープペンシル【(和)sharp + pencil】

㈎ 自動鉛筆

例 シャープペンシルで書く。

譯 用自動鉛筆寫。

06｜しん【芯】

㈎ 蕊；核；枝條的頂芽

例 鉛筆の芯が折れる。

譯 鉛筆芯斷了。

07｜すみ【墨】

㈎ 墨；墨汁，墨水；墨狀物；(章魚、烏賊體內的)墨狀物

例 タコが墨を吐く。

譯 章魚吐出墨汁。

08｜そうち【装置】

(名・他サ) 裝置，配備，安裝；舞台裝置

例 暖房を装置する。

譯 安裝暖氣。

09｜そろばん

㈎ 算盤，珠算

例 そろばんを弾く。

譯 打算盤；計較個人利益。

10｜とだな【戸棚】

㈎ 壁櫥，櫃櫥

例 戸棚から取り出す。

譯 從櫃櫥中拿出。

11｜のり【糊】

㈎ 膠水，漿糊

例 糊をつける。

譯 塗上膠水。

12｜はんこ

㈎ 印章，印鑑

例 はんこを押す。

譯 蓋章。

13 | ふで【筆】

(名・接尾) 毛筆;(用毛筆)寫的字，畫的畫;
（接數詞）表蘸筆次數

例 筆が立つ。

譯 文章寫得好。

14 | ぶひん【部品】

(名)（機械等）零件

例 部品が揃う。

譯 零件齊備。

15 | ぶんかい【分解】

(名・他サ・自サ) 拆開，拆卸;（化）分解;
解剖;分析（事物）

例 時計を分解する。

譯 拆開時鐘。

16 | ペンチ【pinchers】

(名) 鉗子

例 ペンチを使う。

譯 使用鉗子。

17 | ほうそう【包装】

(名・他サ) 包裝，包捆

例 包装紙が新しく変わる。

譯 包裝紙改換新裝。

18 | ほんばこ【本箱】

(名) 書箱

例 本箱がもういっぱいだ。

譯 書箱已滿了。

19 | メモ【memo】

(名・他サ) 筆記;備忘錄，便條;紀錄

例 メモに書く。

譯 寫在便條上。

23-3 計器、容器、入れ物、衛生器具 /
測量儀器、容器、器皿、衛生用具

01 | いれもの【入れ物】

(名) 容器，器皿

例 ポテトの入れ物が変わった。

譯 馬鈴薯外裝改變了。

02 | かご【籠】

(名) 籠子，筐，籃

例 かごの鳥になる。

譯 成為籠中鳥（喻失去自由的人）。

03 | から【空】

(名) 空的;空，假，虛

例 空にする。

譯 騰出;花淨。

04 | からっぽ【空っぽ】

(名・形動) 空，空洞無一物

例 頭の中が空っぽだ。

譯 腦袋空空。

05 | き【器】

(名・漢造) 有才能，有某種才能的人;器
具，器皿;起作用的，才幹

例 食器を片付ける。

譯 收拾碗筷。

06 | ぎっしり

(副)（裝或擠的）滿滿的

例 ぎっしりと詰める。

譯 塞滿，排滿。

07 | きんこ【金庫】

(名) 保險櫃；（國家或公共團體的）金融機關，國庫

例 金を金庫にしまう。

譯 錢收在金庫裡。

08 | ケース【case】

(名) 盒，箱，袋；場合，情形，事例

例 ケースに入れる。

譯 裝入盒裡。

09 | しゅうのう【收納】

(名・他サ) 收納，收藏

例 收納スペースが足りない。

譯 收納空間不夠用。

10 | つりあう【釣り合う】

(自五) 平衡，均衡；勻稱，相稱

例 左右が釣り合う。

譯 左右勻稱。

11 | はかり【計り】

(名) 秤，量，計量；份量；限度

例 計りをごまかす。

譯 偷斤減兩。

12 | はかり【秤】

(名) 秤，天平

例 秤で量る。

譯 秤重。

13 | びん【瓶】

(名) 瓶，瓶子

例 花瓶に花を挿す。

譯 把花插入花瓶。

14 | ものさし【物差し】

(名) 尺；尺度，基準

例 物差しにする。

譯 作為尺度。

15 | ようき【容器】

(名) 容器

例 容器に納める。

譯 收進容器。

N2 ● 23-4

23-4 照明、光学機器、音響、情報機器 /
燈光照明、光學儀器、音響、信息器具

01 | あかり【明かり】

(名) 燈，燈火；光，光亮；消除嫌疑的證據，證明清白的證據

例 明かりをつける。

譯 點燈。

02 | あっしゅく【圧縮】

(名・他サ) 壓縮；（把文章等）縮短

例 大きいファイルを圧縮する。

譯 壓縮大的檔案。

03 | けんびきょう【顕微鏡】

(名) 顕微鏡

例 顕微鏡で見る。

譯 用電子顯微鏡觀察。

---

04 | しょうめい【照明】

(名・他サ) 照明，照亮，光亮，燈光；舞台燈光

例 照明の明るい部屋だ。

譯 燈光明亮的房間。

---

05 | スイッチ【switch】

(名・他サ) 開關；接通電路；(喻)轉換(為另一種事物或方法)

例 スイッチを入れる。

譯 打開開關。

---

06 | スピーカー【speaker】

(名) 談話者，發言人；揚聲器；喇叭；散播流言的人

例 スピーカーから音声が流れる。

譯 從擴音器中傳出聲音。

---

07 | スライド【slide】

(名・自サ) 滑動；幻燈機，放映裝置；(棒球)滑進(壘)；按物價指數調整工資

例 スライドに映す。

譯 映在幻燈片上。

---

08 | たちあがる【立ち上がる】

(自五) 站起，起來；升起，冒起；重振，恢復；著手，開始行動

例 コンピューターが立ち上がる。

譯 電腦開機。

---

09 | ビデオ【video】

(名) 影像，錄影；錄影機；錄影帶

例 ビデオ化する。

譯 影像化。

---

10 | ふくしゃ【複写】

(名・他サ) 複印，複制；抄寫，繕寫

例 原稿を複写する。

譯 抄寫原稿。

---

11 | プリント【print】

(名・他サ) 印刷(品)；油印(講義)；印花，印染

例 楽譜をプリントする。

譯 印刷樂譜。

---

12 | ぼうえんきょう【望遠鏡】

(名) 望遠鏡

例 望遠鏡で月を見る。

譯 用望遠鏡賞月。

---

13 | レンズ【(荷) lens】

(名) (理)透鏡，凹凸鏡片；照相機的鏡頭

例 レンズを磨く。

譯 磨鏡片。

職業、仕事

- 職業、工作 -

24-1 仕事、職場 (1) /
工作、職場 (1)

01 | いちりゅう【一流】

（名）一流，頭等；一個流派；獨特

例 一流になる。

譯 成為第一流。

02 | うちあわせ【打ち合わせ】

（名・他サ）事先商量，碰頭

例 打ち合わせをする。

譯 事先商量。

03 | うちあわせる【打ち合わせる】

（他下一）使…相碰，（預先）商量

例 出発時間を打ち合わせる。

譯 商量出發時間。

04 | うむ【有無】

（名）有無；可否，願意與否

例 欠席者の有無を確かめる。

譯 確認有無缺席者。

05 | えんき【延期】

（名・他サ）延期

例 会議を延期する。

譯 會議延期。

06 | おうせつ【応接】

（名・自サ）接待，應接

例 客に応接する。

譯 接見客人。

07 | かつりょく【活力】

（名）活力，精力

例 活力を与える。

譯 給予活力。

08 | かねる【兼ねる】

（他下一・接尾）兼備；不能，無法

例 趣味と実益を兼ねる。

譯 興趣與實利兼具。

09 | きにゅう【記入】

（名・他サ）填寫，寫入，記上

例 必要事項を記入する。

譯 記上必要事項。

10 | きばん【基盤】

（名）基礎，底座，底子；基岩

例 基盤を固める。

譯 鞏固基礎。

11｜きゅうか【休暇】

名（節假日以外的）休假
例 休暇を取る。
譯 請假。

12｜きゅうぎょう【休業】

名・自サ 停課
例 都合により本日休業します。
譯 由於私人因素，本日休息。

13｜きゅうじょ【救助】

名・他サ 救助，搭救，救援，救濟
例 人命救助につながる。
譯 關係到救命問題。

14｜くみあい【組合】

名（同業）工會，合作社
例 労働組合がない。
譯 沒有工會。

15｜けんしゅう【研修】

名・他サ 進修，培訓
例 研修を受ける。
譯 接受培訓。

16｜こうぞう【構造】

名 構造，結構
例 構造を分析する。
譯 分析結構。

17｜こうたい【交替】

名・自サ 換班，輪流，替換，輪換
例 当番を交替する。
譯 輪流值班。

18｜こうどう【行動】

名・自サ 行動，行為
例 行動を起こす。
譯 採取行動。

19｜こしかけ【腰掛け】

名 凳子；暫時棲身之處，一時落腳處
例 腰掛けＯＬがやっぱり多い。
譯 （婚前）暫時於此工作的女性果然很多。

20｜ころがる【転がる】

自五 滾動，轉動；倒下，躺下；擺著，放著，有
例 機会が転がる。
譯 機會降臨。

24-1 仕事、職場 (2) /
工作、職場 (2)

21｜さいしゅうてき【最終的】

形動 最後
例 最終的にやめることにした。
譯 最後決定不做。

22｜さいそく【催促】

名・他サ 催促，催討
例 返事を催促する。
譯 催促答覆。

23 | さぎょう【作業】

(名・自サ) 工作，操作，作業，勞動

例 作業を進める。

譯 進行作業。

24 | しきゅう【至急】

(名・副) 火速，緊急；急速，加速

例 至急の用件がございます。

譯 有緊急事件。

25 | しじ【指示】

(名・他サ) 指示，指點

例 指示に従う。

譯 聽從指示。

26 | じっせき【実績】

(名) 實績，實際成績

例 実績が上がる。

譯 提高實際成績。

27 | じむ【事務】

(名) 事務(多為處理文件、行政等庶務工作)

例 事務に追われる。

譯 忙於處理事務。

28 | しめきる【締切る】

(他五) (期限)屆滿，截止，結束

例 今日で締め切る。

譯 今日截止。

29 | じゅうし【重視】

(名・他サ) 重視，認為重要

例 実績を重視する。

譯 重視實際成績。

30 | しゅっきん【出勤】

(名・自サ) 上班，出勤

例 9時に出勤する。

譯 九點上班。

31 | しゅっちょう【出張】

(名・自サ) 因公前往，出差

例 米国に出張する。

譯 到美國出差。

32 | しよう【使用】

(名・他サ) 使用，利用，用(人)

例 会議室を使用する。

譯 使用會議室。

33 | しょうしゃ【商社】

(名) 商社，貿易商行，貿易公司

例 商社に勤める。

譯 在貿易公司上班。

34 | じんじ【人事】

(名) 人事，人力能做的事；人事(工作)；世間的事，人情世故

例 人事異動が行われる。

譯 進行人事異動。

35 | すぐれる【優れる】

(自下一) (才能、價值等)出色，優越，傑出，精湛；(身體、精神、天氣)好，爽朗，舒暢

例 優れた人材を招く。

譯 招聘傑出的人才。

36 | せいそう【清掃】

名・他サ 清掃，打掃
例 公園を清掃する。
譯 打掃公園。

---

37 | せっせと

副 拼命地，不停的，一個勁兒地，孜孜不倦的
例 せっせと運ぶ。
譯 拼命地搬運。

---

38 | そうべつ【送別】

名・自サ 送行，送別
例 同僚の送別会を開く。
譯 幫同事舉辦送別派對。

---

39 | そしき【組織】

名・他サ 組織，組成；構造，構成；(生)組織；系統，體系
例 労働組合を組織する。
譯 組織勞動公會。

---

40 | たいする【対する】

自サ 面對，面向；對於，關於；對立，相對，對比；對待，招待
例 政治に対する関心が高まる。
譯 提高對政治的關心。

N2 ● 24-1(3)

24-1 仕事、職場 (3) /
工作、職場 (3)

---

41 | たんとう【担当】

名・他サ 擔任，擔當，擔負

例 担当が決まる。
譯 決定由…負責。

---

42 | ちゅうと【中途】

名 中途，半路
例 中途でやめる。
譯 中途放棄。

---

43 | ちょうせい【調整】

名・他サ 調整，調節
例 調整を行う。
譯 進行調整。

---

44 | つとめ【勤め】

名 工作，職務，差事
例 勤めに出かける。
譯 出門上班。

---

45 | つとめる【務める】

他下一 任職，工作；擔任(職務)；扮演(角色)
例 司会役を務める。
譯 擔任司儀。

---

46 | つぶれる【潰れる】

自下一 壓壞，壓碎；坍塌，倒塌；倒產，破產；磨損，磨鈍；(耳)聾，(眼)瞎
例 会社が潰れる。
譯 公司破產。

---

47 | でいり【出入り】

名・自サ 出入，進出；(因有買賣關係而)常往來；收支；(數量的)出入；糾紛，爭吵

例 出入りがはげしい。
譯 進出頻繁。

48 | どうりょう【同僚】

(名) 同事，同僚
例 昔の同僚に会った。
譯 遇見以前的同事。

49 | どくとく【独特】

(名・形動) 獨特
例 独特なやり方である。
譯 是獨特的做法。

50 | とる【採る】

(他五) 採取，採用，錄取；採集；採光
例 新卒者を採る。
譯 錄取畢業生。

51 | にがす【逃がす】

(他五) 放掉，放跑；使跑掉，沒抓住；錯過，丟失
例 チャンスを逃がす。
譯 錯失機會。

52 | にゅうしゃ【入社】

(名・自サ) 進公司工作，入社
例 企業に入社する。
譯 進企業上班。

53 | のうりつ【能率】

(名) 效率
例 能率を高める。
譯 提高效率。

54 | はっき【発揮】

(名・他サ) 發揮，施展
例 才能を発揮する。
譯 發揮才能。

55 | ひとやすみ【一休み】

(名・自サ) 休息一會兒
例 そろそろ一休みしよう。
譯 休息一下吧！

56 | ぶ【部】

(名・漢造) 部分；部門；冊
例 五つの部に分ける。
譯 分成五個部門。

57 | ふせい【不正】

(名・形動) 不正當，不正派，非法；壞行為，壞事
例 不正を働く。
譯 做壞事；犯規；違法。

58 | プラン【plan】

(名) 計畫，方案；設計圖，平面圖；方式
例 プランを立てる。
譯 訂計畫。

59 | ほうる【放る】

(他五) 拋，扔；中途放棄，棄置不顧，不加理睬
例 仕事を放っておく。
譯 放下工作不做。

60 | ほんらい【本来】

名 本來，天生，原本；按道理，本應

例 本来の使命を忘れた。

譯 忘了本來的使命。

61 | やくめ【役目】

名 責任，任務，使命，職務

例 役目を果たす。

譯 完成任務。

62 | やっかい【厄介】

名・形動 麻煩，難為，難應付的；照料，照顧，幫助；寄食，寄宿（的人）

例 厄介な仕事が迫っている。

譯 因麻煩的工作而入困境。

63 | やとう【雇う】

他五 雇用

例 船を雇う。

譯 租船。

64 | ようじ【用事】

名 （應辦的）事情，工作

例 用事が済んだ。

譯 事情辦完了。

65 | りゅう【流】

名・接尾 （表特有的方式、派系）流，流派

例 一流企業に就職する。

譯 在一流企業上班。

66 | ろうどう【労働】

名・自サ 勞動，體力勞動，工作；（經）勞動力

例 労働を強制する。

譯 強制勞動。

24-2 職業、事業 /
職業、事業

01 | がいぶ【外部】

名 外面，外部

例 外部に漏らす。

譯 洩漏出去。

02 | けいび【警備】

名・他サ 警備，戒備

例 警備に当たる。

譯 負責戒備。

03 | しほん【資本】

名 資本

例 資本を増やす。

譯 增資。

04 | しょうぎょう【商業】

名 商業

例 商業振興をはかる。

譯 計畫振興商業。

05 | しょうぼう【消防】

名 消防；消防隊員，消防車

例 消防士になる。

譯 成為消防隊員。

06 | しょく【職】

(名・漢造) 職業，工作；職務；手藝，技能；官署名
例 職に就く。
譯 就職。

07 | しょくぎょう【職業】

(名) 職業
例 教師を職業とする。
譯 以教師為職業。

08 | しょくば【職場】

(名) 工作岡位，工作單位
例 職場を守る。
譯 堅守工作崗位。

09 | ちゃんと

(副) 端正地，規矩地；按期，如期；整潔，整齊；完全，老早；的確，確鑿
例 ちゃんとした職業を持っていない。
譯 沒有正當職業。

10 | つまずく【躓く】

(自五) 跌倒，絆倒；(中途遇障礙而)失敗，受挫
例 事業に躓く。
譯 在事業上受挫折。

11 | はってん【発展】

(名・自サ) 擴展，發展；活躍，活動
例 発展が目覚ましい。
譯 發展顯著。

24-3 地位 / 地位職稱

24 職業、工作

01 | い【位】

(漢造) 位；身分，地位；(對人的敬稱)位
例 高い地位に就く。
譯 坐上高位。

02 | しゅうにん【就任】

(名・自サ) 就職，就任
例 社長に就任する。
譯 就任社長。

03 | じゅうやく【重役】

(名) 擔任重要職務的人；重要職位，重任者；(公司的)董事與監事的通稱
例 会社の重役になった。
譯 成為公司董事。

04 | そうとう【相当】

(名・自サ・形動) 相當，適合，相稱；相當於，相等於；值得，應該；過得去，相當好；很，頗
例 能力相当の地位を与える。
譯 授予和能力相稱的地位。

05 | ちい【地位】

(名) 地位，職位，身份，級別
例 地位に就く。
譯 擔任職位。

06 | つく【就く】

(自五) 就位；登上；就職；跟…學習；起程

例 王位に就く。

譯 登上王位。

---

07 | どうかく【同格】

(名) 同級，同等資格，等級相同；同級的(品牌)；(語法)同格語

例 課長職と同格に扱う。

譯 以課長同等地位看待。

---

08 | とどまる【留まる】

(自五) 停留，停頓；留下，停留；止於，限於

例 現職に留まる。

譯 留職。

---

09 | めいじる・めいずる【命じる・命ずる】

(他上一・他サ) 命令，吩咐；任命，委派；命名

例 局長を命じられる。

譯 被任命為局長。

---

10 | ゆうのう【有能】

(名・形動) 有才能的，能幹的

例 有能な部下に脅威を感じる。

譯 對能幹的部屬頗感威脅。

---

11 | リード【lead】

(名・自他サ) 領導，帶領；(比賽)領先，贏；(新聞報導文章的)內容提要

例 人をリードする。

譯 帶領人。

24-4 家事 / 家務

01 | かじ【家事】

(名) 家事，家務；家裡(發生)的事

例 家事の手伝いをする。

譯 幫忙做家務。

---

02 | つかい【使い】

(名) 使用；派去的人，派人出去(買東西、辦事)，跑腿；(迷)(神仙的)侍者；(前接某些名詞)使用的方法，使用的人

例 母親の使いで出かける。

譯 被母親派出去辦事。

---

03 | てま【手間】

(名) (工作所需的)勞力、時間與功夫；(手藝人的)計件工作，工錢

例 手間がかかる。

譯 費工夫，費事。

---

04 | にっか【日課】

(名) (規定好)每天要做的事情，每天習慣的活動；日課

例 日課を書きつける。

譯 寫上每天要做的事情。

---

05 | はく【掃く】

(他五) 掃，打掃；(拿刷子)輕塗

例 道路を掃く。

譯 清掃道路。

---

06 | ほす【干す】

(他五) 曬乾；把(池)水弄乾；乾杯

例 洗濯物を干す。

譯 曬衣服。

25-1 生産、産業 /
生產、產業

01 | オートメーション【automation】
名 自動化，自動控制裝置，自動操縱法
例 オートメーションに切り替える。
譯 改為自動化。

02 | かんり【管理】
名・他サ 管理，管轄；經營，保管
例 品質を管理する。
譯 品質管理。

03 | きのう【機能】
名・自サ 機能，功能，作用
例 機能を果たす。
譯 發揮作用。

04 | けっかん【欠陥】
名 缺陷，致命的缺點
例 欠陥商品に悩まされる。
譯 深受瑕疵商品所苦惱。

05 | げんさん【原産】
名 原産
例 原産地が表示される。
譯 標示原產地。

06 | こういん【工員】
名 工廠的工人，（產業）工人
例 工員が丁寧に作る。
譯 工人仔細製造。

07 | こうば【工場】
名 工廠，作坊
例 工場で働く。
譯 在工廠工作。

08 | さかり【盛り】
名・接尾 最旺盛時期，全盛狀態；壯年；（動物）發情；（接動詞連用形）表正在最盛的時候
例 盛りを過ぎる。
譯 全盛時期已過。

09 | じんこう【人工】
名 人工，人造
例 人工衛星を打ち上げる。
譯 發射人造衛星。

10 | じんぞう【人造】
名 人造，人工合成
例 人造湖が出現した。
譯 出現了人造湖。

11 | ストップ【stop】

(名・自他サ) 停止，中止；停止信號；(口令)
站住，不得前進，止住；停車站

例 ストップを掛ける。

譯 命令停止。

12 | せいぞう【製造】

(名・他サ) 製造，加工

例 紙を製造する。

譯 造紙。

13 | だいいち【第一】

(名・副) 第一，第一位，首先；首屈一指
的，首要，最重要

例 安全第一だ。

譯 安全第一。

14 | ていし【停止】

(名・他サ・自サ) 禁止，停止；停住，停下；
(事物、動作等)停頓

例 作業を停止する。

譯 停止作業。

15 | でんし【電子】

(名) (理)電子

例 電子オルガンを弾く。

譯 演奏電子琴。

16 | へる【経る】

(自下一) (時間、空間、事物)經過、通過

例 手を経る。

譯 經手。

17 | みやげ【土産】

(名) (贈送他人的)禮品，禮物；(出門帶
回的)土產

例 お土産をもらう。

譯 收到禮品。

25-2 農業、漁業、林業 /
農業、漁業、林業

01 | ぎょぎょう【漁業】

(名) 漁業，水產業

例 漁業が盛んである。

譯 漁業興盛。

02 | さんち【産地】

(名) 產地；出生地

例 産地直送にこだわる。

譯 嚴選產地直送。

03 | しゅうかく【収穫】

(名・他サ) 收穫(農作物)；成果，收穫；
獵獲物

例 収穫が多い。

譯 收穫很多。

04 | すいさん【水産】

(名) 水產(品)，漁業

例 水産業を営む。

譯 經營水產業，漁業。

05 | た【田】

(名) 田地；水稻，水田

例 田を耕す。

譯 耕種稻田。

06 | たうえ【田植え】

(名・他サ)（農）插秧

例 田植えをする。

譯 插秧。

07 | たがやす【耕す】

(他五) 耕作，耕田

例 荒れ地を耕す。

譯 開墾荒地。

08 | たんぼ【田んぼ】

(名) 米田，田地

例 田んぼに水を張る。

譯 放水至田。

09 | のうさんぶつ【農産物】

(名) 農產品

例 農産物に富む。

譯 農產品豐富。

10 | のうそん【農村】

(名) 農村，鄉村

例 農村の生活が長寿につながって
いる。

譯 農村的生活與長壽息息相關。

11 | のうやく【農薬】

(名) 農藥

例 農薬の汚染がひどい。

譯 農藥污染很嚴重。

12 | はたけ【畑】

(名) 田地，旱田；專業的領域

例 畑で働いている。

譯 在田地工作。

13 | ほかく【捕獲】

(名・他サ)（文）捕獲

例 鯨を捕獲する。

譯 捕獲鯨魚。

14 | ぼくじょう【牧場】

(名) 牧場

例 牧場を経営する。

譯 經營牧場。

15 | ぼくちく【牧畜】

(名) 畜牧

例 牧畜を営む。

譯 經營畜牧業。

16 | めいぶつ【名物】

(名) 名產，特產；（因形動奇特而）有名
的人

例 青森名物のリンゴを買う。

譯 買青森名產的蘋果。

N2 ● 25-3

25-3 工業、鉱業、商業 /
工業、礦業、商業

01 | えんとつ【煙突】

(名) 煙囪

例 煙突が立ち並ぶ。

譯 煙囪林立。

02 | かいぞう【改造】

(名・他サ) 改造，改組，改建

例 ホテルを刑務所に改造する。

譯 把飯店改建成監獄。

---

03 | かんりょう【完了】

(名・自他サ) 完了，完畢；(語法)完了，完成

例 工事が完了する。

譯 結束工程。

---

04 | けんせつ【建設】

(名・他サ) 建設

例 建設が進む。

譯 工程有進展。

---

05 | げんば【現場】

(名) (事故等的)現場；(工程等的)現場，工地

例 工事現場を囲む。

譯 圍繞工地現場。

---

06 | こうがい【公害】

(名) (汚水、噪音等造成的)公害

例 公害を出す。

譯 造成公害。

---

07 | せいさく【製作】

(名・他サ) (物品等)製造，製作，生產

例 精密機械を製作する。

譯 製造精密儀器。

---

08 | せっけい【設計】

(名・他サ) (機械、建築、工程的)設計；計畫，規則

例 ビルを設計する。

譯 設計高樓。

---

09 | そうおん【騒音】

(名) 噪音；吵雜的聲音，吵鬧聲

例 騒音がひどい。

譯 噪音干擾嚴重。

---

10 | ぞうせん【造船】

(名・自サ) 造船

例 タンカーを造船する。

譯 造油輪。

---

11 | たんこう【炭鉱】

(名) 煤礦，煤井

例 炭鉱を発見する。

譯 發現煤礦。

---

12 | ちゃくちゃく【着々】

(副) 逐步地，一步步地

例 着々と進んでいる。

譯 逐步地進行。

---

13 | てっきょう【鉄橋】

(名) 鐵橋，鐵路橋

例 鉄橋をかける。

譯 架設鐵橋。

14 | てっこう【鉄鋼】

名 鋼鐵

例 鉄鋼製品を販売する。

譯 販賣鋼鐵製品。

15 | ほる【掘る】

他五 掘，挖，刨；挖出，掘出

例 穴を掘る。

譯 挖洞。

16 | みぞ【溝】

名 水溝；(拉門門框上的)溝槽，切口；(感情的)隔閡

例 溝をさらう。

譯 疏通溝渠。

17 | やかましい【喧しい】

形 (聲音)吵鬧的，喧擾的；囉唆的，嘮叨的；難以取悅；嚴格的，嚴厲的

例 工事の音が喧しい。

譯 施工噪音很吵雜。

Memo

_____   _____

_____   _____

_____   _____

_____   _____

_____   _____

_____   _____

_____   _____

_____   _____

_____   _____

26-1 経済 /
經濟

01 | あんてい【安定】
(名・自サ) 安定，穩定；(物體)安穩

例 安定を図る。

譯 謀求安定。

02 | かいふく【回復】
(名・自他サ) 恢復，康復；挽回，收復

例 景気が回復する。

譯 景氣回升。

03 | かいほう【開放】
(名・他サ) 打開，敞開；開放，公開

例 市場を開放する。

譯 開放市場。

04 | かぜい【課税】
(名・自サ) 課稅

例 輸入品に課税する。

譯 課進口貨物稅。

05 | きんゆう【金融】
(名・自サ) 金融，通融資金

例 国際金融を得意とする。

譯 擅長國際金融。

06 | けいき【景気】
(名) (事物的)活動狀態，活潑，精力旺盛；(經濟的)景氣

例 景気が回復する。

譯 景氣好轉。

07 | けいこう【傾向】
(名) (事物的)傾向，趨勢

例 傾向がある。

譯 有…的傾向。

08 | さんにゅう【参入】
(名・自サ) 進入；進宮

例 市場に参入する。

譯 投入市場。

09 | しげき【刺激】
(名・他サ) (物理的，生理的)刺激；(心理的)刺激，使興奮

例 景気を刺激する。

譯 刺激景氣。

10 | にち【日】
(名・漢造) 日本；星期天；日子，天，晝間；太陽

例 対日貿易赤字が解消される。

譯 對日貿易赤字被解除了。

11 | マーケット【market】

(名) 商場，市場；(商品)銷售地區

例 マーケットを開拓する。

譯 開闢市場。

26-2 取り引き /
交易

01 | うけたまわる【承る】

(他五) 聽取；遵從，接受；知道，知悉；傳聞

例 ご注文承りました。

譯 收到訂單了。

02 | うけとり【受け取り】

(名) 收領；收據；計件工作(的工錢)

例 受け取りをもらう。

譯 拿收據。

03 | うけとる【受け取る】

(他五) 領，接收，理解，領會

例 給料を受け取る。

譯 領薪。

04 | おろす【卸す】

(他五) 批發，批售，批賣

例 薬品を卸す。

譯 批發藥品。

05 | かぶ【株】

(名・接尾) 株，顆；(樹的)殘株；股票；(職業等上)特權；擅長；地位

例 株価が上がる。

譯 股票上漲。

06 | かわせ【為替】

(名) 匯款，匯兌

例 為替で支払う。

譯 用匯款支付。

07 | きょうきゅう【供給】

(名・他サ) 供給，供應

例 供給を断つ。

譯 斷絕供給。

08 | しょめい【署名】

(名・自サ) 署名，簽名；簽的名字

例 契約書に署名する。

譯 在契約書上簽名。

09 | てつづき【手続き】

(名) 手續，程序

例 手続きをする。

譯 辦理手續。

10 | ふとう【不当】

(形動) 不正當，非法，無理

例 不当な取引だ。

譯 非法交易。

26-3 売買 /
買賣

01 | うりきれ【売り切れ】

(名) 賣完

例 本日売り切れとなりました。

譯 今日貨已全部售完。

02 | うりきれる【売り切れる】

(自下一) 賣完，賣光

例 切符が売り切れる。

譯 票賣光了。

---

03 | うれゆき【売れ行き】

(名) （商品的）銷售狀況，銷路

例 売れ行きが悪い。

譯 銷路不好。

---

04 | うれる【売れる】

(自下一) 商品賣出，暢銷；變得廣為人知，出名，聞名

例 名が売れる。

譯 馳名。

---

05 | かんじょう【勘定】

(名・他サ) 計算；算帳；（會計上的）帳目，戶頭，結帳；考慮，估計

例 勘定を済ます。

譯 付完款，算完帳。

---

06 | じゅよう【需要】

(名) 需要，要求；需求

例 需要が高まる。

譯 需求大增。

---

07 | だいきん【代金】

(名) 貸款，借款

例 代金を請求する。

譯 索取貨款。

---

08 | どうよう【同様】

(形動) 同樣的，一樣的

同様の値段で販売している。

譯 同樣的價錢販售。

---

09 | とくばい【特売】

(名・他サ) 特賣；（公家機關不經標投）賣給特定的人

例 夏物を特売する。

譯 特價賣出夏季商品。

---

10 | のこり【残り】

(名) 剩餘，殘留

例 売れ残りの商品をもらえる。

譯 可以得到賣剩的商品。

---

11 | ばいばい【売買】

(名・他サ) 買賣，交易

例 土地を売買する。

譯 土地買賣。

---

12 | はつばい【発売】

(名・他サ) 賣，出售

例 好評発売中。

譯 暢銷中。

---

13 | はんばい【販売】

(名・他サ) 販賣，出售

例 古本を販売する。

譯 販賣舊書。

---

14 | わりびき【割引】

(名・他サ) （價錢）打折扣，減價；（對説話內容）打折；票據兌現

例 割引になる。

譯 可以減價。

26-4 価格 /
價格

01 | かかく【価格】
㊁ 價格
例 商品の価格をつける。
譯 標示商品價格。

02 | がく【額】
㊁・漢造 名額，數額；匾額，畫框
例 予算の額を超える。
譯 超過預算額度。

03 | かち【価値】
㊁ 價值
例 価値がある。
譯 有價值。

04 | こうか【高価】
㊁・形動 高價錢
例 高価な贈り物を渡す。
譯 授與昂貴的禮物。

05 | すいじゅん【水準】
㊁ 水準，水平面；水平器；(地位、質量、價值等的)水平；(標示)高度
例 水準が高まる。
譯 水準提高。

06 | それなり
㊁・副 恰如其分；就那樣
例 良い物はそれなりに高い。
譯 一分錢一分貨。

07 | ていか【定価】
㊁ 定價
例 定価で購入する。
譯 以定價買入。

08 | てごろ【手頃】
㊁・形動 (大小輕重)合手，合適，相當；適合(自己的經濟能力、身份)
例 手頃なお値段で食べられる。
譯 能以合理的價錢品嚐。

09 | ね【値】
㊁ 價錢，價格，價值
例 値をつける。
譯 訂價。

10 | むりょう【無料】
㊁ 免費；無須報酬
例 無料で提供する。
譯 免費提供。

11 | ゆうりょう【有料】
㊁ 收費
例 有料駐車場が二つある。
譯 有兩座收費停車場。

12 | りょうきん【料金】
㊁ 費用，使用費，手續費
例 料金がかかる。
譯 收費。

13 ｜ りょうしゅう【領収】

名・他サ 收到

例 代金を領収する。

譯 收取費用。

26-5 損得、貸借 /
損益、借貸

01 ｜ うりあげ【売り上げ】

名（一定期間的）銷售額，營業額

例 売り上げが伸びる。

譯 銷售額增加。

02 ｜ しゃっきん【借金】

名・自サ 借款，欠款，舉債

例 借金を抱える。

譯 負債。

03 ｜ しょうひん【賞品】

名 獎品

例 賞品が当たる。

譯 中獎。

04 ｜ せいきゅう【請求】

名・他サ 請求，要求，索取

例 請求に応じる。

譯 答應要求。

05 ｜ せおう【背負う】

他五 背；擔負，承擔，肩負

例 借金を背負う。

譯 肩負債務。

06 ｜ そん【損】

名・自サ・形動・漢造 虧損，賠錢；吃虧，不划算；減少；損失

例 損をする。

譯 吃虧。

07 ｜ そんがい【損害】

名・他サ 損失，損害，損耗

例 損害を与える。

譯 造成損失。

08 ｜ そんしつ【損失】

名・自サ 損害，損失

例 損失を被る。

譯 蒙受損失。

09 ｜ そんとく【損得】

名 損益，得失，利害

例 損得抜きで付き合う。

譯 不計得失地交往。

10 ｜ てっする【徹する】

自サ 貫徹，貫穿；通宵，徹夜；徹底，貫徹始終

例 金儲けに徹する。

譯 努力賺錢。

11 ｜ ほけん【保険】

名 保險；（對於損害的）保證

例 保険をかける。

譯 投保。

12 | もうかる【儲かる】

(自五) 賺到，得利；賺得到便宜，撿便宜

例 1 万円儲かった。

譯 賺了一萬日圓。

13 | もうける【儲ける】

(他下一) 賺錢，得利；（轉）撿便宜，賺到

例 一割儲ける。

譯 賺一成。

14 | りえき【利益】

(名) 利益，好處；利潤，盈利

例 利益になる。

譯 有利潤。

15 | りがい【利害】

(名) 利害，得失，利弊，損益

例 利害が相反する。

譯 與利益相反。

N2 ● 26-6

26-6 収支、賃金 /
収支、工資報酬

01 | きゅうよ【給与】

(名・他サ) 供給（品），分發，待遇；工資，津貼

例 給与をもらう。

譯 領薪水。

02 | げっきゅう【月給】

(名) 月薪，工資

例 月給が上がる。

譯 調漲工資。

03 | さしひく【差し引く】

(他五) 扣除，減去，抵補，相抵（的餘額）；（潮水的）漲落，（體溫的）升降

例 月給から税金を差し引く。

譯 從月薪中扣除税金。

04 | しきゅう【支給】

(名・他サ) 支付，發給

例 旅費を支給する。

譯 支付旅費。

05 | しゅうにゅう【収入】

(名) 收入，所得

例 収入が安定する。

譯 收入穩定。

06 | ただ

(名・副・接) 免費；普通，平凡；只是，僅僅；（對前面的話做出否定）但是，不過

例 ただで働く。

譯 白幹活。

07 | ちょうだい【頂戴】

(名・他サ) （「もらう、食べる」的謙虚説法）領受，得到，吃；（女性、兒童請求別人做事）請

例 結構なものを頂戴した。

譯 收到了好東西。

08 | ゆうこう【有効】

(形動) 有效的

例 有効に使う。

譯 有效地使用。

26-7 消費、費用 /
消費、費用

01 | かいけい【会計】

(副・自サ) 會計；付款，結帳
例 会計を済ます。
譯 結帳。

02 | きんがく【金額】

(名) 金額
例 金額が大きい。
譯 金額巨大。

03 | きんせん【金銭】

(名) 錢財，錢款；金幣
例 金銭に細かい。
譯 錙銖必較。

04 | こうか【硬貨】

(名) 硬幣，金屬貨幣
例 硬貨で支払う。
譯 以硬幣支付。

05 | こうきょう【公共】

(名) 公共
例 公共料金をカードで支払う。
譯 刷卡支付公共費用。

06 | しはらい【支払い】

(名・他サ) 付款，支付（金錢）
例 支払いを済ませる。
譯 付清。

07 | しはらう【支払う】

(他五) 支付，付款
例 料金を支払う。
譯 支付費用。

08 | しゅうきん【集金】

(名・自他サ) （水電、瓦斯等）收款，催收的錢
例 集金に回る。
譯 到各處去收款。

09 | つり【釣り】

(名) 釣，釣魚；找錢，找的錢
例 お釣りを渡す。
譯 找零。

10 | はぶく【省く】

(他五) 省，省略，精簡，簡化；節省
例 経費を省く。
譯 節省經費。

11 | はらいこむ【払い込む】

(他五) 繳納
例 税金を払い込む。
譯 繳納稅金。

12 | はらいもどす【払い戻す】

(他五) 退還（多餘的錢），退費；（銀行）付還（存戶存款）
例 税金を払い戻す。
譯 退稅。

13 | ひよう【費用】

ⓝ 費用，開銷

例 費用を納める。

譯 繳納費用。

14 | ぶんたん【分担】

ⓝ・他サ 分擔

例 費用を分担する。

譯 分擔費用。

15 | めんぜい【免税】

ⓝ・他サ・自サ 免税

例 空港の免税店で買い物する。

譯 在機場免税店購物。

26-8 財産、金銭 ∕
財產、金錢

01 | うんよう【運用】

ⓝ・他サ 運用，活用

例 有効に運用する。

譯 有效的運用。

02 | げんきん【現金】

ⓝ (手頭的)現款，現金；(經濟的)現款，現金

例 現金で支払う。

譯 以現金支付。

03 | こしらえる【拵える】

他下一 做，製造；捏造，虛構；化妝，打扮；籌措，填補

例 金をこしらえる。

譯 湊錢。

04 | こづかい【小遣い】

ⓝ 零用錢

例 小遣いをあげる。

譯 給零用錢。

05 | ざいさん【財産】

ⓝ 財產；文化遺產

例 財産を継ぐ。

譯 繼承財產。

06 | さつ【札】

ⓝ・漢造 紙幣，鈔票；(寫有字的)木牌，紙片；信件；門票，車票

例 お札を数える。

譯 數鈔票。

07 | しへい【紙幣】

ⓝ 紙幣

例 1万円紙幣を両替する。

譯 將萬元鈔票換掉(成小鈔)。

08 | しょうがくきん【奨学金】

ⓝ 獎學金，助學金

例 奨学金をもらう。

譯 得到獎學金。

09 | ぜい【税】

ⓝ・漢造 税，税金

例 税がかかる。

譯 課税。

10 | そうぞく【相続】

名・他サ 承繼（財産等）

例 財産を相続する。

譯 繼承財產。

11 | たいきん【大金】

名 巨額金錢，巨款

例 大金をつかむ。

譯 獲得巨款。

12 | ちょぞう【貯蔵】

名・他サ 儲藏

例 地下室に貯蔵する。

譯 儲放在地下室。

13 | ちょちく【貯蓄】

名・他サ 儲蓄

例 貯蓄を始める。

譯 開始儲蓄。

14 | つうか【通貨】

名 通貨，（法定）貨幣

例 通貨が流通する。

譯 貨幣流通。

15 | つうちょう【通帳】

名 （存款、賒帳等的）折子，帳簿

例 通帳を記入する。

譯 記入帳本。

16 | はさん【破産】

名・自サ 破産

例 破産を宣告する。

譯 宣告破產。

26-9 貧富 / 貧富

01 | えんじょ【援助】

名・他サ 援助，幫助

例 援助を受ける。

譯 接受援助。

02 | ききん【飢饉】

名 飢饉，飢荒；缺乏，…荒

例 飢饉に見舞われる。

譯 鬧飢荒。

03 | きふ【寄付】

名・他サ 捐贈，捐助，捐款

例 寄付を募る。

譯 募捐。

04 | ごうか【豪華】

形動 奢華的，豪華的

例 豪華な衣装をもらった。

譯 收到奢華的服裝。

05 | さべつ【差別】

名・他サ 輕視，區別

例 差別が激しい。

譯 差別極為明顯。

06 | ぜいたく【贅沢】

(名・形動) 奢侈，奢華，浪費，鋪張；過份要求，奢望

例 ぜいたくな暮らしを送った。

譯 過著奢侈的生活。

---

07 | まずしい【貧しい】

(形) (生活)貧窮的，窮困的；(經驗、才能的)貧乏，淺薄

例 貧しい家に生まれた。

譯 生於貧窮人家。

08 | めぐまれる【恵まれる】

(自下一) 得天獨厚，被賦予，受益，受到恩惠

例 恵まれた生活をする。

譯 過著富裕的生活。

Memo

27-1 政治 /
政治

01 | あん【案】

㊐ 計畫，提案，意見；預想，意料

囫 案を立てる。

譯 草擬計畫。

02 | うちけす【打ち消す】

㊋五 否定，否認；熄滅，消除

囫 事実を打ち消す。

譯 否定事實。

03 | おさめる【治める】

㊋下一 治理；鎮壓

囫 国を治める。

譯 治國。

04 | かいかく【改革】

㊐・㊋サ 改革

囫 改革を進める。

譯 進行改革。

05 | かげ【陰】

㊐ 日陰，背影處；背面；背地裡，暗中

囫 陰で糸を引く。

譯 暗中操縱。

06 | かんする【関する】

㊐サ 關於，與…有關

囫 政治に関する問題を解決する。

譯 解決有關政治問題。

07 | げんじょう【現状】

㊐ 現狀

囫 現状を維持する。

譯 維持現狀。

08 | こっか【国家】

㊐ 國家

囫 国家試験がある。

譯 有國家考試。

09 | さらに【更に】

㊑ 更加，更進一步；並且，還；再，重新；（下接否定）一點也不，絲毫不

囫 更に事態が悪化する。

譯 事情更進一步惡化。

10 | じじょう【事情】

㊐ 狀況，內情，情形；（局外人所不知的）原因，緣故，理由

囫 事情が変わる。

譯 情況有所變化。

11 | じつげん【実現】

名・自他サ 實現

例 実現を望む。

譯 期望能實現。

12 | しゅぎ【主義】

名 主義，信條；作風，行動方針

例 社会主義の国が次々に生まれた。

譯 社會主義的國家一個接一個的誕生。

13 | ずのう【頭脳】

名 頭脳，判斷力，智力；（團體的）決策部門，首腦機構，領導人

例 日本の頭脳が挑んでいる。

譯 對日本人才進行挑戰。

14 | せいかい【政界】

名 政界，政治舞台

例 政界の大物が集まる。

譯 集結政界的大人物。

15 | せいふ【政府】

名 政府；內閣，中央政府

例 ひき逃げ事故の被害者に政府が保障する。

譯 政府會保障肇事逃逸事故的被害者。

16 | せんせい【専制】

名 專制，獨裁；獨斷，專斷獨行

例 専制政治が倒れた。

譯 獨裁政治垮台了。

17 | だんかい【段階】

名 梯子，台階，樓梯；階段，時期，步驟；等級，級別

例 面接の段階に進む。

譯 來到面試的階段。

18 | デモ【demonstration】

名 抗議行動

例 デモに参加する。

譯 參加抗議活動。

19 | にらむ【睨む】

他五 瞪著眼看，怒目而視；盯著，注視，仔細觀察；估計，揣測，意料；盯上

例 情勢を睨む。

譯 觀察情勢。

27-2 行政、公務員 /
行政、公務員

01 | こうむ【公務】

名 公務，國家及行政機關的事務

例 公務員になりたい。

譯 想當公務員。

02 | じち【自治】

名 自治，地方自治

例 地方自治を守る。

譯 守護地方自治。

03 | じゅうてん【重点】

名 重點(物)作用點

例 福祉に重点を置いた。

譯 以福利為重點。

04 | じょじょに【徐々に】

副 徐徐地，慢慢地，一點點；逐漸，漸漸

例 徐々に移行する。

譯 慢慢地轉移。

05 | せいど【制度】

名 制度；規定

例 社会保障制度が完備する。

譯 完善的社會保障制度。

06 | ぜんたい【全体】

名・副 全身，整個身體；全體，總體；根本，本來；究竟，到底

例 全体に関わる問題。

譯 和全體有關的問題。

07 | ぞうだい【増大】

名・自他サ 増多，増大

例 予算が増大する。

譯 預算大幅增加。

08 | たいけい【体系】

名 體系，系統

例 体系をたてる。

譯 建立體系。

09 | たいさく【対策】

名 對策，應付方法

例 対策をたてる。

譯 制定對策。

10 | とうしょ【投書】

名・他サ・自サ 投書，信訪，匿名投書；(向報紙、雜誌)投稿

例 役所に投書する。

譯 向政府機關投書。

11 | ぼうし【防止】

名・他サ 防止

例 火災を防止する。

譯 防止火災。

12 | ほしょう【保証】

名・他サ 保証，擔保

例 生活が保証されている。

譯 生活有了保證。

13 | やく【役】

名・漢造 職務，官職；責任，任務，(負責的)職位；角色；使用，作用

例 役に就く。

譯 就職。

14 | やくにん【役人】

名 官員，公務員

例 役人になる。

譯 成為公務員。

15 | よさん【予算】

名 預算

例 予算を立てる。

譯 訂立預算。

16 | りんじ【臨時】

名 臨時，暫時，特別

例 臨時に雇われる。

譯 臨時雇用。

27-3 議会、選挙 /
議會、選舉

01 | えんぜつ【演説】

(名・自サ) 演説

例 演説を行う。

譯 舉行演説。

02 | かいごう【会合】

(名・自サ) 聚會，聚餐

例 会合を重ねる。

譯 多次聚會。

03 | かけつ【可決】

(名・他サ) (提案等)通過

例 法案が可決する。

譯 通過法案。

04 | かたむく【傾く】

(自五) 傾斜；有…的傾向；(日月)偏西；
衰弱，衰微

例 賛成に傾く。

譯 傾向贊成。

05 | ぎかい【議会】

(名) 議會，國會

例 議会を解散する。

譯 解散國會。

06 | きょうさん【共産】

(名) 共産；共産主義

例 共産党が発表した。

譯 共産黨發表了。

07 | ぎろん【議論】

(名・他サ) 爭論，討論，辯論

例 議論を交わす。

譯 進行辯論。

08 | ぐたい【具体】

(名) 具體

例 具体例を示す。

譯 以具體的例子表示。

09 | けつろん【結論】

(名・自サ) 結論

例 結論が出る。

譯 得出結論。

10 | こうしゅう【公衆】

(名) 公眾，公共，一般人

例 公衆の前で演説する。

譯 在大眾面前演講。

11 | こうほ【候補】

(名) 候補，候補人；候選，候選人

例 候補に上がる。

譯 被提名為候補。

12 | こっかい【国会】

(名) 國會，議會

例 国会を解散する。

譯 解散國會。

13 | じっさい【実際】

(名・副) 實際；事實，真面目；確實，真的，實際上

例 実際は難しい。

譯 實際上很困難。

14 | じつれい【実例】

(名) 實例

例 実例を挙げる。

譯 舉出實例。

15 | しゅちょう【主張】

(名・他サ) 主張，主見，論點

例 自説を主張する。

譯 堅持己見。

16 | しょうにん【承認】

(名・他サ) 批准，認可，通過；同意；承認

例 承認を求める。

譯 請求批准。

17 | せいとう【政党】

(名) 政黨

例 政党政治が展開される。

譯 展開政黨政治。

18 | せいりつ【成立】

(名・自サ) 產生，完成，實現；成立，組成；達成

例 予算案が成立する。

譯 成立預算案。

19 | そうりだいじん【総理大臣】

(名) 總理大臣，首相

例 内閣総理大臣に任命される。

譯 任命為首相。

20 | た【他】

(名・漢造) 其他，他人，別處，別的事物；他心二意；另外

例 他に例を見ない。

譯 未見他例。

21 | だいじん【大臣】

(名) (政府)部長，大臣

例 大臣に任命される。

譯 任命為大臣。

22 | だいとうりょう【大統領】

(名) 總統

例 大統領に就任する。

譯 就任總統。

23 | だいり【代理】

(名・他サ) 代理，代替；代理人，代表

例 代理で出席する。

譯 以代理身份出席。

24 | たいりつ【対立】

(名・他サ) 對立，對峙

例 意見が対立する。

譯 意見相對立。

25 | ちからづよい【力強い】

形 強而有力的；有信心的，有依仗的

例 力強い演説が魅力だった。

譯 有力的演説深具魅力。

26 | ちじ【知事】

名 日本都、道、府、縣的首長

例 知事に報告する。

譯 向知事報告。

27 | とう【党】

名・漢造 鄉里；黨羽，同夥；黨，政黨

例 党の決定に従う。

譯 服從黨的決定。

28 | とういつ【統一】

名・他サ 統一，一致，一律

例 意見を統一する。

譯 統一意見。

29 | とうひょう【投票】

名・自サ 投票

例 投票に行く。

譯 去投票。

30 | とりいれる【取り入れる】

他下一 收穫，收割；收進，拿入；採用，引進，採納

例 提案を取り入れる。

譯 採用提案。

31 | とりけす【取り消す】

他五 取消，撤銷，作廢

例 発言を取り消す。

譯 撤銷發言。

32 | もうける【設ける】

他下一 預備，準備；設立，制定；生，得(子女)

例 席を設ける。

譯 準備酒宴。

33 | もと【元・基】

名 起源，本源；基礎，根源；原料；原因；本店；出身；成本

例 元首相が出席する。

譯 前首相將出席。

N2 ● 27-4

27-4 国際, 外交 /
國際、外交

01 | がいこう【外交】

名 外交；對外事務，外勤人員

例 外交関係を絶つ。

譯 斷絕外交關係。

02 | かっこく【各国】

名 各國

例 各国の代表が集まる。

譯 各國代表齊聚。

03 | こんらん【混乱】

名・自サ 混亂

例 混乱が起こる。

譯 發生混亂。

04 | さいほう【再訪】

(名・他サ) 再訪，重遊
例 大阪を再訪する。
譯 重遊大阪。

---

05 | じたい【事態】

(名) 事態，情形，局勢
例 事態が悪化する。
譯 事態惡化。

---

06 | じっし【実施】

(名・他サ)（法律、計畫、制度的）實施，實行
例 実施に移す。
譯 付諸行動。

---

07 | しゅよう【主要】

(名・形動) 主要的
例 四つの主要な役割がある。
譯 有四個主要的任務。

---

08 | じょうきょう【状況】

(名) 狀況，情況
例 状況が変わる。
譯 狀況有所改變。

---

09 | しょこく【諸国】

(名) 各國
例 アフリカ諸国を歴訪した。
譯 追訪非洲各國。

---

10 | しんこく【深刻】

(形動) 嚴重的，重大的，莊重的；意味深長的，發人省思的，尖銳的
例 深刻な問題を抱えている。
譯 存在嚴重的問題。

---

11 | じんしゅ【人種】

(名) 人種，種族；（某）一類人；（俗）（生活環境、愛好等不同的）階層
例 人種による偏見をなくす。
譯 消除種族歧視。

---

12 | ぜいかん【税関】

(名) 海關
例 税関の検査が厳しくなる。
譯 海關的檢查更加嚴格。

---

13 | たいせい【体制】

(名) 體制，結構；（統治者行使權力的）方式
例 厳戒体制をとる。
譯 實施嚴加戒備的體制。

---

14 | つうよう【通用】

(名・自サ) 通用，通行；兼用，兩用；（在一定期間內）通用，有效；通常使用
例 世界に通用する。
譯 在世界通用。

---

15 | ととのう【整う】

(自五) 齊備，完整；整齊端正，協調；（協議等）達成，談妥
例 条件が整う。
譯 條件齊備。

16 | とんでもない

(連語・形) 出乎意料，不合情理；豈有此理，不可想像；（用在堅決的反駁或表示客套）哪裡的話

例 とんでもない要求をする。

譯 做無理的要求。

17 | ふり【不利】

(名・形動) 不利

例 不利に陥る。

譯 陷入不利。

18 | もとめる【求める】

(他下一) 想要，渴望，需要；謀求，探求；征求，要求；購買

例 協力を求める。

譯 尋求協助。

19 | もよおし【催し】

(名) 舉辦，主辦；集會，文化娛樂活動；預兆，兆頭

例 歓迎の催しを開く。

譯 舉行歡迎派對。

20 | ようきゅう【要求】

(名・他サ) 要求，需求

例 要求に応じる。

譯 回應要求。

21 | らいにち【来日】

(名・自サ) （外國人）來日本，到日本來

例 米大統領が来日する。

譯 美國總統來訪日本。

22 | りょうじ【領事】

(名) 領事

例 日本領事が発行する。

譯 日本領事所發行。

23 | れんごう【連合】

(名・他サ・自サ) 聯結，團結；（心）聯想

例 国際連合を批判する。

譯 批評聯合國。

27-5 軍事 /
軍事

01 | あまい【甘い】

(形) 甜的；淡的；寬鬆，好説話，鈍，鬆動；藐視；天真的；樂觀的；淺薄的；愚蠢的

例 敵を甘く見る。

譯 小看了敵人。

02 | えんしゅう【演習】

(名・自サ) 演習，實際練習；（大學內的）課堂討論，共同研究

例 軍事演習を中止する。

譯 中止軍事演習。

03 | かいほう【解放】

(名・他サ) 解放，解除，擺脱

例 奴隷を解放する。

譯 解放奴隷。

04 | きち【基地】

(名) 基地，根據地

例 基地を建設する。

譯 建設基地。

05 | きょうか【強化】

(名・他サ) 強化，加強
例 警備を強化する。
譯 加強警備。

---

06 | くだく【砕く】

(他五) 打碎，弄碎
例 敵の野望を砕く。
譯 粉碎敵人的野心。

---

07 | くっつく【くっ付く】

(自五) 緊貼在一起，附著
例 敵方にくっつく。
譯 支持敵方。

---

08 | ぐん【軍】

(名) 軍隊；(軍隊編排單位)軍
例 軍を率いる。
譯 率領軍隊。

---

09 | ぐんたい【軍隊】

(名) 軍隊
例 軍隊に入る。
譯 入伍當軍人。

---

10 | くんれん【訓練】

(名・他サ) 訓練
例 訓練を受ける。
譯 接受訓練。

---

11 | こうげき【攻撃】

(名・他サ) 攻擊，進攻；抨擊，指責，責難；
(棒球)擊球

例 攻撃を受ける。
譯 遭到攻擊。

---

12 | ごうどう【合同】

(名・自他サ) 合併，聯合；(數)全等
例 二国の軍隊が合同演習を行う。
譯 兩國的軍隊舉行聯合演習。

---

13 | ごうりゅう【合流】

(名・自サ) (河流)匯合，合流；聯合，合併
例 本隊に合流する。
譯 與主力部隊會合。

---

14 | サイレン【siren】

(名) 警笛，汽笛
例 サイレンを鳴らす。
譯 鳴放警笛。

---

15 | じえい【自衛】

(名・他サ) 自衛
例 自衛手段をとる。
譯 採取自衛手段。

---

16 | しはい【支配】

(名・他サ) 指使，支配；統治，控制，管轄；
決定，左右

例 支配を受ける。
譯 受到控制。

---

17 | しゅくしょう【縮小】

(名・他サ) 縮小
例 軍備を縮小する。
譯 裁減軍備。

18 | せめる【攻める】

(他下一) 攻，攻打

例 城を攻める。

譯 攻打城池。

19 | せんすい【潜水】

(名・自サ) 潜水

例 潜水艦が水中を潜航する。

譯 潛水艇在水中潛行。

20 | たいせん【大戦】

(名・自サ) 大戦，大規模戰爭；世界大戦

例 第二次世界大戦が勃発した。

譯 爆發第二次世界大戰。

21 | たたかい【戦い】

(名) 戰鬥，戰鬥；鬥爭；競賽，比賽

例 戦いに勝つ。

譯 打勝仗。

22 | たま【弾】

(名) 子彈

例 弾が当たる。

譯 中彈。

23 | ていこう【抵抗】

(名・自サ) 抵抗，抗拒，反抗；(物理)電阻，阻力；(產生)抗拒心理，不願接受

例 命令に抵抗する。

譯 違抗命令。

24 | てっぽう【鉄砲】

(名) 槍，步槍

例 鉄砲を向ける。

譯 舉槍瞄準。

25 | はっしゃ【発射】

(名・他サ) 發射(火箭、子彈等)

例 ロケットを発射する。

譯 發射火箭。

26 | ぶき【武器】

(名) 武器，兵器；(有利的)手段，武器

例 武器を捨てる。

譯 放下武器。

27 | ほんぶ【本部】

(名) 本部，總部

例 本部の指令に従う。

譯 遵照總部的指令。

28-1 規則 /
規則

01 | あてはまる【当てはまる】
(自五) 適用，適合，合適，恰當
例 条件に当てはまる。
譯 符合條件。

02 | あてはめる【当てはめる】
(他下一) 適用；應用
例 規則に当てはめる。
譯 適用規則。

03 | エチケット【etiquette】
(名) 禮節，禮儀，(社交)規矩
例 エチケットを守る。
譯 遵守社交禮儀。

04 | おこたる【怠る】
(他五) 怠慢，懶惰；疏忽，大意
例 注意を怠る。
譯 疏忽大意。

05 | かいせい【改正】
(名・他サ) 修正，改正
例 規則を改正する。
譯 修改規定。

06 | かいぜん【改善】
(名・他サ) 改善，改良，改進
例 改善を図る。
譯 謀求改善。

07 | ぎむ【義務】
(名) 義務
例 義務を果たす。
譯 履行義務。

08 | きょか【許可】
(名・他サ) 許可，批准
例 許可が出る。
譯 批准。

09 | きりつ【規律】
(名) 規則，紀律，規章
例 規律を守る。
譯 遵守紀律。

10 | けいしき【形式】
(名) 形式，樣式；方式
例 正当な形式をふむ。
譯 走正當程序。

11 | けいとう【系統】
(名) 系統，體系

例 系統を立てる。
譯 建立系統。

12 | けん【権】

名・漢造 權力；權限
例 兵馬の権を握る。
譯 握有兵權。

13 | けんり【権利】

名 權利
例 権利を持つ。
譯 具有權力。

14 | こうしき【公式】

名・形動 正式；（數）公式
例 公式に認める。
譯 正式承認。

15 | したがう【従う】

自五 跟隨；服從，遵從；按照；順著，沿著；隨著，伴隨
例 意向にしたがう。
譯 按照意圖。

16 | つけくわえる【付け加える】

他下一 添加，附帶
例 説明を付け加える。
譯 附帶說明。

17 | ふ【不】

漢造 不；壞；醜；笨
例 飲食不可になる。
譯 不可食用。

18 | ふか【不可】

名 不可，不行；（成績評定等級）不及格
例 可もなく不可もなし。
譯 不好不壞，普普通通。

19 | ほう【法】

名・漢造 法律；佛法；方法，作法；禮節；道理
例 法に従う。
譯 依法。

20 | モデル【model】

名 模型；榜樣，典型，模範；（文學作品中）典型人物，原型；模特兒
例 モデルにする。
譯 作為原型。

21 | もとづく【基づく】

自五 根據，按照；由…而來，因為，起因
例 規則に基づく。
譯 根據規則。

28-2 法律 /
法律

01 | いはん【違反】

名・自サ 違反，違犯
例 交通違反に問われる。
譯 被控違反交通規則。

02 | きる【斬る】

(他五) 砍；切

例 人を斬る。

譯 砍人。

03 | けいこく【警告】

(名・他サ) 警告

例 警告を受ける。

譯 受到警告。

04 | けんぽう【憲法】

(名) 憲法

例 憲法に違反する。

譯 違反憲法。

05 | しょうじる【生じる】

(自他サ) 生，長；出生，產生；發生；出現

例 義務が生じる。

譯 具有義務。

06 | てきよう【適用】

(名・他サ) 適用，應用

例 法律に適用しない。

譯 不適用於法律。

28-3 犯罪 /
犯罪

01 | あやまり【誤り】

(名) 錯誤

例 誤りを犯す。

譯 犯錯。

02 | あやまる【誤る】

(自五・他五) 錯誤，弄錯；耽誤

例 道を誤る。

譯 走錯路。

03 | いっち【一致】

(名・自サ) 一致，相符

例 指紋が一致する。

譯 指紋相符。

04 | うったえる【訴える】

(他下一) 控告，控訴，申訴；求助於；使…感動，打動

例 警察に訴える。

譯 向警察控告。

05 | うばう【奪う】

(他五) 剝奪；強烈吸引；除去

例 命を奪う。

譯 奪去性命。

06 | おおよそ【大凡】

(副) 大體，大概，一般；大約，差不多

例 事件のおおよそを知る。

譯 得知事件的大致狀況。

07 | きせる【着せる】

(他下一) 給穿上(衣服)；鍍上；嫁禍，加罪

例 罪を着せる。

譯 嫁禍罪名。

08 | げんじゅう【厳重】

(形動) 嚴重的，嚴格的，嚴厲的

例 厳重に取り締まる。
譯 嚴格取締。

09 | ごうとう【強盗】

名 強盗;行搶
例 強盗を働く。
譯 行搶。

10 | こっそり

副 悄悄地,偷偷地,暗暗地
例 こっそりと忍び込む。
譯 悄悄地進入。

11 | じりき【自力】

名 憑自己的力量
例 自力で逃げ出す。
譯 自行逃脫。

12 | しんにゅう【侵入】

名・自サ 浸入,侵略;(非法)闖入
例 賊が侵入する。
譯 盜賊入侵。

13 | せまる【迫る】

自五・他五 強迫,逼迫;臨近,迫近;
變狹窄,縮短;陷於困境,窘困
例 危険が迫る。
譯 危險迫近。

14 | たいほ【逮捕】

名・他サ 逮捕,拘捕,捉拿
例 現行犯で逮捕する。
譯 以現行犯加以逮捕。

15 | つながり【繋がり】

名 相連,相關;系列;關係,聯繫
例 繋がりを調べる。
譯 調查關係。

16 | つみ【罪】

名・形動 (法律上的)犯罪;(宗教上的)
罪惡,罪孽;(道德上的)罪責,罪過
例 罪を償う。
譯 贖罪。

17 | どうか

副 (請求他人時)請;設法,想辦法;(情
況)和平時不一樣,不正常;(表示不確
定的疑問,多用かどうか)是…還是怎
麼樣
例 どうか見逃してください。
譯 請原諒我。

18 | とうなん【盗難】

名 失竊,被盜
例 盗難に遭う。
譯 遭竊。

19 | とらえる【捕らえる】

他下一 捕捉,逮捕;緊緊抓住;捕捉,
掌握;令陷入…狀態
例 犯人を捕らえる。
譯 抓住犯人。

20 | はんざい【犯罪】

名 犯罪
例 犯罪を犯す。
譯 犯罪。

21 | ピストル【pistol】

（名）手槍

（例）ピストルで撃つ。

（譯）用手槍打。

22 | ぶっそう【物騒】

（名・形動）騷亂不安，不安定；危險

（例）物騒な世の中だ。

（譯）騷亂的世間。

23 | ぼうはん【防犯】

（名）防止犯罪

（例）防犯に協力する。

（譯）齊心協力防止犯罪。

24 | みぜん【未然】

（名）尚未發生

（例）未然に防ぐ。

（譯）防患未然。

25 | みとめる【認める】

（他下一）看出，看到；認識，賞識，器重；承認；斷定，認為；許可，同意

（例）彼の犯行と認める。

（譯）確認他的犯罪行為。

26 | やっつける【遣っ付ける】

（他下一）（俗）幹完（工作等，「やる」的強調表現）；教訓一頓；幹掉；打敗，擊敗

（例）一撃で遣っ付ける。

（譯）一拳就把對方擊敗了。

27 | ゆくえ【行方】

（名）去向，目的地；下落，行蹤；前途，將來

（例）行方を探す。

（譯）搜尋行蹤。

28 | ゆくえふめい【行方不明】

（名）下落不明

（例）行方不明になる。

（譯）下落不明。

29 | ようそ【要素】

（名）要素，因素；（理、化）要素，因子

（例）犯罪要素を構成する。

（譯）構成犯罪的要素。

28-4 裁判、刑罰 /
判決、審判、刑罰

01 | かしつ【過失】

（名）過錯，過失

（例）（重大な）過失を犯す。

（譯）犯下（重大）過錯。

02 | けいじ【刑事】

（名）刑事；刑事警察

（例）刑事責任を問われる。

（譯）被追究刑事責任。

03 | こうせい【公正】

（名・形動）公正，公允，不偏

（例）公正な立場に立つ。

（譯）站在公正的立場上。

04 | こうへい【公平】

(名・形動) 公平，公道

例 公平に扱う。

譯 公平對待。

05 | さいばん【裁判】

(名・他サ) 裁判，評斷，判斷；(法)審判，審理

例 裁判を受ける。

譯 接受審判。

06 | しきりに【頻りに】

(副) 頻繁地，再三地，屢次；不斷地，一直地；熱心，強烈

例 警笛がしきりに鳴る。

譯 警笛不停地響。

07 | じじつ【事実】

(名) 事實；(作副詞用)實際上

例 事実を認める。

譯 承認事實。

08 | しじゅう【始終】

(名・副) 開頭和結尾；自始至終；經常，不斷，總是

例 事件の始終を語る。

譯 敘述事件的始末。

09 | しだい【次第】

(名・接尾) 順序，次序；依序，依次；經過，緣由；任憑，取決於

例 事の次第を話す。

譯 敘述事情的經過。

10 | しょり【処理】

(名・他サ) 處理，處置，辦理

例 処理を頼む。

譯 委託處理。

11 | しんぱん【審判】

(名・他サ) 審判，審理，判決；(體育比賽等的)裁判；(上帝的)審判

例 審判が下る。

譯 作出判決。

12 | ぜんしん【前進】

(名・他サ) 前進

例 解決に向けて一歩前進する。

譯 朝解決方向前進一步。

13 | ていしゅつ【提出】

(名・他サ) 提出，交出，提供

例 証拠物件を提出する。

譯 提出證物。

14 | とくしゅ【特殊】

(名・形動) 特殊，特別

例 特殊なケース。

譯 特殊的案子。

15 | ばつ【罰】

(名・漢造) 懲罰，處罰

例 罰を受ける。

譯 遭受報應。

16 | ばっする【罰する】

(他サ) 處罰，處分，責罰；（法）定罪，判罪

例 違反者を罰する。

譯 處分違反者。

17 | ひ【非】

(名・漢造) 非，不是

例 非を認める。

譯 認錯。

Memo

心理、感情

- 心理、感情 -

29-1 心 (1) /
心、内心(1)

01 | あきれる【呆れる】

(自下一) 吃驚，愕然，嚇呆，發愣

例 呆れて物が言えない。

譯 嚇得説不出話來。

02 | あつい【熱い】

(形) 熱的，燙的；熱情的，熱烈的

例 熱いものがこみあげてくる。

譯 激起一股熱情。

03 | うえる【飢える】

(自下一) 飢餓，渴望

例 愛情に飢える。

譯 渴望愛情。

04 | うたがう【疑う】

(他五) 懷疑，疑惑，不相信，猜測

例 目を疑う。

譯 感到懷疑。

05 | うやまう【敬う】

(他五) 尊敬

例 師を敬う。

譯 尊師。

06 | うらやむ【羨む】

(他五) 羨慕，嫉妒

例 人を羨む。

譯 羨慕別人。

07 | うん【運】

(名) 命運，運氣

例 運がいい。

譯 運氣好。

08 | おしい【惜しい】

(形) 遺憾；可惜的，捨不得；珍惜

例 時間が惜しい。

譯 珍惜時間。

09 | おもいこむ【思い込む】

(自五) 確信不疑，深信；下決心

例 できないと思い込む。

譯 一直認為無法達成。

10 | おもいやり【思い遣り】

(名) 同情心，體貼

例 思い遣りのある言葉だ。

譯 富有同情心的話語。

11 | かくご【覚悟】

（名・自他サ）精神準備，決心；覺悟

例 覚悟を決める。

譯 堅定決心。

12 | がっかり

（副・自サ）失望，灰心喪氣；筋疲力盡

例 がっかりさせる。

譯 令人失望。

13 | かん【感】

（名・漢造）感覺，感動；感

例 隔世の感がある。

譯 有恍如隔世的感覺。

14 | かんかく【感覚】

（名・他サ）感覺

例 感覚が鋭い。

譯 感覺敏銳。

15 | かんげき【感激】

（名・自サ）感激，感動

例 感激を与える。

譯 使人感慨。

16 | かんじ【感じ】

（名）知覺，感覺；印象

例 感じがいい。

譯 感覺良好。

17 | かんじょう【感情】

（名）感情，情緒

例 感情を抑える。

譯 壓抑情緒。

18 | かんしん【関心】

（名）關心，感興趣

例 関心を持つ。

譯 關心，感興趣。

19 | きがする【気がする】

（慣）好像；有心

例 見たことがあるような気がする。

譯 好像有看過。

20 | きたい【期待】

（名・他サ）期待，期望，指望

例 期待を裏切る。

譯 違背期望。

21 | きにする【気にする】

（慣）介意，在乎

例 失敗を気にする。

譯 對失敗耿耿於懷。

22 | きになる【気になる】

（慣）擔心，放心不下

例 外の音が気になる。

譯 在意外面的聲音。

23 | きのどく【気の毒】

（名・形動）可憐的，可悲；可惜，遺憾；過意不去，對不起

例 気の毒な境遇にあった。

譯 遭逢悲慘的處境。

24 | きぶんてんかん【気分転換】

(連語・名) 轉換心情

例 気分転換に散歩に出る。

譯 出門散步換個心情。

25 | きらく【気楽】

(名・形動) 輕鬆，安閒，無所顧慮

例 気楽に暮らす。

譯 悠閒度日。

26 | くうそう【空想】

(名・他サ) 空想，幻想

例 空想にふける。

譯 沈溺於幻想。

27 | くるう【狂う】

(自五) 發狂，發瘋，失常，不準確，有毛病；落空，錯誤，過度著迷，沉迷

例 気が狂う。

譯 發瘋。

28 | こいしい【恋しい】

(形) 思慕的，眷戀的，懷戀的

例 ふるさとが恋しい。

譯 思念故鄉。

29 | こううん【幸運】

(名・形動) 幸運，僥倖

例 幸運をつかむ。

譯 抓住機遇。

30 | こうきしん【好奇心】

(名) 好奇心

例 好奇心が強い。

譯 好奇心很強。

29-1 心 (2) /
心、內心(2)

31 | こころあたり【心当たり】

(名) 想像，(估計、猜想)得到；線索，苗頭

例 心当たりがある。

譯 有線索。

32 | こらえる【堪える】

(他下一) 忍耐，忍受；忍住，抑制住；容忍，寬恕

例 怒りをこらえる。

譯 忍住怒火。

33 | さいわい【幸い】

(名・形動・副) 幸運，幸福；幸虧，好在；對…有幫助，對…有利，起好影響

例 不幸中の幸い。

譯 不幸中的大幸。

34 | しかたがない【仕方がない】

(連語) 沒有辦法；沒有用處，無濟於事，迫不得已；受不了，…得不得了；不像話

例 仕方がないと思う。

譯 覺得沒有辦法。

35 | じっかん【実感】

(名・他サ) 真實感，確實感覺到；真實的感情

例 実感がない。

譯 沒有真實感。

36 | しみじみ

（副）痛切，深切地；親密，懇切；仔細，認真的

例 しみじみと感じる。

譯 痛切地感受到。

37 | しめた【占めた】

（連語・感）（俗）太好了，好極了，正中下懷

例 しめたと思う。

譯 心想太好了。

38 | しんけん【真剣】

（名・形動）真刀，真劍；認真，正經

例 真剣に考える。

譯 認真的思考。

39 | しんじゅう【心中】

（名・自サ）（古）守信義；（相愛男女因不能在一起而感到悲哀）一同自殺，殉情；（轉）兩人以上同時自殺

例 無理心中を図る。

譯 企圖強迫對方殉情。

40 | しんり【心理】

（名）心理

例 顧客の心理をつかむ。

譯 抓住顧客心理。

41 | すむ【澄む】

（自五）清澈；澄清；晶瑩，光亮；（聲音）清脆悦耳；清靜，寧靜

例 心が澄む。

譯 心情平靜。

42 | ずるい

（形）狡猾，奸詐，耍滑頭，花言巧語

例 ずるい手を使う。

譯 使用奸詐手段。

43 | せいしん【精神】

（名）（人的）精神，心；心神，精力，意志；思想，心意；（事物的）根本精神

例 精神が強い。

譯 意志堅強。

44 | ぜん【善】

（名・漢造）好事，善行；善良，優秀，卓越；妥善，擅長；關係良好

例 善は急げ。

譯 好事不宜遲。

45 | たいした【大した】

（連體）非常的，了不起的；（下接否定詞）沒什麼了不起，不怎麼樣

例 たいしたことはない。

譯 沒什麼大不了的事。

46 | たいして【大して】

（副）（一般下接否定語）並不太…，並不怎麼

例 たいして面白くない。

譯 並不太有趣。

47 | たまらない【堪らない】

（連語・形）難堪，忍受不了；難以形容，…的不得了；按耐不住

例 たまらなく好きだ。

譯 喜歡得不得了。

48 | ためらう【躊躇う】

(自五) 猶豫，躊躇，遲疑，踟躕不前

例 ためらわずに実行する。

譯 毫不猶豫地實行。

49 | ちかう【誓う】

(他五) 發誓，起誓，宣誓

例 神に誓う。

譯 對神發誓。

50 | とがる【尖る】

(自五) 尖；發怒；神經過敏，神經緊張

例 神経が尖る。

譯 神經緊張。

51 | なんとなく【何となく】

(副) (不知為何)總覺得，不由得；無意中

例 何となく心が引かれる。

譯 不由自主地被吸引。

52 | なんとも

(副・連) 真的，實在；(下接否定，表無關緊要)沒關係，沒什麼；(下接否定)怎麼也不⋯

例 結果はなんとも言えない。

譯 結果還不能確定。

53 | ねがい【願い】

(名) 願望，心願；請求，請願；申請書，請願書

例 願いを聞き入れる。

譯 如願所償。

54 | ふくらます【膨らます】

(他五) (使)弄鼓，吹鼓

例 胸を膨らます。

譯 鼓起胸膛；充滿希望。

55 | めんどうくさい【面倒臭い】

(形) 非常麻煩，極其費事的

例 面倒くさい問題を排除する。

譯 排除棘手的問題。

56 | ゆだん【油断】

(名・自サ) 缺乏警惕，疏忽大意

例 油断してしくじる。

譯 因大意而失敗了。

29-2 意志 /
意志

01 | あきらめる【諦める】

(他下一) 死心，放棄；想開

例 諦めきれない。

譯 不放棄。

02 | あくまで(も)【飽くまで(も)】

(副) 徹底，到底

例 あくまで頑張る。

譯 堅持努力到底。

03 | あらた【新た】

(形動) 重新；新的，新鮮的

例 決意を新たにする。

譯 重下決心。

04 | あらためる【改める】

(他下一) 改正，修正，革新；檢查

例 行いを改める。

譯 改正行為。

05 | いき【意気】

(名) 意氣，氣概，氣勢，氣魄

例 意気投合する。

譯 意氣相投。

06 | いし【意志】

(名) 意志，志向，心意

例 意志が弱い。

譯 意志薄弱。

07 | おいかける【追い掛ける】

(他下一) 追趕；緊接著

例 流行を追いかける。

譯 追求流行。

08 | おう【追う】

(他五) 追；趕走，逼催，忙於；趨趕；追求；遵循，按照

例 理想を追う。

譯 追尋理想。

09 | おくる【贈る】

(他五) 贈送，餽贈；授與，贈給

例 記念品を贈る。

譯 贈送紀念品。

10 | おもいっきり【思いっ切り】

(副) 死心；下決心；狠狠地，徹底的

例 思いっきり悪口を言う。

譯 痛罵一番。

11 | きをつける【気を付ける】

(慣) 當心，留意

例 忘れ物をしないように気を付ける。

譯 注意有無遺忘物品。

12 | けっしん【決心】

(名・自他サ) 決心，決意

例 決心がつく。

譯 下定決心。

13 | さっさと

(副) (毫不猶豫、毫不耽擱時間地) 趕緊地，痛快地，迅速地

例 さっさと帰る。

譯 趕快回去。

14 | さっそく【早速】

(副) 立刻，馬上，火速，趕緊

例 早速とりかかる。

譯 火速處理。

15 | しゅうちゅう【集中】

(名・自他サ) 集中；作品集

例 精神を集中する。

譯 集中精神。

16 | すくう【救う】

(他五) 拯救，搭救，救援，解救；救濟，賑災；挽救

例 信仰に救われる。

譯 因信仰得到救贖。

17 | せいぜい【精々】

副 盡量，盡可能；最大限度，充其量

例 精々頑張る。

譯 盡最大努力。

18 | せめる【責める】

他下一 責備，責問；苛責，折磨，摧殘；嚴加催討；馴服馬匹

例 失敗を責める。

譯 責備失敗。

19 | つねに【常に】

副 時常，經常，總是

例 常に一貫している。

譯 總是貫徹到底。

20 | なす【為す】

他五 (文)做，為

例 善を為す。

譯 為善。

21 | ねがう【願う】

他五 請求，請願，懇求；願望，希望；祈禱，許願

例 復興を願う。

譯 祈禱能復興。

22 | のぞみ【望み】

名 希望，願望，期望；抱負，志向；眾望

例 望みが叶う。

譯 實現願望。

23 | はいけん【拝見】

名・他サ (「みる」的自謙語)看，瞻仰

例 お宝を拝見しましょう。

譯 讓我們看看您收藏的珍寶吧！

24 | はりきる【張り切る】

自五 拉緊；緊張，幹勁十足，精神百倍

例 張り切って働く。

譯 幹勁十足地工作。

25 | ひっし【必死】

名・形動 必死；拼命，殊死

例 必死に逃げる。

譯 拼命逃走。

26 | ふきとばす【吹き飛ばす】

他五 吹跑；吹牛；趕走

例 迷いを吹き飛ばす。

譯 拋開迷惘。

27 | みずから【自ら】

代・名・副 我；自己，自身；親身，親自

例 自らを省みる。

譯 反省自己。

28 | もくひょう【目標】

名 目標，指標

例 目標とする。

譯 作為目標。

29-3 好き、嫌い／
喜歡、討厭

01 | あいじょう【愛情】
(名) 愛，愛情
例 愛情を持つ。
譯 有熱情。

02 | あいする【愛する】
(他サ) 愛，愛慕；喜愛，有愛情，疼愛，
愛護；喜好
例 あなたを愛している。
譯 愛著你。

03 | あこがれる【憧れる】
(自下一) 嚮往，憧憬，愛慕；眷戀
例 スターに憧れる。
譯 崇拜明星偶像。

04 | いやがる【嫌がる】
(他五) 討厭，不願意，逃避
例 嫌がる相手がいる。
譯 我有厭惡的對象。

05 | うらぎる【裏切る】
(他五) 背叛，出賣，通敵；辜負，違背
例 期待を裏切る。
譯 辜負期待。

06 | かかえる【抱える】
(他下一) (雙手)抱著，夾(在腋下)；擔當，
負擔；雇佣
例 頭を抱える。
譯 抱頭(思考或發愁等)。

07 | きにいる【気に入る】
(連語) 稱心如意，喜歡，寵愛
例 プレゼントを気に入る。
譯 喜歡禮物。

08 | きらう【嫌う】
(他五) 嫌惡，厭惡；憎惡；區別
例 世間から嫌われる。
譯 被世間所厭惡。

09 | こい【恋】
(名・自他サ) 戀，戀愛；眷戀
例 恋に落ちる。
譯 墜入愛河。

10 | このみ【好み】
(名) 愛好，喜歡，願意
例 好みに合う。
譯 合口味。

11 | このむ【好む】
(他五) 愛好，喜歡，願意；挑選，希望；
流行，時尚
例 甘いものを好む。
譯 喜愛甜食。

12 | しつれん【失恋】
(名・自サ) 失戀
例 失恋して落ち込む。
譯 因失戀而消沈。

13 | すききらい【好き嫌い】

（名）好惡，喜好和厭惡；挑肥揀瘦，挑剔

例 好き嫌いの激しい性格。

譯 好惡分明的激烈性格。

14 | すきずき【好き好き】

（名・副・自サ）（各人）喜好不同，不同的喜好

例 蓼食う虫も好き好き。

譯 人各有所好。

15 | ひにく【皮肉】

（名・形動）皮和肉；挖苦，諷刺，冷嘲熱諷；令人啼笑皆非

例 皮肉に聞こえる。

譯 聽起來帶諷刺味。

16 | ひはん【批判】

（名・他サ）批評，批判，評論

例 批判を受ける。

譯 受到批評。

17 | ひひょう【批評】

（名・他サ）批評，批論

例 批評を受け止める。

譯 接受批評。

18 | ふへい【不平】

（名・形動）不平，不滿意，牢騷

例 不平を言う。

譯 發牢騷。

29-4 悲しみ、苦しみ /
悲傷、痛苦

01 | あわれ【哀れ】

（名・形動）可憐，憐憫；悲哀，哀愁；情趣，風韻

例 哀れなやつだ。

譯 可憐的傢伙。

02 | いきなり

（副）突然，冷不防，馬上就…

例 いきなり泣き出す。

譯 突然哭了起來。

03 | うかべる【浮かべる】

（他下一）浮，泛；露出；想起

例 涙を浮かべる。

譯 熱淚盈眶。

04 | うく【浮く】

（自五）飄浮；動搖，鬆動；高興，愉快；結餘，剩餘；輕薄

例 浮かない顔をしている。

譯 一副陰沉的臉。

05 | かなしむ【悲しむ】

（他五）感到悲傷，痛心，可歎

例 別れを悲しむ。

譯 為離別感傷。

06 | かわいそう【可哀相・可哀想】

（形動）可憐

例 かわいそうな子が増える。

譯 可憐的小孩增多。

07 | きつい

⑱ 嚴厲的，嚴苛的；剛強，要強；緊的，瘦小的；強烈的；累人的，費力的

例 仕事がきつい。

譯 費力的工作。

08 | くしん【苦心】

(名・自サ) 苦心，費心

例 苦心が実る。

譯 苦心總算得到成果。

09 | くたびれる【草臥れる】

(自下一) 疲勞，疲乏

例 人生にくたびれる。

譯 對人生感到疲乏。

10 | くつう【苦痛】

(名) 痛苦

例 苦痛を感じる。

譯 感到痛苦。

11 | くるしい【苦しい】

⑱ 艱苦；困難；難過；勉強

例 家計が苦しい。

譯 生活艱苦。

12 | くるしむ【苦しむ】

(自五) 感到痛苦，感到難受

例 理解に苦しむ。

譯 難以理解。

13 | くろう【苦労】

(名・形動・自サ) 辛苦，辛勞

例 苦労をかける。

譯 讓…擔心。

14 | こんなん【困難】

(名・形動) 困難，困境；窮困

例 困難に打ち勝つ。

譯 克服困難。

15 | しつぼう【失望】

(名・他サ) 失望

例 失望を禁じえない。

譯 感到非常失望。

16 | つきあたる【突き当たる】

(自五) 撞上，碰上；走到道路的盡頭；(轉)遇上，碰到(問題)

例 厚い壁に突き当たる。

譯 撞上厚牆。

17 | つらい【辛い】

(形・接尾) 痛苦的，難受的，吃不消；刻薄的，殘酷的；難…，不便…

例 言い辛い話を伝えた。

譯 説出難以啟齒的話。

18 | なぐさめる【慰める】

(他下一) 安慰，慰問；使舒暢；慰勞，撫慰

例 心を慰める。

譯 安撫情緒。

19 | ひげき【悲劇】

(名) 悲劇

例 悲劇が重なる。

譯 悲劇接連發生。

20 | ふうん【不運】

(名・形動) 運氣不好的，倒楣的，不幸的

例 不運に見舞われる。

譯 遭到不幸，倒楣。

21 | ます【増す】

(自五・他五) (數量)增加，增長，增多；(程度)增進，增高；勝過，變的更甚

例 不安が増す。

譯 更為不安。

22 | みじめ【惨め】

(形動) 悽惨，惨痛

例 惨めな生活を送る。

譯 過著悲惨的生活。

29-5 驚き、恐れ、怒り /
驚懼、害怕、憤怒

01 | あばれる【暴れる】

(自下一) 胡鬧；放蕩，橫衝直撞

例 大いに暴れる。

譯 橫衝直撞。

02 | あやうい【危うい】

(形) 危險的；令人擔憂，靠不住

例 危ういところを助かる。

譯 在危急之際得救了。

03 | えらい【偉い】

(形) 偉大，卓越，了不起；(地位)高，(身分)高貴；(出乎意料)嚴重

例 えらい目にあった。

譯 吃了苦頭。

04 | おそれる【恐れる】

(自下一) 害怕，恐懼；擔心

例 恐れるものがない。

譯 天不怕地不怕。

05 | おそろしい【恐ろしい】

(形) 可怕；驚人，非常，厲害

例 恐ろしい経験をした。

譯 經歷了恐怖的經驗。

06 | おどかす【脅かす】

(他五) 威脅，逼迫；嚇唬

例 脅かさないで。

譯 別逼迫我。

07 | おどろかす【驚かす】

(他五) 使吃驚，驚動；嚇唬；驚喜；使驚覺

例 世間を驚かす。

譯 震驚世人。

08 | おもいがけない【思い掛けない】

(形) 意想不到的，偶然的，意外的

例 思いがけない出来事に巻き込まれる。

譯 被卷入意想不到的事。

09 | きみがわるい【気味が悪い】

(形) 毛骨悚然的；令人不快的

例 気味が悪い夢を見た。

譯 夢到可怕的夢。

10 | きみょう【奇妙】

形動 奇怪，出奇，奇異，奇妙

例 奇妙な現象に驚く。

譯 對奇怪的現象感到驚訝。

11 | きょうふ【恐怖】

名・自サ 恐怖，害怕

例 恐怖に襲われる。

譯 感到害怕、恐怖。

12 | ぐうぜん【偶然】

名・形動・副 偶然，偶而；(哲)偶然性

例 偶然の一致が起きている。

譯 發生偶然的一致。

13 | くじょう【苦情】

名 不平，抱怨

例 苦情を訴える。

譯 抱怨。

14 | くだらない【下らない】

連語・形 無價值，無聊，不下於…

例 くだらない冗談はやめろ。

譯 別淨說些無聊的笑話。

15 | こうけい【光景】

名 景象，情況，場面，樣子

例 恐ろしい光景を見てしまった。

譯 遭遇恐怖的情景。

16 | ごめん【御免】

名・感 原諒；表拒絕

例 御免なさい。

譯 對不起。

17 | こわがる【怖がる】

自五 害怕

例 お化けを怖がる。

譯 懼怕妖怪。

18 | さいなん【災難】

名 災難，災禍

例 災難に遭う。

譯 遭遇災難。

19 | しまった

連語・感 糟糕，完了

例 しまったと気付く。

譯 發現糟糕了。

20 | てんかい【展開】

名・他サ・自サ 開展，打開；展現；進展；(隊形)散開

例 思わぬ方向に展開した。

譯 向意想不到的方向發展。

21 | どなる【怒鳴る】

自五 大聲喊叫，大聲申訴

例 上司に怒鳴られた。

譯 被上司罵。

22 | なんで【何で】

副 為什麼，何故

例 何で文句ばかりいうんだ。

譯 為什麼老愛發牢騷？

23 | にくい【憎い】

形 可憎，可惡；(説反話)漂亮，令人佩服

例 冷酷な犯人が憎い。

譯 冷酷的犯人真可恨。

24 | にくむ【憎む】

他五 憎恨，厭惡；嫉妒

例 戦争を憎む。

譯 憎恨戰爭。

25 | のぞく【除く】

他五 消除，刪除，除外，剷除；除了…，…除外；殺死

例 不安を除く。

譯 消除不安。

26 | はんぱつ【反発】

名・他サ・自サ 回彈，排斥；拒絕，不接受；反攻，反抗

例 反発を買う。

譯 遭到反對。

27 | びっくり

副・自サ 吃驚，嚇一跳

例 ニュースを聞いてびっくりした。

譯 看到新聞嚇了一跳。

28 | まねく【招く】

他五 (搖手、點頭)招呼；招待，宴請；招聘，聘請；招惹，招致

例 災いを招く。

譯 惹禍。

29 | みょう【妙】

名・形動・漢造 奇怪的，異常的，不可思議；格外，分外；妙處，奧妙；巧妙

例 妙な話が書いてある。

譯 寫著不可思議的事。

30 | めったに【滅多に】

副 (後接否定語)不常，很少

例 めったに怒らない。

譯 很少生氣。

29-6 感謝、後悔 /
感謝、悔恨

01 | ありがたい【有り難い】

形 難得，少有；值得感謝，感激，值得慶幸

例 ありがたく頂戴する。

譯 拜領了。

02 | いわい【祝い】

名 祝賀，慶祝；賀禮；慶祝活動

例 お祝いを述べる。

譯 致賀詞。

03 | うらみ【恨み】

名 恨，怨，怨恨

例 恨みを買う。

譯 招致怨恨。

04 | うらむ【恨む】

(他五) 抱怨，恨；感到遺憾，可惜；雪恨，報仇

例 敵を恨む。

譯 怨恨敵人。

05 | おわび【お詫び】

(名・自サ) 道歉

例 お詫びを言う。

譯 道歉。

06 | おん【恩】

(名) 恩情，恩

例 恩を売る。

譯 賣人情。

07 | おんけい【恩恵】

(名) 恩惠，好處，恩賜

例 恩恵を受ける。

譯 領受恩典。

08 | くやむ【悔やむ】

(他五) 懊悔的，後悔的

例 過去の過ちを悔やむ。

譯 後悔過去錯誤的作為。

09 | こう【請う】

(他五) 請求，希望

例 許しを請う。

譯 請求原諒。

10 | （どうも）ありがとう

(感) 謝謝

例 （どうも）ありがとうございます。

譯 非常感謝。

11 | ほこり【誇り】

(名) 自豪，自尊心；驕傲，引以為榮

例 誇りを持つ。

譯 有自尊心。

12 | ほこる【誇る】

(自五) 誇耀，自豪

例 成功を誇る。

譯 以成功自豪。

13 | わびる【詫びる】

(自五) 道歉，賠不是，謝罪

例 心から詫びる。

譯 由衷地道歉。

パート 30 第三十章 思考、言語

- 思考、語言 -

30-1 思考 /
思考

01 | あるいは【或いは】

（接・副）或者，或是，也許；有的，有時

例 父あるいは母が出席する。

譯 父親或母親出席。

02 | あれこれ

（名）這個那個，種種

例 あれこれと考える。

譯 東想西想。

03 | あんい【安易】

（名・形動）容易，輕而易舉；安逸，舒適，遊手好閒

例 安易に考える。

譯 想得容易。

04 | いだく【抱く】

（他五）抱；懷有，懷抱

例 疑問を抱く。

譯 抱持疑問。

05 | うかぶ【浮かぶ】

（自五）漂，浮起；想起，浮現，露出；（佛）超度；出頭，擺脫困難

例 名案が浮かぶ。

譯 想出好方法。

06 | おそらく【恐らく】

（副）恐怕，或許，很可能

例 おそらく無理だ。

譯 恐怕沒辦法。

07 | およそ【凡そ】

（名・形動・副）大概，概略；（一句話之開頭）凡是，所有；大概，大約；完全，全然

例 およそ１トンのカバがいる。

譯 有大約一噸重的河馬。

08 | かてい【仮定】

（名・字サ）假定，假設

例 仮定に基づく。

譯 根據假設。

09 | かてい【過程】

（名）過程

例 過程を経る。

譯 經過過程。

10 | きっかけ【切っ掛け】

（名）開端，動機，契機

例 きっかけを作る。

譯 製造機會。

11 | ぎもん【疑問】

(名) 疑問，疑惑
例 疑問に答える。
譯 回答疑問。

12 | けんとう【見当】

(名) 推想，推測；大體上的方位，方向；
(接尾)表示大致數量，大約，左右
例 見当がつく。
譯 推測出。

13 | こうじつ【口実】

(名) 藉口，口實
例 口実を作る。
譯 編造藉口。

14 | しそう【思想】

(名) 思想
例 東洋思想を学ぶ。
譯 學習東洋思想。

15 | そうぞう【創造】

(名・他サ) 創造
例 創造力がある。
譯 很有創意。

16 | てっきり

(副) 一定，必然；果然
例 てっきり晴れると思った。
譯 以為一定會放晴。

17 | はたして【果たして】

(副) 果然，果真
例 果たして成功するのだろうか。
譯 到底真的能夠成功嗎？

18 | はっそう【発想】

(名・自他サ) 構想，主意；表達，表現；(音樂)表現
例 アメリカ人的な発想だね。
譯 很有美國人的思維邏輯嘛。

19 | りそう【理想】

(名) 理想
例 理想を抱く。
譯 懷抱理想。

30-2 判断 (1) /
判斷 (1)

01 | あいにく【生憎】

(副・形動) 不巧，偏偏
例 あいにく先約があります。
譯 不巧，我有約了。

02 | あらためて【改めて】

(副) 重新；再
例 改めてお願いします。
譯 再次請求你。

03 | いらい【依頼】

(名・自他サ) 委託，請求，依靠
例 依頼人から提供してもらう。
譯 委託人所提供。

04 | おうじる・おうずる【応じる・応ずる】

(自上一) 響應；答應；允應，滿足；適應

例 希望に応じる。

譯 滿足希望。

05 | かん【勘】

(名) 直覺，第六感；領悟力

例 勘が鈍い。

譯 反應遲鈍，領悟性低。

06 | きのせい【気の所為】

(連語) 神經過敏；心理作用

例 気のせいかもしれない。

譯 可能是我神經過敏吧。

07 | くべつ【区別】

(名・他サ) 區別，分清

例 区別が付く。

譯 分辨清楚。

08 | けつだん【決断】

(名・自他サ) 果斷明確地做出決定，決斷

例 決断を下す。

譯 下決定。

09 | けってい【決定】

(名・自他サ) 決定，確定

例 決定を待つ。

譯 等待決定。

10 | げんかい【限界】

(名) 界限，限度，極限

例 限界を超える。

譯 超過極限。

11 | けんとう【検討】

(名・他サ) 研討，探討；審核

例 検討を重ねる。

譯 反覆地檢討。

12 | こうりょ【考慮】

(名・他サ) 考慮

例 相手の立場を考慮する。

譯 站在對方的立場考量。

13 | ことわる【断る】

(他五) 預先通知，事前請示；謝絕

例 借金を断られる。

譯 借錢被拒絕。

14 | ざっと

(副) 粗略地，簡略地，大體上的；(估計) 大概，大略；潑水狀

例 ざっと拝見します。

譯 大致上已讀過。

15 | しんよう【信用】

(名・他サ) 堅信，確信；信任，相信；信用，信譽；信用交易，非現款交易

例 彼の話は信用できる。

譯 他説的可以信任。

16 | しんらい【信頼】

(名・他サ) 信賴，相信

例 信頼が厚い。

譯 深受信賴。

17 | すいてい【推定】

(名・他サ) 推斷，判定；（法）（無反證之前的）推定，假定

例 原因を推定する。

譯 推測原因。

18 | せい

(名) 原因，緣故，由於；歸咎

例 人のせいにする。

譯 歸咎於別人。

19 | そのため

(接)（表原因）正是因為這樣…

例 そのため電話に出られませんでした。

譯 因為這樣所以沒辦法接電話。

20 | それでも

(接續) 儘管如此，雖然如此，即使這樣

例 それでもまだ続ける。

譯 即使這樣，還是持續下去。

N2 ● 30-2(2)

30-2 判斷 (2) /
判斷 (2)

21 | それなのに

(他五) 雖然那樣，儘管如此

例 それなのにこの対応はひどい。

譯 儘管如此，這樣的應對真是太差勁了。

22 | それなら

(他五) 要是那樣，那樣的話，如果那樣

例 それならこうすればいい。

譯 那樣的話，這樣做就可以了。

23 | だけど

(接續) 然而，可是，但是

例 美人だけど、好きになれない。

譯 她人雖漂亮，但我不喜歡。

24 | だって

(接・提助) 可是，但是，因為；即使是，就算是

例 あやまる必要はない。だってきみは悪くないんだから。

譯 沒有道歉的必要，再說錯不在你。

25 | だとう【妥当】

(名・形動・自サ) 妥當，穩當，妥善

例 妥当な方法を取る。

譯 採取適當的方法。

26 | たとえ

(副) 縱然，即使，那怕

例 たとえそうだとしてもぼくは行く。

譯 即使是那樣我還是要去。

27 | ためす【試す】

(他五) 試，試驗，試試

例 能力を試す。

譯 考驗一下能力。

28 | だんてい【断定】

(名・他サ) 斷定，判斷

例 断定を下す。

譯 做出判斷。

29 | ちがいない【違いない】

形 一定是，肯定，沒錯，的確是

例 雨が降るに違いない。

譯 一定會下雨。

30 | どうせ

副 （表示沒有選擇餘地）反正，總歸就是，無論如何

例 どうせ勝つんだ。

譯 反正怎樣都會贏。

31 | ところが

接・接助 然而，可是，不過；一…，剛要

例 ところがそううまくはいかない。

譯 可是，沒那麼好的事。

32 | はんだん【判断】

名・他サ 判斷；推斷，推測；占卜

例 判断がつく。

譯 做出判斷。

33 | むし【無視】

名・他サ 忽視，無視，不顧

例 事実を無視する。

譯 忽視事實。

34 | もちいる【用いる】

自五 使用；採用，採納；任用，錄用

例 意見を用いる。

譯 採納意見。

35 | やむをえない【やむを得ない】

形 不得已的，沒辦法的

例 やむをえない事情がある。

譯 有不得已的情由。

36 | よす【止す】

他五 停止，做罷；戒掉；辭掉

例 行くのは止そう。

譯 不要去了吧。

N2 ● 30-3

30-3 理解 /
理解

01 | あらゆる【有らゆる】

連體 一切，所有

例 あらゆる可能性を探る。

譯 探查所有的可能性。

02 | いけん【異見】

名・他サ 不同的意見，不同的見解，異議

例 異見を唱える。

譯 持異議。

03 | かいしゃく【解釈】

名・他サ 解釋，理解，說明

例 解釈を間違える。

譯 弄錯了解釋。

04 | かんねん【観念】

名・自他サ 觀念；決心；斷念，不抱希望

例 時間の観念がない。

譯 沒有時間觀念。

05 | くぎる【区切る】

他四 （把文章）斷句，分段

例 区切って話す。

譯 分段説。

---

06 | くぶん【区分】

名・他サ 區分，分類

例 レベルを5段階に区分する。

譯 將層級區分為五個階段。

---

07 | けっきょく【結局】

名・副 結果，結局；最後，最終，終究

例 結局だめになる。

譯 結果最後失敗。

---

08 | けんかい【見解】

名 見解，意見

例 見解が違う。

譯 看法不同。

---

09 | こうてい【肯定】

名・他サ 肯定，承認

例 肯定的な意見を言ってくれた。

譯 提出了肯定的意見。

---

10 | こうもく【項目】

名 文章項目，財物項目；(字典的)詞條，條目

例 項目別に分ける。

譯 以項目來分類。

---

11 | こころえる【心得る】

他下一 懂得，領會，理解；有體驗；答應，應允記在心上的

例 事情を心得る。

譯 充分理解事情。

---

12 | さすが【流石】

副・形動 真不愧是，果然名不虛傳；雖然…，不過還是；就連…也都，甚至

例 さすがに寂しい。

譯 果然很荒涼。

---

13 | しょうち【承知】

名・他サ 同意，贊成，答應；知道；許可，允許

例 ご承知の通りです。

譯 誠如您所知。

---

14 | そうい【相違】

名・自サ 不同，懸殊，互不相符

例 事実と相違がある。

譯 與事實不符。

---

15 | そうっと

副 悄悄地(同「そっと」)

例 秘密をそうっと打ち明ける。

譯 把秘密悄悄地傳出去。

---

16 | ぞんじる・ぞんずる【存じる・存ずる】

自他サ 有，存，生存；在於

例 よく存じております。

譯 完全了解。

---

17 | たんなる【単なる】

(連體) 僅僅，只不過
例 単なる好奇心にすぎない。
譯 只不過是好奇心罷了。

18 | たんに【単に】

(副) 單，只，僅
例 単に忘れただけだ。
譯 只是忘記了而已。

19 | ちゅうしょう【抽象】

(名・他サ) 抽象
例 抽象的な概念を理解する。
譯 理解抽象的概念。

20 | ひかく【比較】

(名・他サ) 比，比較
例 比較にならない。
譯 比不上。

21 | ひかくてき【比較的】

(副・形動) 比較地
例 比較的やさしい問題だ。
譯 相較來説簡單的問題。

22 | ぶんるい【分類】

(名・他サ) 分類，分門別類
例 分類表が作られた。
譯 製作分類表。

23 | べつ【別】

(名・形動・漢造) 分別，區分；分別
例 正邪の別を明らかにする。
譯 明白的區分正邪。

24 | まさに

(副) 真的，的確，確實
例 まさに君の言った通りだ。
譯 您説得一點都沒錯。

25 | みかた【見方】

(名) 看法，看的方法；見解，想法
例 見方が違う。
譯 看法不同。

26 | みたい

(助動・形動型) （表示和其他事物相像）像…一樣；（表示具體的例子）像…這樣；表示推斷或委婉的斷定
例 子供みたい。
譯 像小孩般。

27 | めいかく【明確】

(名・形動) 明確，準確
例 明確に答える。
譯 明確回答。

28 | もしも

(副) （強調）如果，萬一，倘若
例 もしものことがあっても安心だ。
譯 有意外之事也安心。

29 | もって【以って】

連語・接續 (…をもって形式，格助詞用法) 以，用，拿；因為；根據；(時間或數量) 到；(加強語感) 把；而且；因此；對此

例 身をもって経験する。

譯 親身經驗。

30 | もっとも【尤も】

連語・接續 合理，正當，理所當有的；話雖如此，不過

例 もっともな意見を言う。

譯 提出合理的意見。

31 | より

副 更，更加

例 より深く理解する。

譯 更加深入地理解。

32 | れんそう【連想】

名・他サ 聯想

例 雲を見て羊を連想する。

譯 看見雲朵就聯想到綿羊。

33 | わりと・わりに【割と・割に】

副 比較；分外，格外，出乎意料

例 柿が割に甘い。

譯 柿子分外香甜。

30-4 知識 (1) /
知識 (1)

01 | あきらか【明らか】

形動 顯然，清楚，明確；明亮

例 明らかになる。

譯 變得清楚。

02 | かいとう【回答】

名・自サ 回答，答覆

例 読者の質問に回答する。

譯 答覆讀者的問題。

03 | かくじつ【確実】

形動 確實，準確；可靠

例 確実な情報を得る。

譯 得到可靠的情報。

04 | かつよう【活用】

名・他サ 活用，利用，使用

例 知識を活用する。

譯 活用知識。

05 | カバー【cover】

名・他サ 罩，套；補償，補充；覆蓋

例 欠点をカバーする。

譯 補償缺陷。

06 | かんちがい【勘違い】

名・自サ 想錯，判斷錯誤，誤會

例 君と勘違いした。

譯 誤以為是你。

07 | きおく【記憶】

名・他サ 記憶，記憶力；記性

例 記憶に新しい。

譯 記憶猶新。

08 | きづく【気付く】

(自五) 察覺，注意到，意識到；（神志昏迷後）甦醒過來

例 誤りに気付く。

譯 意識到錯誤。

09 | きゅうしゅう【吸収】

(名・他サ) 吸收

例 知識を吸収する。

譯 吸收知識。

10 | げんに【現に】

(副) 做為不可忽略的事實，實際上，親眼

例 現にこの目で見た。

譯 親眼看到。

11 | げんり【原理】

(名) 原理；原則

例 てこの原理を使う。

譯 使用槓桿原理。

12 | ごうり【合理】

(名) 合理

例 合理性に欠ける。

譯 缺乏合理性。

13 | したがって【従って】

(他五) 因此，從而，因而，所以

例 線からはみ出ました。したがってアウトです。

譯 跑出線了，所以是出局。

14 | じつよう【実用】

(名・他サ) 實用

例 実用的なものが喜ばれる。

譯 實用的東西備受歡迎。

15 | じゅうだい【重大】

(形動) 重要的，嚴重的，重大的

例 重大な誤りにつながる。

譯 導致嚴重的錯誤。

16 | じゅん【順】

(名・漢造) 順序，次序；輪班，輪到；正當，必然，理所當然；順利

例 先着順にてご予約を承ります。

譯 按到達先後接受預約。

17 | すでに【既に】

(副) 已經，業已；即將，正值，恰好

例 すでに知っている。

譯 已經知道了。

18 | すなわち【即ち】

(接) 即，換言之；即是，正是；則，彼時；乃，於是

例 戦えば即ち勝つ。

譯 戰則勝。

19 | せつ【説】

(名・漢造) 意見，論點，見解；學說；述說

例 その原因には二つの説があります。

譯 原因有兩種說法。

20 | そっちょく【率直】

(形動) 坦率，直率

例 率直な意見を聞きたい。

譯 想聽坦然直率的意見。

---

21 | たくわえる【蓄える・貯える】

(他下一) 儲蓄，積蓄；保存，儲備；留，留存

例 知識を蓄える。

譯 累積知識。

---

22 | ちえ【知恵】

(名) 智慧，智能；腦筋，主意

例 知恵がつく。

譯 有了主意。

---

23 | ちのう【知能】

(名) 智能，智力，智慧

例 知能を持つ。

譯 具有…的智力。

---

24 | てきかく【的確】

(形動) 正確，準確，恰當

例 的確な数字を出す。

譯 提出正確的數字。

---

25 | でたらめ

(名・形動) 荒唐，胡扯，胡說八道，信口開河

例 でたらめを言うな。

譯 別胡說八道。

---

26 | てらす【照らす】

(他五) 照耀，曬，晴天

例 先例に照らす。

譯 參照先例。

---

27 | なぞ【謎】

(名) 謎語；暗示，口風；神秘，詭異，莫名其妙，不可思議，想不透(為何)

例 謎を解く。

譯 解謎。

---

28 | ばか【馬鹿】

(名・形動) 愚蠢，糊塗

例 馬鹿にする。

譯 輕視，瞧不起。

---

29 | ひてい【否定】

(名・他サ) 否定，否認

例 うわさを否定する。

譯 否認謠言。

---

30 | ひねる【捻る】

(他五) (用手)扭，擰；(俗)打敗，擊敗；別有風趣

例 頭を捻る。

譯 轉頭；左思右想。

N2 ● 30-4(2)

30-4 知識 (2) /
知識 (2)

---

31 | ひょうか【評価】

(名・他サ) 定價，估價；評價

例 評価が上がる。

譯 評價提高。

32 | ぶんせき【分析】

(名・他サ) (化)分解，化驗；分析，解剖

例 分析を行う。

譯 進行分析。

33 | ぶんめい【文明】

(名) 文明；物質文化

例 文明が進む。

譯 文明進步。

34 | へん【偏】

(名・漢造) 漢字的(左)偏旁；偏，偏頗

例 偏見を持っている。

譯 有偏見。

35 | ほんと【本当】

(名・形動) 真實，真心；實在，的確；真正；本來，正常

例 ほんとに悪いと思う。

譯 實在是感到很抱歉。

36 | ほんもの【本物】

(名) 真貨，真的東西

例 本物と偽物とを見分ける。

譯 辨別真貨假貨。

37 | まね【真似】

(名・他サ・自サ) 模仿，裝，仿效；(愚蠢糊塗的)舉止，動作

例 まねがうまい。

譯 模仿的很好。

38 | みにつく【身に付く】

(慣) 學到手，掌握

例 技術が身に付く。

譯 學技術。

39 | みにつける【身に付ける】

(慣) (知識、技術等)學到，掌握到

例 一芸を身に付ける。

譯 學得一技之長。

40 | むじゅん【矛盾】

(名・自サ) 矛盾

例 矛盾が起こる。

譯 產生矛盾。

41 | めいしん【迷信】

(名) 迷信

例 迷信を信じる。

譯 相信迷信。

42 | めちゃくちゃ

(名・形動) 亂七八糟，胡亂，荒謬絕倫

例 めちゃくちゃなことを言う。

譯 胡說八道。

43 | もと【元・旧・故】

(名・接尾) 原，從前；原來

例 うわさの元をただす。

譯 追究流言的起源。

44 | ものがたる【物語る】

(他五) 談，講述；說明，表明

例 経験を物語る。

譯 談經驗。

45 | ものごと【物事】

(名) 事情，事物；一切事情，凡事

例 物事が分かる。

譯 懂事。

46 | もんどう【問答】

(名・自サ) 問答；商量，交談，爭論

例 人生について問答する。

譯 談論人生的問題。

47 | ようい【容易】

(形動) 容易，簡單

例 容易にできる。

譯 容易完成。

48 | ようてん【要点】

(名) 要點，要領

例 要点をつかむ。

譯 抓住要點。

49 | ようりょう【要領】

(名) 要領，要點；訣竅，竅門

例 要領を得る。

譯 很得要領。

50 | よき【予期】

(名・自サ) 預期，預料，料想

例 予期せぬ出来事が次々と起こった。

譯 意料之外的事件接二連三地發生。

51 | よそく【予測】

(名・他サ) 預測，預料

例 予測がつく。

譯 可以預料。

52 | りこう【利口】

(名・形動) 聰明，伶利機靈；巧妙，周到，能言善道

例 利口な子が揃った。

譯 齊聚了一群機靈的小孩。

53 | わざと【態と】

(副) 故意，有意，存心；特意地，有意識地

例 わざと意地悪を言う。

譯 故意說話刁難。

30-5 言語 (1) ／
語言 (1)

01 | アクセント【accent】

(名) 重音；重點，強調之點；語調；（服裝或圖案設計上）突出點，著眼點

例 文章にアクセントをつける。

譯 在文章上標示重音。

02 | いぎ【意義】

(名) 意義，意思；價值

例 人生の意義を問う。

譯 追問人生意義。

03 | えいわ【英和】

(名) 英日辭典

例 英和辞典を使う。

譯 使用英日辭典。

04 | おくりがな【送り仮名】

名 漢字訓讀時，寫在漢字下的假名；用日語讀漢文時，在漢字右下方寫的假名

例 送り仮名を付ける。

譯 寫上送假名。

05 | かつじ【活字】

名 鉛字，活字

例 活字を読む。

譯 閱讀。

06 | かなづかい【仮名遣い】

名 假名的拼寫方法

例 仮名遣いが簡単になった。

譯 假名拼寫方式變簡單了。

07 | かんれん【関連】

名・自サ 關聯，有關係

例 関連が深い。

譯 關係深遠。

08 | かんわ【漢和】

名 漢語和日語；漢日辭典（用日文解釋古漢語的辭典）

例 漢和辞典を使いこなす。

譯 善用漢和辭典。

09 | くとうてん【句読点】

名 句號，逗點；標點符號

例 句読点を打つ。

譯 標上標點符號。

10 | くん【訓】

名 （日語漢字的）訓讀（音）

例 訓読みを覚える。

譯 背誦訓讀（用日本固有語言讀漢字的方法）。

11 | けいようし【形容詞】

名 形容詞

例 形容詞に相当する。

譯 相當於形容詞。

12 | けいようどうし【形容動詞】

名 形容動詞

例 形容動詞に付く。

譯 接在形容動詞後面。

13 | げんご【言語】

名 言語

例 言語に絶する。

譯 無法形容。

14 | ごじゅうおん【五十音】

名 五十音

例 五十音順で並ぶ。

譯 以五十音的順序排序。

15 | ことばづかい【言葉遣い】

名 説法，措辭，表達

例 丁寧な言葉遣いをする。

譯 有禮貌的言辭。

16 | ことわざ【諺】

名 諺語，俗語，成語，常言

例 ことわざに曰く。

譯 俗話説…。

17 | じゅくご【熟語】

名 成語，慣用語；（由兩個以上單詞組成）複合詞；（由兩個以上漢字構成的）漢語詞

例 熟語を使う。

譯 引用成語。

18 | しゅご【主語】

名 主語；（邏）主詞

例 主語と述語から成り立つ。

譯 由主語跟述語所構成的。

19 | じゅつご【述語】

名 謂語

例 主語の動作、性質を表わす部分を述語という。

譯 敘述主語的動作或性質部份叫述語。

20 | せつぞく【接続】

名・自他サ 連續，連接；（交通工具）連軌，接運

例 文と文を接続する。

譯 把句子跟句子連接起來。

30-5 言語 (2) /
語言 (2)

21 | だいめいし【代名詞】

名 代名詞，代詞；（以某詞指某物、某事）代名詞

例 代名詞となる。

譯 成為代名詞。

22 | たんご【単語】

名 單詞

例 単語がわかる。

譯 看懂單詞。

23 | ちゅう【注】

名・漢造 註解，注釋；注入；注目；註釋

例 注をつける。

譯 加入註解。

24 | てき【的】

造語 …的

例 科学的に実証される。

譯 在科學上得到證實。

25 | どうし【動詞】

名 動詞

例 動詞の活用が苦手だ。

譯 動詞的活用最難。

26 | なになに【何々】

代・感 什麼什麼，某某

例 何々会社の人。

譯 某公司的社員。

27 | ノー【no】

名・感・造 表否定；沒有，不；（表示禁止）不必要，禁止

例 ノースモーキング。

譯 禁止吸菸

28 | ひとこと【一言】

名 一句話；三言兩語

例 一言も言わない。

譯 一言不發。

29 | ぶ【無】

(漢造) 無，沒有，缺乏
例 無愛想な返事をする。
譯 冷淡的回應。

30 | ふくし【副詞】

(名) 副詞
例 様態の副詞を使う。
譯 使用樣態副詞。

31 | ぶしゅ【部首】

(名)（漢字的）部首
例 部首索引を使ってみる。
譯 嘗試使用部首索引。

32 | ふりがな【振り仮名】

(名)（在漢字旁邊）標註假名
例 振り仮名をつける。
譯 標上假名。

33 | ペラペラ

(副・自サ) 説話流利貌（特指外語）；單薄
不結實貌；連續翻紙頁貌
例 英語がペラペラだ。
譯 英語流利。

34 | ぽい

(接尾・形型)（前接名詞、動詞連用形，構
成形容詞）表示有某種成分或傾向
例 忘れっぽい。
譯 健忘。

35 | ほうげん【方言】

(名) 方言，地方話，土話
例 方言で話す。
譯 説方言。

36 | めいし【名詞】

(名)（語法）名詞
例 名詞は変化が無い。
譯 名詞沒有變化。

37 | もじ【文字】

(名) 字跡，文字，漢字；文章，學問
例 文字を書く。
譯 寫字。

38 | やく【訳】

(名・他サ・漢造) 譯，翻譯；漢字的訓讀
例 訳文を付ける。
譯 加上譯文。

39 | ようご【用語】

(名) 用語，措辭；術語，專業用語
例 ＩＴ用語を解説する。
譯 解説資訊科技專門術語。

40 | よみ【読み】

(名) 唸，讀；訓讀；判斷，盤算；理解
例 この字の読みがわからない。
譯 不知道這個字的讀法。

41 | りゃくする【略する】

(他サ) 簡略；省略，略去；攻佔，奪取

例 マクドナルドを略してマック。

譯 麥當勞簡稱麥克。

42 | わえい【和英】

(名) 日本和英國；日語和英語；日英辭典的簡稱

例 和英辞典で調べた。

譯 查日英辭典。

30-6 表現(1)/
表達(1)

01 | あら

(感) （女性用語）（出乎意料或驚訝時發出的聲音）唉呀！唉唷

例 あら、大変だ。

譯 哎呀，可不得了！

02 | あれ(っ)

(感) （驚訝、恐怖、出乎意料等場合發出的聲音）呀！唉呀？

例 あれっ、今日どうしたの。

譯 唉呀！今天怎麼了？

03 | あんなに

(副) 那麼地，那樣地

例 被害があんなにひどいとは思わなかった。

譯 沒想到災害會如此嚴重。

04 | あんまり

(形動・副) 太，過於，過火

例 あんまりなことを言う。

譯 說過分的話。

05 | いいだす【言い出す】

(他五) 開始說，說出口

例 言い出しにくい。

譯 難以啟齒的。

06 | いいつける【言い付ける】

(他下一) 命令；告狀；說慣，常說

例 用事を言い付ける。

譯 吩咐事情。

07 | いわば【言わば】

(副) 譬如，打個比方，說起來，打個比方說

例 これはいわば一種の宣伝だ。

譯 這可說是一種宣傳。

08 | いわゆる【所謂】

(連體) 所謂，一般來說，大家所說的，常說的

例 ああいう人たちがいわゆるゲイなんだ。

譯 那樣的人就是所謂的同性戀。

09 | うんぬん【云々】

(名・他サ) 云云，等等；說長道短

例 理由が云々と言う。

譯 說了種種理由。

10 | えっ

(感) （表示驚訝、懷疑)啊！；怎麼？

例 えっ、何ですって。
譯 啊，你説甚麼？

11 | おきのどくに【お気の毒に】

連語・感 令人同情；過意不去，給人添麻煩
例 お気の毒に思う。
譯 覺得可憐。

12 | おげんきで【お元気で】

寒暄 請保重
例 では、お元気で。
譯 那麼，請您保重。

13 | おめでたい【お目出度い】

形 恭喜，可賀
例 おめでたい話だ。
譯 可喜可賀的事。

14 | かたる【語る】

他五 説，陳述；演唱，朗讀
例 真実を語る。
譯 陳述事實。

15 | かならずしも【必ずしも】

副 不一定，未必
例 必ずしも正しいとは限らない。
譯 未必一定正確。

16 | かまいません【構いません】

寒暄 沒關係，不在乎
例 私は構いません。
譯 我沒關係。

17 | かんぱい【乾杯】

名・自サ 乾杯
例 乾杯の音頭を取る。
譯 首先帶頭乾杯。

18 | きょうしゅく【恐縮】

名・自サ （對對方的厚意感覺）惶恐（表感謝或客氣）；（給對方添麻煩表示）對不起，過意不去；（感覺）不好意思，羞愧，慚愧
例 恐縮ですが…。
譯 （給對方添麻煩，表示）對不起，過意不去。

19 | くれぐれも

副 反覆，周到
例 くれぐれも気をつけて。
譯 請多多留意。

20 | ごくろうさま【ご苦労様】

名・形動 （表示感謝慰問）辛苦，受累，勞駕
例 ご苦労様と声をかける。
譯 説聲「辛苦了」。

21 | ごちそうさま【ご馳走様】

連語 承蒙您的款待了，謝謝
例 ごちそうさまと言って箸を置く。
譯 説「謝謝款待」後，就放下筷子。

22 | ことづける【言付ける】

他下一 託帶口信，託付
例 手紙を言付ける。
譯 托付帶信。

23 | ことなる【異なる】

(自五) 不同，不一樣

例 習慣が異なる。

譯 習慣不同。

24 | ごぶさた【ご無沙汰】

(名・自サ) 久疏問候，久未拜訪，久不奉函

例 久しくご無沙汰しています。

譯 久疏問候（寫信時致歉）。

25 | こんばんは【今晩は】

(寒暄) 晚安，你好

例 こんばんは、寒くなりましたね。

譯 你好，變冷了呢。

26 | さて

(副・接・感) 一旦，果真；那麼，卻說，於是；（自言自語，表猶豫）到底，那可…

例 さて、本題に入ります。

譯 接下來，我們來進入主題。

27 | しかも

(接) 而且，並且；而，但，卻；反而，竟然，儘管如此還…

例 安くてしかも美味い。

譯 便宜又好吃。

28 | しゃれ【洒落】

(名) 俏皮話，雙關語；(服裝)亮麗，華麗，好打扮

例 洒落をとばす。

譯 說俏皮話。

29 | しようがない【仕様がない】

(慣) 沒辦法

例 負けても仕様がない。

譯 輸了也沒轍。

30 | せっかく【折角】

(名・副) 特意地；好不容易；盡力，努力，拼命的

例 せっかくの努力が水の泡になる。

譯 辛苦努力都成泡影。

30-6 表現 (2) /
表達 (2)

31 | ぜひとも【是非とも】

(副) (是非的強調說法)一定，無論如何，務必

例 是非ともお願いしたい。

譯 務必請您（幫忙）。

32 | せめて

(副) (雖然不夠滿意，但)那怕是，至少也，最少

例 せめてもう一度受けなさい。

譯 至少再報考一次吧！

33 | そういえば【そう言えば】

(他五) 這麼說來，這樣一說

例 そう言えばあの件はどうなった。

譯 這樣一說，那件事怎麼樣了？

34 | だが

(接) 但是，可是，然而

例 その日はひどい雨だった。だが、我々は出発した。

譯 那天雖然下大雨，但我們仍然出發前往。

35 | ただし【但し】

接續 但是，可是

例 ただし条件がある。

譯 可是有條件。

36 | たとえる【例える】

他下一 比喻，比方

例 人生を旅に例える。

譯 把人生比喻為旅途。

37 | で

接續 那麼；（表示原因）所以

例 で、結果はどうだった。

譯 那麼，結果如何。

38 | できれば

連語 可以的話，可能的話

例 できればもっと早く来てほしい。

譯 希望能盡早來。

39 | ですから

接續 所以

例 ですから先ほど話したとおりです。

譯 所以，正如我剛剛說的那樣。

40 | どういたしまして【どう致しまして】

寒暄 不客氣，不敢當

例 「ありがとう。」「どう致しまして。」

譯 「謝謝。」「不客氣。」

41 | どうも

副 （後接否定詞）怎麼也…；總覺得，似乎；實在是，真是

例 どうも調子がおかしい。

譯 總覺得怪怪的。

42 | どころ

接尾 （前接動詞連用形）值得…的地方，應該…的地方；生產…的地方；們

例 彼の話はつかみどころがない。

譯 他的話沒辦法抓到重點。

43 | ところで

接續・接助 （用於轉變話題）可是，不過；即使，縱使，無論

例 ところであの話はどうなりましたか。

譯 不過，那件事結果怎麼樣？

44 | とにかく

副 總之，無論如何，反正

例 とにかく待ってみよう。

譯 總之先等看看。

45 | ともかく

副・接 暫且不論，姑且不談；總之，反正；不管怎樣

例 ともかく先を急ごう。

譯 總之，趕快先走吧！

46 | なお

副・接 仍然，還，尚；更，還，再；猶如，如；尚且，而且，再者

例 なお議論の余地がある。

譯 還有議論的餘地。

47 | なにしろ【何しろ】

(副) 不管怎樣，總之，到底；因為，由於

例 なにしろ話してごらん。

譯 不管怎樣，你就說說看。

48 | なにぶん【何分】

(名・副) 多少；無奈…

例 何分経験不足なのでできない。

譯 無奈經驗不足故辦不到。

49 | なにも

(連語・副) （後面常接否定）什麼也…，全都…；並(不)，(不)必

例 なにも知らない。

譯 什麼也不知道。

50 | なんて

(副助) 什麼的，…之類的話；說是…；(輕視)叫什麼…來的；等等，之類；表示意外，輕視或不以為然

例 勉強なんて大嫌いだ。

譯 我最討厭讀書了。

30-6 表現 (3) /
表達 (3)

51 | なんでも【何でも】

(副) 什麼都，不管什麼；不管怎樣，無論怎樣；據說是，多半是

例 何でも出来る。

譯 什麼都會。

52 | なんとか【何とか】

(副) 設法，想盡辦法；好不容易，勉強；

（不明確的事情、模糊概念）什麼，某事

例 何とか間に合った。

譯 勉強趕上時間了。

53 | のべる【述べる】

(他下一) 敘述，陳述，說明，談論

例 意見を述べる。

譯 陳述意見。

54 | はあ

(感) （應答聲）是，唉；（驚訝聲）嘿

例 はあ、かしこまりました。

譯 是，我知道了。

55 | ばからしい【馬鹿らしい】

(形) 愚蠢的，無聊的；划不來，不值得

例 馬鹿らしくて話にならない。

譯 荒唐得不成體統。

56 | はきはき

(副・自サ) 活潑伶俐的樣子；乾脆，爽快；（動作）俐落

例 はきはきと答える。

譯 乾脆地回答。

57 | はじめまして【初めまして】

(寒暄) 初次見面

例 初めまして、山田太郎と申します。

譯 初次見面，我叫山田太郎。

58 | はっぴょう【発表】

(名・他サ) 發表，宣布，聲明；揭曉

例 発表を行う。
譯 進行發表。

59 | はやくち【早口】

名 説話快
例 早口でしゃべる。
譯 説話速度快。

60 | ばんざい【万歳】

名・感 萬歲；（表示高興）太好了，好極了
例 万歳を三唱する。
譯 三呼萬歲。

61 | ひとりごと【独り言】

名 自言自語（的話）
例 独り言を言う。
譯 自言自語。

62 | ひょうげん【表現】

名・他サ 表現，表達，表示
例 言葉の表現が面白かった。
譯 言語的表現很有意思。

63 | ふく【吹く】

他五・自五 （風）刮，吹；（用嘴）吹；吹（笛等）；吹牛，説大話
例 ほらを吹く。
譯 吹牛。

64 | ぶつぶつ

名・副 嘮叨，抱怨，嘟囔；煮沸貌；粒狀物，小疙瘩
例 ぶつぶつ文句を言う。
譯 嘟嚷抱怨。

65 | まあ

副・感 （安撫、勸阻）暫且先，一會；躊躇貌；還算，勉強；制止貌；（女性表示驚訝）哎唷，哎呀
例 まあ、かわいそうに。
譯 哎呀！多麼可憐。

66 | まあまあ

副・感 （催促、撫慰）得了，好了好了，哎哎；（表示程度中等）還算，還過得去；（女性表示驚訝）哎唷，哎呀
例 まあまあそう言うなよ。
譯 好啦好啦！別再説氣話了！

67 | むしろ【寧ろ】

副 與其説…倒不如，寧可，莫如，索性
例 あの人は作家というよりむしろ評論家だ。
譯 那個人與其説是作家不如説是評論家。

68 | もうしわけ【申し訳】

名・他サ 申辯，辯解；道歉；敷衍塞責，有名無實
例 申し訳が立たない。
譯 沒辦法辯解。

69 | ようするに【要するに】

副・連 總而言之，總之
例 要するにこの話は信用できない。
譯 總而言之，此話不可信。

70 | ようやく【漸く】

副 好不容易，勉勉強強，終於；漸漸
例 ようやく完成した。
譯 終於完成了。

30-7 文書、出版物 (1) /
文章文書、出版物(1)

---

01 | いんよう【引用】

(名・自他サ) 引用

例 名言を引用する。

譯 引用名言。

---

02 | えいぶん【英文】

(名) 用英語寫的文章；「英文學」、「英文學科」的簡稱

例 英文から日本語に翻訳される。

譯 把英文翻譯成日文。

---

03 | おんちゅう【御中】

(名) （用於寫給公司、學校、機關團體等的書信）公啟

例 株式会社丸々商事　御中

譯 丸丸商事株式會社 敬啟

---

04 | がいろん【概論】

(名) 概論

例 経済学概論が刊行された。

譯 經濟學概論出版了。

---

05 | けいぞく【継続】

(名・自他サ) 繼續，繼承

例 連載を継続する。

譯 繼續連載。

---

06 | げんこう【原稿】

(名) 原稿

例 原稿を書く。

譯 撰稿。

---

07 | こう【校】

(名) 學校；校對

例 校を重ねる。

譯 多次校對。

---

08 | さくいん【索引】

(名) 索引

例 索引をつける。

譯 附加索引。

---

09 | さくせい【作成】

(名・他サ) 寫，作，造成(表、件、計畫、文件等)；製作，擬制

例 報告書を作成する。

譯 寫報告。

---

10 | さくせい【作製】

(名・他サ) 製造

例 カタログを作製する。

譯 製作型錄。

---

11 | しあがる【仕上がる】

(自五) 做完，完成；做成的情形

例 論文が仕上がる。

譯 完成論文。

---

12 | したがき【下書き】

(名・他サ) 試寫；草稿，底稿；打草稿；試畫，畫輪廓

例 下書きに手を加える。
譯 在底稿上加工。

---

13 | したじき【下敷き】

名 墊子；墊板；範本，樣本
例 体験を下敷きにして書く。
譯 根據經驗撰寫。

---

14 | しっぴつ【執筆】

名・他サ 執筆，書寫，撰稿
例 執筆を依頼する。
譯 請求(某人)撰稿。

---

15 | しゃせつ【社説】

名 社論
例 社説を読む。
譯 閱讀社論。

---

16 | しゅう【集】

漢造 (詩歌等的)集；聚集
例 文学全集を編む。
譯 編纂文學全集。

---

17 | しゅうせい【修正】

名・他サ 修改，修正，改正
例 原稿に修正を加える。
譯 修改原稿。

---

18 | しゅっぱん【出版】

名・他サ 出版
例 本を出版する。
譯 出版書籍。

---

19 | しょう【章】

名 (文章，樂章的)章節；紀念章，徽章
例 章を改める。
譯 換章節。

---

20 | しょせき【書籍】

名 書籍
例 書籍を検索する。
譯 檢索書籍。

N2 ● 30-7(2)

30-7 文書、出版物 (2) /
文章文書、出版物 (2)

---

21 | シリーズ【series】

名 (書籍等的)彙編，叢書，套；(影片、電影等)系列；(棒球)聯賽
例 全シリーズを揃える。
譯 全集一次收集齊全。

---

22 | しりょう【資料】

名 資料，材料
例 資料を集める。
譯 收集資料。

---

23 | ずかん【図鑑】

名 圖鑑
例 植物図鑑が送られてきた。
譯 收到植物圖鑑。

---

24 | する【刷る】

他五 印刷
例 ポスターを刷る。
譯 印刷宣傳海報。

25 | ぜんしゅう【全集】

(名) 全集

例 世界美術全集を揃える。

譯 搜集全世界美術史全套。

---

26 | ぞうさつ【増刷】

(名・他サ) 加印，增印

例 本が増刷になった。

譯 書籍加印。

---

27 | たいしょう【対照】

(名・他サ) 對照，對比

例 原文と対照する。

譯 跟原文比對。

---

28 | たてがき【縦書き】

(名) 直寫

例 縦書きのほうが読みやすい。

譯 直寫較好閱讀。

---

29 | たんぺん【短編】

(名) 短篇，短篇小説

例 短編小説を書く。

譯 寫短篇小説。

---

30 | てんけい【典型】

(名) 典型，模範

例 典型とされる作品。

譯 典型作品。

---

31 | のせる【載せる】

(他下一) 刊登；載運；放到高處；和著音樂拍子

例 雑誌に記事を載せる。

譯 在雜誌上刊登報導。

---

32 | はさむ【挟む】

(他五) 夾，夾住；隔；夾進，夾入；插

例 本にしおりを挟む。

譯 把書籤夾在書裡。

---

33 | はっこう【発行】

(名・自サ)（圖書、報紙、紙幣等）發行；發放，發售

例 雑誌を発行する。

譯 發行雜誌。

---

34 | ひゃっかじてん【百科辞典】

(名) 百科全書

例 百科事典で調べる。

譯 查閱百科全書。

---

35 | ひょうし【表紙】

(名) 封面，封皮，書皮

例 表紙を付ける。

譯 裝封面。

---

36 | ぶん【文】

(名・漢造) 文學，文章；花紋；修飾外表，華麗；文字，字體；學問和藝術

例 文に書く。

譯 寫成文章。

37 | ぶんけん【文献】

名 文献，参考資料
例 文献が残る。
譯 留下文獻。

38 | ぶんたい【文体】

名（某時代特有的）文體;（某作家特有的）風格
例 夏目漱石の文体が非常に美しかった。
譯 夏目漱石的文體極為優美。

39 | ぶんみゃく【文脈】

名 文章的脈絡，上下文的一貫性，前後文的邏輯;（句子、文章的）表現手法
例 文脈がはっきりする。
譯 文章脈絡清楚。

40 | へんしゅう【編集】

名・他サ 編集;（電腦）編輯
例 雑誌を編集する。
譯 編輯雜誌。

41 | みだし【見出し】

名（報紙等的）標題;目錄，索引;選拔，拔擢;（字典的）詞目，條目
例 見出しを読む。
譯 讀標題。

42 | みほん【見本】

名 樣品，貨樣;榜樣，典型
例 見本を提供する。
譯 提供樣品。

43 | もくじ【目次】

名（書籍）目錄，目次;（條目、項目）目次
例 目次を作る。
譯 編目次。

44 | ようし【要旨】

名 大意，要旨，要點
例 要旨をまとめる。
譯 彙整重點。

45 | ようやく【要約】

名・他サ 摘要，歸納
例 論文を要約する。
譯 做論文摘要。

46 | よこがき【横書き】

名 横寫
例 横書きの雑誌を作っている。
譯 編製橫寫編排的雜誌。

47 | ろんぶん【論文】

名 論文;學術論文
例 論文を提出する。
譯 提出論文。

48 | わだい【話題】

名 話題，談話的主題、材料;引起爭論的人事物
例 話題が変わる。
譯 改變話題。

日檢智庫 27

絕對合格！ 新制日檢
情境分類 必勝單字 N2

[25K+MP3]

■ 發行人／**林德勝**

■ 著者／**吉松由美、田中陽子、西村惠子、千田晴夫、
山田社日檢題庫小組**

■ 出版發行／**山田社文化事業有限公司**
地址　臺北市大安區安和路一段112巷17號7樓
電話　02-2755-7622　02-2755-7628
傳真　02-2700-1887

■ 郵政劃撥／**19867160號　大原文化事業有限公司**

■ 總經銷／**聯合發行股份有限公司**
地址　新北市新店區寶橋路235巷6弄6號2樓
電話　02-2917-8022
傳真　02-2915-6275

■ 印刷／**上鎰數位科技印刷有限公司**

■ 法律顧問／**林長振法律事務所　林長振律師**

■ 書+MP3／**定價　新台幣 369 元**

■ 初版／**2019年 08 月**